A lei dos varões

OBRAS DO AUTOR

O rei de ferro
A rainha estrangulada
Os venenos da coroa
A lei dos varões
A loba de França
A flor de lis e o leão
Quando um rei perde a França

Maurice Druon

OS REIS MALDITOS

VOLUME 4

A lei dos varões

Tradução de
Flávia Nascimento

7ª edição

BERTRAND BRASIL
Rio de Janeiro | 2025

CIP-BRASIL. CATALOGAÇÃO NA PUBLICAÇÃO
SINDICATO NACIONAL DOS EDITORES DE LIVROS, RJ

D86L 7. ed.

Druon, Maurice, 1918-2009
A lei dos varões / Maurice Druon ; tradução Flávia Nascimento. - 7. ed. Rio de Janeiro : Bertrand Brasil, 2025.
(os reis malditos ; 4)

Tradução de: la loi des mâles
ISBN 978-65-5838-314-7

1. França - História - Capetos, 987-1328 - Ficção. 2. Ficção francesa. I. Nascimento, Flávia. II. Título. III. Série.

CDD: 843
CDU: 82-311.6(44)

25-99192.0

Meri Gleice Rodrigues de Souza - Bibliotecária - CRB-7/6439

Título original: La Lois des Mâles
Texto revisado segundo o Acordo Ortográfico da Língua Portuguesa de 1990.

Direitos exclusivos de publicação em língua portuguesa somente para o Brasil adquiridos pela:
EDITORA BERTRAND BRASIL LTDA.
Rua Argentina, 171 — 3º andar — São Cristóvão
20921-380 — Rio de Janeiro — RJ
Tel.: (21) 2585-2000,
que se reserva a propriedade literária desta tradução.

Seja um leitor preferencial.
Cadastre-se no site www.record.com.br
e receba informações sobre nossos
lançamentos e nossas promoções.

Atendimento e venda direta ao leitor:
sac@record.com.br

"É preciso que o príncipe mantenha o pensamento pronto para mudar de direção de acordo com os ventos da fortuna... sem distanciar-se do bem, caso ele possa, mas sabendo utilizar o mal, caso haja necessidade."

MAQUIAVEL

Faço questão de expressar aqui, mais uma vez, o mais profundo reconhecimento a meus colaboradores Pierre de Lacretelle, Georges Kessel, Christiane Grémillon, Madeleine Marignac e Edmond Charles-Roux pela preciosa ajuda que me deram durante a elaboração deste volume; quero igualmente agradecer aos serviços da Biblioteca Nacional da França, dos Arquivos Nacionais, da Biblioteca Mèjanes em Aix-en-Provence e da Biblioteca de Florença o auxílio indispensável dado a nossas pesquisas.

M.D.

PRÓLOGO

DURANTE POUCO MAIS DE TRÊS séculos, da eleição de Hugo Capeto à morte de Felipe, o Belo, apenas onze reis haviam governado a França, todos eles deixando um filho para sucedê-los no trono.

Prodigiosa dinastia, a dos Capeto! O destino até então parecia tê-la marcado para a duração. Dos onze reinados, contavam-se somente dois que tinham durado menos de quinze anos.

Essa extraordinária continuidade do poder contribuíra enormemente, fosse qual fosse a mediocridade de alguns reis, para a formação de uma unidade nacional.

O elo feudal, puramente pessoal de vassalo a suserano, do mais fraco ao mais forte, foi progressivamente substituído por outro elo, um contrato que une os membros de uma vasta comunidade humana por muito tempo submetida às mesmas vicissitudes e à mesma lei.

A ideia de nação ainda não era clara, mas seu princípio e sua representação já existiam na pessoa real, fonte permanente de autoridade. Quem pensava no "rei" pensava também na "França".

Retomando os objetivos e os métodos de Luís VI e de Felipe Augusto, seus antecessores mais ilustres, Felipe, o Belo, durante mais de trinta anos tinha se aplicado na construção e na modelagem dessa unidade nascente; mas o cimento ainda estava fresco demais.

Ora, mal desaparecera o Rei de Ferro, seu filho Luís X também o seguia no túmulo. O povo não podia deixar de ver o sinal da fatalidade naqueles dois falecimentos ocorridos um após o outro.

O décimo segundo rei havia governado por dezoito meses, seis dias e dez horas, tempo suficiente para que esse péssimo monarca comprometesse em grande parte a obra de seu pai.

Durante sua passagem pelo trono, Luís X destacara-se sobretudo por encomendar o assassinato de sua primeira mulher, Margarida de Borgonha, por ter condenado à forca o principal ministro de Felipe, o Belo, Enguerrand de Marigny, e por ter conseguido atolar todo um exército na lama de Flandres. Enquanto a fome dizimava o povo, duas províncias haviam se revoltado, sob inspiração dos senhores feudais. A alta nobreza ameaçava o poder real; os reacionários eram todo-poderosos, e o Tesouro estava vazio.

Luís X recebera a coroa no momento em que o mundo não tinha papa; e se foi antes que os cardeais tivessem chegado a um acordo para a escolha de um pontífice.

E agora a França estava também sem rei.

Pois, de seu primeiro casamento, Luís deixava apenas uma filha de 5 anos, Jeanne de Navarra, sobre a qual pesava a forte suspeita de ser bastarda. Quanto ao fruto de seu segundo casamento, ele constituía, por enquanto, apenas uma frágil esperança; a rainha Clemência estava grávida, mas só daria à luz em cinco meses.

E, enfim, dizia-se abertamente que o Cabeçudo fora envenenado.

O que seria, em tais condições, o décimo terceiro reinado?

Nada estava previsto para a organização da regência. Em Paris, o conde de Valois tentava ser reconhecido como regente. Em Dijon, o duque de Borgonha, irmão da rainha estrangulada e chefe de uma poderosa liga de senhores feudais, não ia deixar de assumir a defesa dos direitos de sua sobrinha, Jeanne de Navarra. Em Lyon, o conde de Poitiers, primeiro irmão do Cabeçudo, encontrava-se às voltas com as intrigas dos cardeais e esforçava-se em vão para obter uma decisão do conclave. Os flamengos esperavam apenas a boa ocasião para retomar as armas, e os vassalos do condado de Artois continuavam a guerra civil.

Tudo isso seria suficiente para trazer à memória popular o anátema lançado pelo grão-mestre dos Templários, dois anos antes, do alto da fogueira em que morrera queimado? Numa época propícia às crenças, o povo da França podia facilmente se perguntar, naquela primeira semana de junho de 1316, se a raça dos Capeto não teria se tornado doravante maldita.

Primeira Parte

FELIPE DAS PORTAS FECHADAS

I

A rainha branca

As RAINHAS USAVAM O BRANCO como cor de luto. Branco era o escapulário de tule fino que apertava o queixo até o lábio e que quase só deixava aparecer a parte central do rosto; branco o véu que cobria a testa e as sobrancelhas; branco o vestido fechado até os punhos e caindo até os pés. Era um traje quase monacal que acabava de vestir, aos 23 anos de idade, e sem dúvida para o resto da vida, Clemência de Hungria, viúva de Luís X.

Doravante, ninguém mais veria seus admiráveis cabelos dourados, nem a forma perfeitamente oval de seu rosto, nem aquele brilho, aquele esplendor tranquilo que tinha tornado sua beleza célebre. A rainha Clemência já assumira o aspecto de seu próprio túmulo.

Entretanto, sob as pregas do vestido, uma nova vida vinha se formando; e Clemência estava obcecada pelo pensamento de que seu esposo não conheceria jamais a criança que ela esperava.

"Se pelo menos Luís tivesse vivido para vê-lo nascer! Cinco meses, apenas cinco meses a mais! Como ele teria ficado alegre, sobretudo se for um menino... Ou então se eu tivesse ficado grávida na noite de nossas núpcias!..."

Ela virou a cabeça com lassidão em direção ao conde de Valois, que andava pelo aposento com passadas de galo gordo.

— Mas por quê, meu tio, por que alguém o teria malvadamente envenenado? — perguntou Clemência. — Pois ele fazia sempre o bem, quando podia... Por que vós procurais sempre a perfídia dos homens em tudo, quando na verdade só podemos ver na morte de Luís a vontade de Deus?

— Vós sois realmente a única que atribuís a Deus, nesta ocasião, um acontecimento que mais parece pertencer aos artifícios do diabo — respondeu Carlos de Valois.

Trajando uma grande capa com capuz que lhe caía pelos ombros, com o nariz proeminente, as faces largas e coloridas, o estômago projetado para a frente, e usando sob a capa o mesmo conjunto de veludo preto ornamentado de pele de arminho e de fivelas de prata que ostentara, dezoito meses antes, no enterro de seu irmão Felipe, o Belo, o senhor de Valois chegava de Saint-Denis, onde assistira à inumação de Luís. Cerimônia, aliás, que não deixara de trazer certos problemas; pela primeira vez desde que existia um ritual para as exéquias reais, os oficiais do palácio, depois de terem gritado "O Rei morreu!", não podiam acrescentar "Viva o Rei!". E ninguém sabia diante de quem deviam ser cumpridos os gestos destinados ao novo soberano.

— Pois muito bem! Vós quebrareis o bastão diante de mim — dissera Valois ao camareiro-mor Mathieu de Trye. — Eu sou o mais velho da família e, portanto, o mais indicado para isso.

Mas seu meio-irmão, o conde de Évreux, tinha se insurgido contra aquela estranha pretensão.

— Se compreendeis isso no sentido amplo, não sois vós o primogênito da família, Carlos, mas sim nosso tio Robert de Clermont, o filho de São Luís. Esquecei que ele ainda está vivo?

— Sabeis muito bem que esse pobre homem está louco e que ninguém pode se fiar em uma pessoa que perdeu o juízo — replicara Valois, dando de ombros.

Finalmente, ao término da refeição servida na abadia, fora diante de uma cadeira vazia que o camareiro-mor quebrara o bastão, insígnia de suas funções...

Clemência continuou:

— Por acaso Luís deixava de dar esmolas aos desafortunados? Deixava de agraciar, na medida do possível, os prisioneiros, livrando-os de suas penas? Eu sou testemunha da generosidade de sua alma e de seu sentimento de piedade. Havia se arrependido de seus pecados antigos...

Sem dúvida o momento não era propício para pôr em dúvida as virtudes com as quais a rainha pretendia ornamentar a memória ainda tão fresca de seu esposo. Nem por isso Carlos de Valois foi capaz de conter uma reação mal-humorada.

— Minha sobrinha, eu sei... eu sei que vós tivestes sobre Luís uma influência muito positiva, e que ele se mostrou muito generoso... convosco. Mas não é possível governar apenas com pai-nossos, nem cobrindo de presentes aqueles que se ama. E o arrependimento não é suficiente para desarmar os ódios que foram semeados anteriormente.

Clemência pensou: "Eis aí... vivia em volta de Luís, e agora já o renega. Quanto a mim, logo hão de me repreender pelos presentes que ele me fez. Eu me tornei a estrangeira..."

Fraca demais, abalada demais pelas noites de insônia e pelos dias de lágrimas para encontrar forças a fim de discutir, apenas acrescentou:

— Não posso acreditar que Luís tenha sido odiado a tal ponto que tenham querido matá-lo.

— Pois bem, vós não acreditais, minha sobrinha! — exclamou Valois. — Mas o fato aí está! A prova nos foi dada pelo cão que lambeu os tecidos nos quais os embalsamadores haviam embrulhado as entranhas e que morreu uma hora depois.

Clemência apertou as mãos contra os braços da cadeira para não cambalear diante da visão que lhe era imposta. Em sua máscara estreita e patética, com os olhos fechados, ela se tornou tão pálida quanto o escapulário e o véu que moldavam seu rosto. O cadáver, o embalsamamento, as vísceras arrancadas, aquele cão que rondava o corpo, que lambia os lençóis ensanguentados... Como era possível que se tratasse de Luís, o homem que dormira junto dela durante dez meses?

Carlos de Valois continuava a desenvolver suas conclusões macabras. Mas quando é que se calaria aquele personagem agitado, autoritário, vaidoso, que, ora vestido de azul, ora de escarlate, ora de preto, aparecia, em cada momento importante ou trágico, desde que ela chegara à França, para repreendê-la, para ensurdecê-la com tantas palavras e fazê-la agir contra sua vontade? Desde a manhã de suas bodas... E Clemência lembrou-se do dia de seu casamento, em Saint-Lyé; ela reviu a estrada de Troyes, a igreja campestre, o aposento do pequeno castelo, apressadamente arrumado para fazer as vezes de quarto de núpcias... "Terei realmente sabido aproveitar minha felicidade?... Não, eu não vou chorar diante dele", disse a si mesma.

— Quem é o autor desse terrível ato — prosseguia Valois — nós ainda não sabemos. Mas descobriremos, minha sobrinha, eu vos prometo solenemente... com a condição, é claro, de que me outorguem todos os meios para isso. Nós, os reis...

Valois jamais perdia a ocasião de lembrar que ele usara duas coroas, puramente nominais, mas que mesmo assim punham-no em pé de igualdade com os príncipes soberanos.

— ...nós, os reis, temos inimigos que nos detestam menos por razões pessoais do que pelas decisões tomadas em razão de nosso poder. Não faltam pessoas que poderiam ter interesse em vos deixar viúva. Antes de mais nada, há os Templários... cuja destruição foi um enorme erro, eu repeti tantas vezes! Eles formaram uma liga secreta e juraram a perda de nossa família. Meu irmão morreu, e agora seu primeiro filho o segue! Em segundo lugar, há os cardeais romanos. Lembrai-vos de que o cardeal Caetani tentou enfeitiçar Luís e vosso cunhado Felipe, com a intenção declarada de enviá-los, todos os dois, para o túmulo. Caetani bem poderia ter tentado atingi-lo depois, por outros meios. Pois não se tira um papa do trono de São Pedro, como fez meu irmão, sem semear ressentimentos que não se podem expiar. Em todo caso, Luís está morto... Não podemos mais descartar de nossa desconfiança nossos parentes da Borgonha, que aceitaram muito mal a reclusão imposta a Margarida, e ainda menos o fato de que vós a substituístes. Em relação a isso, eles não nos pouparam as mais vis críticas...

Clemência olhou-o diretamente nos olhos. Carlos de Valois sentiu-se perturbado e enrubesceu um pouco. Compreendeu que Clemência sabia. Mas Clemência nada disse. Sempre evitaria abordar aquele assunto. Ela se sentia carregada de uma culpabilidade involuntária. Pois aquele esposo, cuja alma virtuosa ela tanto louvava, tinha, com a cumplicidade de Valois e de Robert d'Artois, mandado estrangular sua primeira mulher, a fim de poder desposá-la, ela, a sobrinha do rei de Nápoles.

— E depois tem também a condessa Mahaut, vossa vizinha, que não é mulher que recue diante de um crime, seja ele o pior possível — apressou-se em acrescentar Valois.

"Em que ela é diferente de vós?", pensou Clemência, sem ousar responder. "Parece que nesta corte ninguém hesita muito em matar."

— Não se pode esquecer que Luís há menos de um mês confiscara de Mahaut seu condado de Artois, a fim de obrigá-la a submeter-se a suas decisões.

Por um instante, Clemência se perguntou se Valois, designando assim tantos possíveis culpados, não estava tentando queimar pistas, e se não seria ele mesmo o autor do assassinato. Aquele pensamento que, aliás, não podia se apoiar em nada de sensato horrorizou-a. Não, proibia a si mesma de suspeitar de quem quer que fosse; queria que

Luís tivesse falecido de morte natural... Entretanto, o olhar de Clemência inconscientemente dirigiu-se, pela janela aberta, para o lado das árvores da floresta de Vincennes, ao sul, na direção do castelo de Conflans, residência da condessa Mahaut... Alguns dias antes da morte de Luís, Mahaut, em companhia de sua filha, Jeanne de Poitiers, tinha vindo fazer uma visita a Clemência. Uma visita amabilíssima. Ela admirara então as tapeçarias de seus aposentos íntimos...

"Nada é mais aviltante do que imaginar a presença de uma pessoa pérfida no círculo dos que nos rodeiam", pensava Clemência, "e começar a procurar a traição em cada rosto..."

— Eis por que, minha cara sobrinha — continuou Valois —, vós deveis voltar para Paris, como vos peço. Sabeis o quanto vos estimo. Vosso pai era meu cunhado. Escutai-me, como escutaríeis vosso próprio pai, caso Deus o tivesse conservado entre nós. A mão que se abateu sobre Luís poderá prosseguir em sua vingança contra vós e contra a criança que esperais. Eu não poderia vos deixar assim, no meio da floresta, entregue às empreitadas dos maus, e não estarei em paz enquanto vós não estiverdes perto de mim.

Fazia uma hora que Valois se esforçava por obter de Clemência o consentimento para voltar ao palácio da Cité, simplesmente porque decidira ir para lá. Essa era uma parte do plano que concebera para se impor na função de regente. Aquele que comandasse o palácio da Cité assumiria naturalmente ares de realeza. Mas, instalando-se lá sozinho, Valois corria o risco de ser acusado por seus adversários de usurpação do trono ou, no mínimo, de forçar demais as coisas. Se, ao contrário, ele entrasse no palácio seguindo sua sobrinha Clemência, como seu parente mais próximo e seu protetor, ninguém poderia se opor justamente a isso, e o Conselho dos Pares acabaria se encontrando diante do fato consumado. O ventre da rainha era, naquele momento, a melhor garantia de prestígio e o instrumento mais eficaz de governo.

Clemência ergueu os olhos, como se pedisse ajuda, em direção a um terceiro personagem, um homem barrigudo, grisalho, que se mantinha de pé perto dela e que, imóvel, com as mãos cruzadas sobre a bainha de uma longa espada, seguia silenciosamente o diálogo.

— Bouville... o que devo fazer? — murmurou ela.

O ex-camareiro-mor de Felipe, o Belo, nomeado curador do ventre logo após a morte do Cabeçudo, assumira sua nova missão mais do que seriamente, isto é, tragicamente. Aquele corajoso fidalgo, servidor exemplar da casa real, tinha constituído uma guarda de vinte e quatro fidalgos cuidadosamente escolhidos, que se revezavam continuamente em grupos de seis junto à porta da rainha. Ele mesmo estava vestido como um guerreiro, e suava em bicas no calor de junho, sob a cota de malha. As paredes, os pátios, as redondezas de Vincennes estavam recheados de arqueiros. Cada doméstico da cozinha devia ser escoltado permanentemente por um sargento. Até as damas de companhia eram revistadas antes de entrarem nos aposentos da rainha. Jamais alguma vida humana fora tão escrupulosamente protegida quanto aquela que dormia no ventre da rainha de França.

Bouville compartilhava o cargo com o velho senhor de Joinville. Mas o senescal hereditário do domínio feudal de Champagne, companheiro de São Luís, tinha agora 92 anos, o que fazia dele, provavelmente, o mais velho representante da alta nobreza francesa. Estava semicego e aspirava sobretudo a dirigir-se, como em todos os verões, a seu castelo de Wassy, às margens do rio Marne, onde vivia suntuosamente da renda das doações que lhe tinham sido concedidas por três reis. Na verdade cochilava na maior parte do tempo, e todas as tarefas recaíam sobre Bouville.

Este, aos olhos de Clemência, representava todas as lembranças felizes. Embaixador vindo inicialmente para pedir sua mão, depois para conduzi-la de Nápoles até a França, ele era seu confidente e, sem dúvida, o único amigo verdadeiro com o qual podia contar na corte.

Bouville compreendeu muito bem que Clemência não desejava sair de Vincennes.

— Senhor conde — disse ele a Valois —, eu posso assegurar melhor a guarda da rainha neste castelo estreitamente fechado do que no grande palácio da Cité, aberto a todos que chegam. E, caso seja a vizinhança com a condessa Mahaut que vos preocupa, posso vos informar, pois estou a par de tudo que se passa nas redondezas, que a senhora Mahaut ordenou que suas carroças sejam carregadas a fim de que ela parta para Paris.

Valois não deixava de se sentir irritado pela autoridade assumida por Bouville depois que fora nomeado curador do ventre, bem como por sua insistência em permanecer daquela forma: plantado ao lado de sua espada e da rainha.

— Senhor Hugo — disse ele com altivez —, estais encarregado de velar pelo ventre, e não de decidir qual será a residência da família real, nem tendes como tarefa defenderdes, sozinho, o reino inteiro.

Sem se perturbar, Bouville respondeu:

— Deveria eu vos lembrar, senhor, que a rainha não pode aparecer publicamente antes que decorram quarenta dias de luto?

— Eu vos agradeço, mas conheço tão bem quanto vós os usos e costumes, Bouville. Quem foi que disse que a rainha fará uma aparição pública? Nós faremos com que ela viaje numa carruagem fechada... Enfim, minha sobrinha! — exclamou Valois. — Não pretendo vos enviar para além-mar, e Vincennes não se encontra a mil léguas de Paris!

— Compreendei-me, meu tio — respondeu fracamente Clemência —, esta estada em Vincennes foi o último dote que recebi de Luís. Ele me presenteou com esta morada algumas horas antes de morrer... aqui. Parece-me que ele ainda não se foi de verdade. Compreendei... foi aqui que tivemos...

Mas o senhor de Valois não queria saber de ouvir as exigências do coração ou as imaginações da dor.

— Vosso esposo, pelo qual oramos, minha cara sobrinha, pertence doravante ao passado do reino. Mas vós, vós sois detentora do futuro dele. Ao expor vossa vida, vós estais expondo também a de vossa criança. Luís, que vos observa lá de cima, não vos perdoaria jamais.

Ele tocara no ponto certo, e Clemência, sem nada dizer, acabrunhou-se ainda mais em sua poltrona.

Mas Bouville declarou que nada poderia ser decidido sem a concordância do senhor de Joinville, o qual mandou buscar imediatamente. Esperaram vários minutos. Depois a porta se abriu, e esperaram mais ainda. Enfim, vestido com uma longa túnica de seda como as que eram usadas nos tempos das Cruzadas, com os membros trêmulos, a pele manchada parecida com a casca de uma árvore, as pálpebras lacrimejantes, as pupilas empalidecidas, o último companheiro de São Luís apareceu, arrastando os pés e apoiando-se num escudeiro quase tão envelhecido quanto ele. Fizeram-no sentar-se com todas as deferências que lhe eram devidas, e Valois começou a explicar-lhe suas intenções no que dizia respeito à rainha. O ancião escutava, balançando a cabeça com compunção e visivelmente satisfeito por ter um papel a desempenhar. Quando Valois acabou, o senescal mergulhou numa meditação que nenhum dos presentes ousou perturbar; esperavam o oráculo que seria recitado por sua boca. E, de repente, Joinville perguntou:

— Mas, ora pois, onde está o rei?

Valois assumiu uma expressão contrariada. Tanto trabalho dispensado em vão quando o tempo urgia! Seria possível que o senescal ainda compreendesse o que lhe diziam?

— Ora vejamos, o rei morreu, senhor, e nós o sepultamos nesta manhã. Como sabeis, vós fostes nomeado curador...

O senescal enrugou a testa e pareceu esforçar-se muito para refletir. Ele perdia cada vez mais a memória recente. Já fazia um bom tempo que estava sujeito a esse tipo de falha; assim é que não percebera, ao ditar, com mais de 80 anos, suas famosas *Memórias*, que repetia quase textualmente, no final da segunda parte, o que já contara na primeira...

— Ah!... nosso jovem rei Luís — disse ele, enfim. — Ele morreu... A ele é que eu apresentei meu grande livro.[1] Sabíeis que este é o quarto rei que vejo falecer?

Ele anunciava aquilo como algo excepcional.

— Ora, pois, se o rei morreu, a rainha é regente — acrescentou ele.

O senhor de Valois tornou-se roxo. Acreditara, conhecendo o estado de decrepitude de um e a natureza devota de outro, que poderia manipular os dois curadores como bem entendesse. Seu cálculo voltava-se contra ele. A extrema velhice e o extremo escrúpulo pareciam associar-se para criar-lhe dificuldades.

— A rainha não é regente, senhor senescal, ela está grávida — exclamou ele. — Olhai o estado dela, olhai se ela está em condições de satisfazer às tarefas do reino!

— Vós sabeis que eu não vejo quase nada — respondeu o ancião.

Segurando a cabeça com as mãos, Clemência pensava apenas: "Quando é que eles vão acabar com isto? Quando é que vão me deixar em paz?"

Joinville começou a explicar em que condições, quando da morte do rei Luís VIII, a rainha Branca de Castela assegurara a regência, para grande satisfação de todos.

— A senhora Branca... e isso se dizia discretamente... não era toda pura como aparece na imagem que se fez dela. E parece que o conde Thibaud, do qual meu pai era muito próximo companheiro, serviu-a até em sua cama...

Foi preciso deixá-lo falar. O senescal esquecia os acontecimentos da véspera, mas guardava uma memória precisa das maledicências que corriam pela corte em sua mais tenra juventude. Encontrara um auditório e aproveitava. Suas mãos, agitadas por um tremor senil, raspavam sem parar a seda de sua túnica, na altura dos joelhos.

— E até mesmo quando nosso santo rei partiu para a Cruzada, ocasião em que eu estava com ele...

— A rainha residia em Paris naqueles tempos, não é verdade? — cortou Carlos de Valois.

— Claro, claro — assentiu o senescal.

Foi Clemência a primeira a desistir.

— Pois bem, que assim seja, meu tio — disse ela —, farei vossa vontade e voltarei para a Cité, em Paris.

— Ah! Enfim uma sábia decisão, que o senhor de Joinville certamente aprova.

— Claro, claro...

— Vou tomar todas as medidas necessárias para essa volta. Vossa escolta será comandada por meu filho Felipe e por nosso primo Robert d'Artois...

— Muito agradecida, meu tio — disse Clemência —, mas agora peço que me deixem sozinha para que eu possa rezar.

Uma hora mais tarde, em execução das ordens do conde de Valois, o castelo de Vincennes estava em plena ebulição. Tiravam carroças e carruagens dos abrigos; os chicotes estalavam na garupa dos enormes percherões. Servos passavam correndo; os arqueiros tinham abandonado as armas para ir ajudar os homens da estrebaria. Depois do início do luto, todos tinham se sentido obrigados a falar baixinho, mas, naquele momento, cada qual encontrava bons motivos para gritar.

No interior do castelo, os tapeceiros retiravam os tapetes representando imagens, desmontavam móveis, transportavam os consoles, armários e baús. Os oficiais do palácio da rainha e as damas de companhia apressavam-se também em fazer suas próprias bagagens. Era possível contar, num primeiro comboio, vinte carroças, e sem dúvida ainda seriam necessárias mais duas viagens para finalizar tudo.

Clemência de Hungria, em seu longo vestido branco, errava de aposento em aposento, sempre escoltada por Bouville. Por toda parte viam-se o pó, o suor, a agitação e aquele aspecto de pilhagem que caracterizam as mudanças. O encarregado da prataria, com o inventário nas mãos, tomava conta da expedição da louça e dos objetos preciosos que, reunidos, cobriam todo o piso de uma sala: pratos para servir à mesa, jarras, as doze taças de cobre que Luís havia mandado fazer para Clemência, e o grande relicário de ouro contendo um fragmento da verdadeira cruz, objeto tão pesado, que o homem encarregado de deslocá-lo labutava como se subisse ao Calvário.

No quarto da rainha, a roupeira Eudeline, que tinha sido a primeira amante do Cabeçudo, presidia à arrumação das roupas.

— Para que... para que levar todas essas roupas, já que elas não servirão para mais nada? — disse Clemência.

E as joias também, cujos estojos amontoavam-se em baús de ferro, todos aqueles colares, fivelas, anéis, todas aquelas peças raras com as quais Luís a presenteara durante o breve tempo em que durara o casamento deles pareciam-lhe agora objetos inúteis. Até mesmo as três coroas carregadas de esmeraldas, rubis e pérolas eram altas demais e exageradamente ornamentadas para uma viúva. Um simples círculo de ouro ornado com pequenas flores-de-lis, colocado por cima do véu, seria a única joia à qual ela teria direito agora.

— Eu me tornei uma rainha branca, como minha avó, Maria de Hungria, e agora devo me inspirar nela. Mas minha avó tinha passado dos sessenta anos e tinha dado à luz treze crianças... Meu esposo nem sequer verá seu primeiro filho...

Clemência olhou aquela bela mulher loura que, esquecendo completamente qualquer sentimento de ciúme, testemunhava-lhe tanta afeição durante os últimos meses e, sobretudo, durante a agonia de Luís. “Ele teve uma criança dela, e essa criança ele mandou para longe, ele a fechou num claustro de religiosas...” Ela se sentia como herdeira de todos os erros cometidos por seu esposo antes de conhecê-la. Ela disporia da vida inteira para pagar a Deus, por meio de lágrimas, orações e esmolas, o pesado preço dos pecados de Luís.

— Não — murmurou ela —, não, Eudeline, tu não me acompanharás. É preciso que alguém que o amou permaneça aqui.

E depois, distanciando-se até do próprio Bouville, foi se refugiar no único aposento calmo, o único que haviam respeitado até então, o aposento em que Luís morrera.

Estava escuro por trás daquelas cortinas fechadas. Clemência foi ajoelhar-se junto à cama e colocou os lábios sobre a colcha de brocado.

De repente ela ouviu um barulho de unhas esfregando-se contra um tecido. Sentiu uma angústia que poderia ser a prova de que ainda tinha vontade de viver. Permaneceu por um momento imóvel, prendendo a respiração. Atrás dela o ruído continuava. Prudentemente ela se virou. Era o senescal de Joinville, que cochilava numa poltrona de espaldar alto, aguardando o momento de partir.

II

Um cardeal que não acreditava no inferno

A NOITE DE JUNHO COMEÇAVA A empalidecer. Do lado leste, uma delgada franja cinza ao pé do céu já anunciava a aurora que logo dominaria a cidade de Lyon.

Era a hora em que as carroças se punham em marcha pelos campos das redondezas a fim de levar para a cidade os legumes e as frutas, a hora em que as corujas se calavam sem que os passarinhos tivessem começado a cantar. Também era a hora em que, por trás das janelas estreitas de um dos apartamentos de honra da abadia de Ainay, o cardeal Jacques Duèze pensava na morte.

O cardeal jamais tivera necessidade de dormir muitas horas. Com a idade, porém, sua necessidade de sono diminuíra ainda mais. Três horas lhe bastavam tranquilamente. Pouco depois da meia-noite, ele se levantava e ia se instalar diante de sua escrivaninha. Homem de inteligência rápida e de um saber prodigioso, conhecedor de todas as disciplinas do pensamento, compusera tratados de teologia, direito, medicina e alquimia que tinham autoridade entre os letrados e os doutores de seu tempo.

Naquela época em que a grande esperança do pobre, tanto quanto do príncipe, era a fabricação do ouro, muitos faziam referência à doutrina de Duèze sobre os elixires destinados à transmutação dos metais.

Assim era possível ler em sua obra intitulada *O elixir dos filósofos* certas definições que levavam à reflexão:

> *"As coisas de que é possível fazer um elixir são três: os sete metais, os sete espíritos e as outras coisas... Os sete metais são sol, lua, cobre, estanho, chumbo, ferro e mercúrio; os sete espíritos são azougue, enxofre, sal amoníaco, ouro-pigmento, tutia, magnésio, marcassita; e as outras coisas são mercúrio, sangue de homem, sangue de cabelo e de urina, e a urina humana..."*

Ou ainda receitas mais simples, como aquela que recomendava que se "purgasse" urina de criança: "*Colhê-la e colocá-la num pote e deixar repousar durante três ou quatro dias; depois escorrê-la vagarosamente; deixar ainda repousar enquanto houver sujeira no fundo. Em seguida cozê-la bem, junto com a espuma, até que ela se reduza a uma terça parte; depois coá-la num feltro e guardá-la num pote bem fechado com estopa, para protegê-la dos estragos do ar.*"

Aos 72 anos, o cardeal descobria ainda domínios profanos ou sagrados em relação aos quais ainda não tivera a oportunidade de se exprimir e completava sua obra enquanto seus semelhantes dormiam. Sozinho queimava tantas velas quanto uma comunidade inteira de monges.

Ao longo das noites, trabalhava também na enorme correspondência que mantinha com incontáveis prelados, abades, juristas, eruditos, chanceleres e príncipes soberanos Europa afora. Seu secretário e seus copistas encontravam, de manhã, o trabalho que deveriam fazer durante todo o dia.

Ele também estudava frequentemente os mapas astrológicos de seus rivais para a eleição papal, comparava-os com seu tema pessoal e interrogava os planetas a fim de saber quem se tornaria papa. Segundo esses cálculos, suas mais fortes chances pessoais encontravam-se entre o início de agosto e o início de setembro daquele ano. Ora, já era o dia 10 de junho, e por enquanto nada parecia se esboçar...

Depois vinha o momento difícil que antecede a alvorada. Como que habitado pelo pressentimento de que seria naquela hora que um dia ele deveria deixar este mundo, o cardeal experimentava então uma angústia difusa, um vago mal-estar do corpo e do espírito. Com a ajuda do cansaço, interrogava-se sobre os atos que realizara. Suas lembranças apresentavam-lhe o desenrolar de uma existência extraordinária... Originário de uma família burguesa de Cahors e tendo abraçado a vida eclesiástica aos 44 anos, já arcipreste, parecia ter chegado ao topo da carreira, ao máximo do que ele poderia esperar, de maneira razoável. Ora, na verdade, sua fortuna ainda nem havia começado. A ocasião se oferecera para ele partir para Nápoles, em companhia de um de seus tios que ia fazer comércio naquela cidade. A viagem, a mudança total de paisagem, a descoberta da Itália, tudo isso agira sobre ele de uma maneira bem estranha. Alguns dias depois de ter embarcado, entrava em relações com o preceptor dos herdeiros reais, tornando-se seu discípulo, e lançava-se assim aos estudos abstratos com uma paixão, uma agilidade para compreender, uma flexibilidade de memória, que poderia ter causado inveja aos adolescentes mais bem-dotados. Ignorava a fome, tal como a necessidade de dormir. Logo feito doutor em direito canônico, depois em direito civil, seu nome começara a tornar-se conhecido. A corte de Nápoles recorria aos pareceres do letrado de Cahors.

Depois daquele apetite de conhecimento, veio o apetite de poder. Conselheiro do rei Carlos II, o Manco — avô da rainha Clemência de Hungria —, depois secretário dos conselhos secretos e gozando de inúmeros benefícios eclesiásticos, dez anos após sua chegada ele se via nomeado bispo de Fréjus e, um pouco mais tarde, chegava à função de chanceler do reino de Nápoles, isto é, de primeiro-ministro de um Estado que compreendia ao mesmo tempo a Itália meridional e todo o condado da Provença.

Uma ascensão tão fabulosa, em meio às intrigas das cortes, não tinha podido se realizar somente graças aos talentos de jurista e teólogo. Um fato conhecido de bem poucas pessoas, pois ele era ao mesmo tempo segredo de Estado e da Igreja, mostrava muito bem a astúcia e a ousadia de que Duèze era capaz.

Alguns meses depois da morte de Carlos II, ele fora enviado em missão à corte papal num momento em que o bispado de Avignon, o mais importante de toda a Cristandade, posto que abrigava a Santa Sé, encontrava-se vago. Ainda chanceler e, portanto, detentor dos timbres reais, redigiu tranquilamente uma carta pela qual o novo rei de Nápoles, Roberto, pedia por ele, Jacques Duèze, a sede episcopal de Avignon. Isso se passou em 1310. Clemente V, preocupado em assegurar o apoio de Nápoles num período em que encontrava grandes dificuldades com a França, atendeu imediatamente ao pedido. A trapaça foi descoberta um pouco mais tarde, quando Clemente recebeu a visita de Roberto; o papa e o rei deram mostras, então, de uma mútua surpresa, o primeiro por não ter recebido os mais calorosos agradecimentos por um favor tão importante que lhe fora feito, e o segundo por não ter sido consultado sobre uma nomeação que o privava de seu chanceler. Em vez de provocarem um escândalo inútil, fizeram a escolha de aceitar a situação como ela estava, o que ajeitava as coisas para todo mundo. A partir de então Duèze se tornara cardeal de cúria, e suas obras passaram a ser estudadas em todas as universidades.

Por mais surpreendente que seja um destino, porém, ele só parece assim para os que o olham de fora. Os dias vividos, sejam eles vazios ou plenos, agitados ou tranquilos, são todos, igualmente, dias que se foram, e as cinzas do passado têm o mesmo peso em todas as mãos.

Tanto ardor, tanta ambição e energia gasta teriam realmente algum sentido quando se sabe que tudo deve, inelutavelmente, se perder no além, do qual as maiores inteligências e as mais complexas ciências humanas só chegavam a apreender os mais indecifráveis farrapos? Por que razão pretender tornar-se papa? Não seria mais sábio fechar-se no fundo de um claustro, no desapego de tudo? Despojar-se do orgulho do conhecimento e da vaidade de dominar, adquirir a humildade da fé mais singela... preparar-se para o desaparecimento... Ora, até mesmo essa espécie de meditação assumia, no cardeal Duèze, os contornos de uma especulação abstrata, e sua ansiedade em relação à morte logo se transformava em debate teológico.

"Os doutos nos asseguram", pensava ele naquela manhã, "que as almas justas, depois da morte, gozam imediatamente da visão beatificante de Deus, o que é a recompensa delas. Que seja, que seja... Mas as Sagradas Escrituras nos dizem também que no final dos tempos, quando os corpos ressuscitados terão reencontrado suas almas, seremos todos julgados no Juízo Final. Há nisso uma grande contradição. Como é que Deus, totalmente soberano, onisciente e perfeito, poderia evocar duas vezes o mesmo caso diante de seu próprio tribunal, e como é que poderia julgar em recurso suas próprias sentenças? Deus não pode ser suscetível de cometer erros; e imaginar uma dupla sentença de sua parte, o que supõe uma revisão e, portanto, um erro, é uma impiedade e até mesmo uma heresia... De resto, não seria conveniente que a alma entrasse na posse da alegria de seu Senhor apenas no momento em que, reunida a seu corpo, ela fosse também perfeita de natureza? Portanto... portanto, os doutores enganam-se. Portanto, não pode haver beatitude propriamente dita nem visão beatificante antes do final dos tempos, e Deus só se deixará contemplar após o

Juízo Final. Mas, até lá, onde ficam então as almas dos mortos? Será que esperamos *sub altare dei*, sob aquele altar do qual fala São João em seu *Apocalipse?*"

O galope de um cavalo, barulho incomum numa hora daquelas, ecoou ao longo dos muros da abadia, sobre os pedregulhos arredondados que pavimentavam as ruas de Lyon. O cardeal escutou-o por alguns instantes, depois voltou para sua argumentação, que procedia diretamente de sua formação jurídica e cujas consequências iam surpreender até ele mesmo.

"Pois, se o paraíso está vazio, isso modifica de maneira singular a situação de todos que decretamos santos ou beatificados... Mas o que é verdadeiro para as almas dos justos não é forçosamente válido para as almas dos injustos. Deus não poderia punir os malvados antes de ter recompensado os bons. É no final do dia que o trabalhador recebe o seu salário; é no final dos tempos que o trigo será definitivamente separado do joio. Nenhuma alma habita atualmente o inferno, posto que nenhuma condenação já foi pronunciada. O que é o mesmo que dizer que, presentemente, o inferno não existe..."

Aquela conclusão era antes de mais nada tranquilizadora para alguém que pensava no falecimento; ela adiava o momento do processo supremo sem fechar as perspectivas da vida eterna, e concordava muito bem com o sentimento, comum para a maioria dos homens, de que a morte é uma queda num grande silêncio obscuro, uma inconsciência indefinida... uma espera *sub altare dei*...

Claro, uma tal doutrina, caso viesse a ser professada, não deixaria de provocar violentas reações, tanto entre os doutores da Igreja quanto entre o povo, fiel a suas crenças; e era um momento mal escolhido, por parte de um candidato à Santa Sé, para vir pregar a vacuidade do paraíso e a inexistência do inferno.[2]

"Esperemos o fim do conclave...", dizia a si mesmo o cardeal.

Ele foi interrompido por um irmão porteiro que bateu à sua porta e anunciou-lhe a chegada de um mensageiro de Paris.

— Da parte de quem? — perguntou o cardeal.

Duèze tinha uma voz abafada, aveludada, totalmente desprovida de timbre, ainda que de elocução facilmente distinguível.

— Do conde de Bouville — respondeu o porteiro. — Ele deve ter viajado depressa demais, pois está exausto; quando abri o portão, depois de ele bater, já o encontrei semiadormecido, com a cabeça apoiada ao batente.

— Trazei-o até mim.

E o cardeal, que alguns minutos antes meditava sobre a inutilidade das ambições deste mundo, pensou imediatamente: "Será que ele vem a propósito da eleição? Será que a corte de França vai apoiar abertamente a minha candidatura? Será que vão me propor algo em troca?"

Ele se sentia agitado, cheio de curiosidade e de esperança, e andava pelo aposento com passadas curtas e rápidas. Duèze tinha o tamanho de um garoto de 15 anos, um nariz de ratinho logo abaixo de sobrancelhas brancas e uma ossatura frágil.

Por detrás das vidraças, o céu começava a tornar-se róseo; ainda não era possível apagar as velas, mas lá fora a luz da manhã já dissolvia as sombras. A má hora havia passado...

O mensageiro entrou; o cardeal, na primeira olhadela, soube que não estava diante de um mensageiro profissional. Antes de mais nada, um verdadeiro mensageiro teria posto imediatamente um dos joelhos no chão e teria estendido a caixa contendo as mensagens, em vez de permanecer de pé, inclinando a cabeça e dizendo: "Monsenhor..." E depois a corte de França, a fim de encaminhar sua correspondência, utilizava cavaleiros fortes, de estatura sólida, robustos, como o grande marmanjo apelidado Robin Que Se Casou, especialmente destacado para o trajeto entre Paris e Avignon, e não um jovenzinho daqueles, do nariz pontudo, que parecia mal poder manter as pálpebras abertas e titubeava de tanto cansaço.

"Isso está cheirando a um disfarce", disse a si mesmo Duèze. "Aliás, eu já vi esse rosto em algum lugar..."

Com sua mão curta e miúda, quebrou o lacre da carta e logo ficou decepcionado. Não se tratava da eleição, mas de um pedido de proteção para o próprio mensageiro. Entretanto, Duèze viu naquilo um sinal favorável; quando Paris tinha um serviço a obter das autoridades eclesiásticas, era a ele que recorria.

— Então, vosso nome é Guccio Baglioni? — disse o cardeal após terminar a leitura.

O jovem teve um sobressalto.

— Sim, monsenhor.

— O conde de Bouville vos recomenda a meus cuidados para que eu cuide de vós e para que vos proteja da perseguição de vossos inimigos.

— Caso aceiteis conceder-me tal graça, monsenhor.

— Parece que tivestes alguma má aventura que vos obrigou a fugir dessa maneira — continuou o cardeal, com sua voz rápida e sem ressonância. — Contai-me isso tudo. Bouville me diz que fazíeis parte da escolta que conduziu a rainha Clemência até a França. De fato, agora estou me lembrando... Eu vos vi junto dele. E sois o sobrinho do senhor Tolomei, o capitão-geral dos lombardos de Paris. Muito bem, muito bem. Contai-me vosso problema.

Ele estava sentado e brincava maquinalmente com um grande púlpito giratório sobre o qual repousavam os livros que ele utilizava em seu trabalho. E encontrava-se agora relaxado, tranquilo e pronto para distrair-se um pouco com os pequenos problemas alheios.

Guccio Baglioni percorrera cento e vinte léguas em quatro dias e meio. Não sentia mais seus membros; uma bruma densa embrulhava-lhe a cabeça, e ele teria dado qualquer coisa para estender-se ali mesmo, no chão, e dormir... dormir...

Mas conseguiu se controlar; sua segurança, seu amor, seu futuro, tudo isso exigia que ele vencesse, ainda por um momento, o cansaço.

— Monsenhor, eu desposei uma moça nobre — respondeu ele.

Pareceu-lhe que tais palavras saíam da boca de outra pessoa. Ele quisera explicar ao cardeal que uma infelicidade sem igual acabava de abater-se sobre ele, que era o homem mais atingido, o mais dilacerado do universo, que ameaçavam sua vida, que tinha precisado distanciar-se, talvez para sempre, da mulher sem a qual não podia respirar, que a mulher ia ser trancafiada, que os acontecimentos tinham desmoronado sobre eles havia uma semana com tal violência, tal rapidez, que o tempo parecia perder suas dimensões habituais, e que ele mesmo, Guccio, sentia-se semelhante a um pedregulho que é arrastado pela torrente... Ora, todo o seu drama, naquele momento em que ele devia exprimir-se, resumia-se a esta pequena frase: "Monsenhor, eu desposei uma moça nobre..."

— Ah, sim. Como é o nome dela? — perguntou o cardeal.

— Maria de Cressay.

— Cressay... eu não conheço.

— Tive de desposá-la secretamente, monsenhor, pois sua família era contra a nossa união.

— Porque sois um lombardo, não é? Claro. Eles ainda estão um pouco atrasados aqui na França. Na Itália... é diferente. Então, quereis obter a anulação? Bah! Se o casamento foi secreto...

— Não, monsenhor, eu a amo, ela me ama — disse Guccio. — Mas sua família descobriu que está grávida, e seus irmãos me perseguiram para matar-me.

— E eles podem fazê-lo. O direito consuetudinário está do lado deles. Vós estais em situação de sequestrador... Quem foi que vos casou?

— O frei Vincenzo, um agostiniano.

— Frei Vincenzo... Não conheço.

— E o pior, monsenhor, é que esse monge morreu. Agora não posso mais provar que nos casamos realmente... Não deveis pensar que sou covarde, monsenhor. Eu queria enfrentar a família Cressay. E não o fiz porque meu tio recorreu ao senhor de Bouville...

— ...que sabiamente vos aconselhou a distanciar-vos.

— Mas Maria será trancada num convento! Pensais, monsenhor, que podereis fazê-la sair de lá? Pensais que poderei revê-la?

— Uma coisa de cada vez, meu filho! — respondeu o cardeal, continuando a brincar com o púlpito. — Um convento? Pois bem, em que lugar ela poderia estar mais segura agora? Tende esperança na infinita mansuetude divina, da qual todos nós precisamos tanto...

Guccio abaixou a cabeça com uma expressão de exaustão. Seus cabelos negros estavam cobertos de pó.

— Vosso tio tem atualmente boas relações comerciais com os Bardi? — prosseguiu o cardeal.

— Claro, monsenhor, claro... Os Bardi são vossos banqueiros, creio.

— Sim, eles são meus banqueiros. Mas nos últimos tempos acho que... acho que está mais difícil lidar com eles do que no passado. Eles têm uma companhia tão grande! E têm escritórios por toda parte. E para o menor pedido devem consultar Florença. São tão demorados quanto um tribunal de Igreja... Vosso tio conta muitos prelados entre seus clientes?

O espírito de Guccio não estava muito inclinado às discussões sobre assuntos bancários. Uma espécie de névoa encobria seus olhos, suas pálpebras ardiam.

— Não, nossos clientes são sobretudo os grandes senhores feudais. O conde de Valois, o conde d'Artois... Nós ficaríamos muito honrados, monsenhor... — disse ele com uma cortesia mecânica.

— Falaremos disso mais tarde. Por enquanto, vós tendes aqui neste convento um bom abrigo. Diremos que vós sois um homem a meu serviço, e talvez precisareis usar um hábito de clérigo... Verei isso com meu capelão. Podeis vos despojar de vossa libré e ir dormir em paz, pois vê-se que tendes grande necessidade disso...

Guccio despediu-se, murmurou algumas palavras de gratidão e dirigiu-se à porta. Depois, detendo-se, disse:

— Ainda não posso descansar, monsenhor; tenho outra mensagem a entregar.

— A quem? — perguntou Duèze, desconfiado.

— Ao conde de Poitiers.

— Confiai-me essa carta; farei com que ela lhe seja entregue agora mesmo por um irmão.

— É que... Monsenhor, o senhor de Bouville recomendou-me...

— Sabeis se essa mensagem tem algo a ver com o conclave?

— De forma alguma, monsenhor. Trata-se de uma mensagem que informa sobre a morte do rei.

O cardeal pulou de sua poltrona.

— O rei Luís morreu? Mas por que não dissestes antes?

— Ainda não estão a par aqui? Pensava que já tínheis sido avisado, monsenhor.

Na verdade ele não pensava coisa alguma. Suas infelicidades, seu cansaço, tudo isso o fizera esquecer aquele acontecimento capital. Tendo galopado sem parar desde sua saída de Paris, trocando de cavalo nos monastérios indicados para tal, comendo apressadamente, falando o mínimo possível, ele ultrapassara, sem saber, os mensageiros oficiais.

— Do que ele faleceu?

— É exatamente isso que o senhor de Bouville quer informar ao conde de Poitiers.

— Crime? — cochichou Duèze.

— O rei, segundo o conde de Bouville, teria sido envenenado.

O cardeal refletiu por um instante.

— Eis algo que pode mudar muitas coisas — murmurou ele. — Algum regente foi designado?

— Não sei, monsenhor. Quando saí de viagem, estavam nomeando o conde de Valois...

— Está bem, meu filho, ide repousar agora.

— Mas monsenhor... e o conde de Poitiers?

Os lábios finos do prelado esboçaram um rápido sorriso, que podia passar por uma expressão de benevolência.

— Não seria muito prudente que vós aparecêsseis pela cidade e, além do mais, estais caindo de lassidão — disse ele. — Dai-me essa mensagem; a fim de vos evitar qualquer problema, eu irei em pessoa entregá-la.

Alguns minutos mais tarde, escoltado por um criado e seguido por um secretário, o cardeal da cúria saía da abadia d'Ainay, situada entre os rios Rhône e Saône, e entrava por ruelas sombrias, muitas vezes quase barradas por montes de imundície. Magro, ágil, ele avançava com passos saltitantes, suportando quase como um garoto os seus 72 anos. A barra de sua túnica púrpura parecia dançar entre os muros.

Os sinos das vinte igrejas e dos quarenta e dois conventos de Lyon soavam para os primeiros ofícios religiosos do dia. As distâncias eram curtas naquela cidade de casas amontoadas, que contava cerca de vinte mil habitantes, dos quais a metade consagrava-se à religião do comércio. O cardeal logo chegou à morada do cônsul Varay, onde estava hospedado o conde de Poitiers.

III

As portas de Lyon

O CONDE DE POITIERS TINHA ACABADO de fazer sua toalete matinal quando o camareiro lhe anunciou a visita do cardeal.

Muito alto e muito magro, com o nariz proeminente, os cabelos caindo sobre a testa numa franja curta, e mais longos, em cachos, pelas faces, a pele fresca como ela é quando se tem 25 anos, o jovem príncipe, vestido com um roupão feito com uma espécie de tafetá escuro,[3] veio receber monsenhor Duèze e beijou seu anel cheio de deferência.

Teria sido difícil encontrar contraste maior, dessemelhança mais surpreendente do que entre aqueles dois personagens, um deles lembrando uma velha fuinha que sai de sua toca, e o outro, uma garça-real que atravessa altivamente os pântanos.

— Apesar da hora matinal, senhor, não pude deixar para mais tarde e fiz questão de vir imediatamente vos dizer que estou orando pelo luto que vos atinge.

— O luto? — disse Felipe de Poitiers com um leve sobressalto.

Seu primeiro pensamento foi para Jeanne, que ele deixara em Paris grávida de oito meses.

— Vejo que agi muito bem vindo vos avisar — continuou Duèze. — O rei, vosso irmão, morreu há cinco dias.

Nada mais se mexeu no corpo de Felipe; apenas uma inspiração um pouco mais forte inchou seu peito. Nada se viu em seu rosto, nem uma expressão de surpresa, nem emoção, nem sequer alguma impaciência para ter mais detalhes.

— Fico grato por sua presteza em vir ter comigo, monsenhor — respondeu ele. — Mas como é possível que estejais a par dessa notícia antes de mim mesmo?

— Por intermédio do senhor de Bouville, cujo mensageiro correu com muita pressa a fim de vos entregar esta carta em segredo.

O conde de Poitiers rompeu o lacre da mensagem, leu seu conteúdo aproximando-a do nariz, pois ele era muito míope. Dessa vez tampouco ele traiu seus sentimentos; simplesmente, depois de ter acabado a leitura, dobrou novamente a carta e fez com que ela deslizasse sob sua túnica. Depois permaneceu silencioso.

O cardeal também ficou calado, demonstrando respeito pela dor do príncipe, ainda que este não desse o mínimo sinal de aflição.

— Deus o salve dos castigos do inferno — disse finalmente o conde de Poitiers, como que para dar uma resposta à atitude devota do prelado.

— Oh! O inferno... — murmurou Duèze. — Oremos a Deus! Eu penso também na desafortunada Clemência, que vi crescer quando servi ao rei de Nápoles. Uma princesa tão doce... tão suave...

— Sim, sinto um grande pesar por minha cunhada — disse Poitiers.

E, ao mesmo tempo, ele pensava: "Luís não deixou nenhuma vontade em relação à regência. Segundo o que me diz Bouville, nosso tio Valois já está se arrogando direitos ilusórios para assumi-la..."

— O que fareis, senhor? Ireis imediatamente vos dirigir a Paris? — perguntou o cardeal.

— Não sei, ainda não sei — respondeu Poitiers. — Vou esperar outras informações. Eu me colocarei à disposição do reino.

Bouville, em sua carta, não havia ocultado que desejava seu retorno a Paris. Na qualidade de primeiro irmão do rei defunto e também de par do reino, seu lugar era evidentemente na capital, no momento em que ocorriam os debates sobre a regência. Outro em seu lugar já teria dado ordem para que os cavalos fossem selados.

Mas Felipe de Poitiers experimentava um grande pesar, e até mesmo certa repugnância, diante da ideia de deixar a cidade de Lyon sem ter cumprido as tarefas que empreendera.

Antes queria concluir o contrato de noivado entre sua terceira filha, Izabel, que tinha então menos de 5 anos, e o "delfinzinho" do domínio de Viennois, o pequeno Guigues, que tinha 6. Acabara de negociar esse casamento em Vienne, com os herdeiros do domínio, Jean II de la Tour du Pin e Beatriz, irmã da rainha Clemência. Boa aliança, que permitiria à coroa de França contrabalançar naquela região a influência da família dos Anjou-Sicília. Um encontro estava marcado para os próximos dias, para uma troca solene de assinaturas.

E, sobretudo, havia a eleição papal. Fazia diversas semanas que Felipe de Poitiers corria pelos domínios da Provença, do Viennois e do Lyonnais, a fim de ver, um após o outro, os vinte e quatro cardeais dispersos, assegurando-lhes que a agressão de Carpentras nunca mais se reproduziria, que nenhuma violência lhes seria feita, chegando mesmo a sugerir a muitos que eles até poderiam ter uma chance, fazendo a pregação dos prestígios da fé, da dignidade da Igreja e dos interesses dos Estados.[4] Enfim, com tantas palavras, promessas e, às vezes, dinheiro, ele tinha conseguido reuni-los em Lyon, cidade por muito tempo colocada sob autoridade eclesiástica, e recentemente — nos últimos anos do reinado de Felipe, o Belo — sob o poder direto do rei de França.

O conde de Poitiers sentia-se próximo de atingir seus objetivos. Mas, caso ele se distanciasse, provavelmente todas as dificuldades renasceriam, os ódios pessoais se reacenderiam, o poder da nobreza romana ou o do rei de Nápoles suplantaria o da França, os diversos partidos recomeçariam a acusar-se mutuamente de traição e heresia. E assim talvez se visse, ao fim de tantas dissensões, a partida do papado para Roma. "Exatamente o que meu pai queria tanto evitar...", dizia a si mesmo Felipe de Poitiers. "Será que toda a obra de meu pai, já tão deteriorada por Luís e por nosso tio Valois, vai ser completamente destruída?"

Durante alguns instantes o cardeal Duèze teve a impressão de que o jovem príncipe esquecera sua presença. Mas, repentinamente, Poitiers lhe perguntou:

— O partido gascão tem a intenção de manter a candidatura do cardeal de Pélagrue? Pensais que vossos honoráveis colegas estão finalmente dispostos a reunir-se? Sentai-vos aqui, monsenhor, e dizei-me o que pensais. Em que situação nos encontramos exatamente?

O cardeal já frequentara muitos soberanos e homens de governo, durante os trinta e tantos anos em que participava dos negócios dos reinos. Mas ainda não encontrara homens que demonstrassem tamanho domínio de si mesmos. Eis um príncipe de 25 anos, a quem acabava de anunciar que o irmão morrera e que o trono estava vago, cujo espírito permanecia em alerta a ponto de preocupar-se com a embrulhada de um conclave. Aquilo merecia consideração.

Sentados lado a lado perto de uma janela, sobre um baú revestido de adamascado, o cardeal com os pés mal tocando o chão e os tornozelos magros de Poitiers balançando-se lentamente no ar, os dois homens tiveram uma longa conversa.

Na realidade, de acordo com a exposição que lhe fez Duèze, os problemas continuavam sendo os mesmos que tinham sido expostos a Bouville, num terreno nas redondezas de Avignon, dois anos depois da morte de Clemente V.

O partido dos dez cardeais gascões, que também era chamado de partido francês, continuava sendo o mais numeroso, mas era insuficiente para constituir sozinho a maioria necessária para perfazer dois terços do Sagrado Colegiado, ou seja, dezesseis votos. Os gascões consideravam-se depositários do pensamento do papa falecido, ao qual todos deviam a nomeação para o cardinalato, e, por isso, defendiam com firmeza a manutenção da sede em Avignon, mostrando-se notavelmente unidos contra os dois outros partidos. Entre eles, porém, desenrolava-se uma surda competição; ao lado das ambições de Arnaud de Pélagrue cresciam as de Arnaud de Fougères e as de Arnaud Nouvel. Fingindo apoiar-se mutuamente, tentavam se derrubar uns aos outros de forma traiçoeira.

— A guerra dos três Arnaud — disse Duèze com sua voz sussurrante. — Vejamos agora o partido dos italianos.

Estes não passavam de oito, mas estavam divididos em três facções. A bofetada de Anagni havia separado para todo o sempre o temível cardeal Caetani, sobrinho do papa Bonifácio VIII, dos dois cardeais Colonna. Entre esses adversários os outros italianos flutuavam. Stefaneschi, por hostilidade à política de Felipe, o Belo, era partidário de Caetani, de quem ele era, aliás, parente; Napoleão Orsini não se decidia e oscilava de um lado para o outro. Os oito só encontravam alguma coesão em relação a um ponto: o retorno do papado para a Cidade Eterna. Em relação a isso, a determinação de todos era feroz.

— Sabeis muito bem, senhor — continuou Duèze —, que por um momento tivemos o risco de um cisma; e tal risco ainda existe... Nossos italianos recusavam a reunir-se na França, e ainda há pouco faziam saber que, caso fosse eleito um papa gascão, não o reconheceriam e nomeariam seu próprio papa em Roma.

— Não haverá cisma — disse calmamente o conde de Poitiers.

— Graças a vós, senhor, graças a vós, reconheço com grande prazer e não me canso de repetir isso a todos. Indo de cidade em cidade a fim de levar a boa palavra, vós ainda não pudestes encontrar o pastor; entretanto, já conseguistes reunir a tropa.

— Ovelhas bem custosas essas, monsenhor! Sabíeis que vim de Paris com dezesseis mil libras, e que, na semana passada, precisei mandar buscar a mesma quantia? Jasão, comparado a mim, era um modestíssimo senhor. Gostaria que todos esses tostões de ouro não me escorressem por entre os dedos — disse o conde de Poitiers, enrugando ligeiramente as pálpebras.

Duèze, que de forma indireta havia se beneficiado grandemente daquela generosidade, não comentou de maneira clara a alusão, mas respondeu:

— Creio que Napoleão Orsini e Alberti de Prato, e talvez até mesmo Guilherme de Longis, que foi chanceler de Nápoles antes de mim, abandonariam facilmente o grupo em que se encontram... Evitar um cisma bem que valia esse preço...

Poitiers pensou: "Ele utilizou o dinheiro que lhe demos para conseguir três votos dos italianos. Muito hábil."

Quanto a Caetani, ainda que continuasse a se mostrar irredutível, sua posição não era mais tão forte depois que tinham sido descobertas suas práticas de bruxaria e sua tentativa de enfeitiçar o rei de França e o próprio conde de Poitiers. O antigo templário Évrard, um tipo semienlouquecido do qual Caetani havia se servido para suas obras demoníacas, tinha falado um pouco demais antes de se entregar à gente do rei...

— Mantenho esse caso reservado para o momento oportuno — disse o conde de Poitiers. — O perfume da fogueira poderia, uma vez chegado o momento, provocar certa flexibilidade no comportamento de monsenhor Caetani.

Diante da ideia de ver condenado à fogueira outro cardeal, um leve e furtivo sorriso perpassou os lábios estreitos do velho prelado.

— Por má sorte — continuou Poitiers — esse Évrard se enforcou na prisão em que eu o jogara, antes que o interrogássemos de verdade.

— Ele se enforcou? Vós me surpreendeis, senhor. Pessoas de minha confiança que o conheciam bem garantiram-me que o reencontraram há menos de duas semanas rondando Valence de novo. Então ele ressuscitou...

— Mas então penduraram outra pessoa nas grades de sua cela.

— A Ordem do Templo ainda é poderosa — disse o cardeal.

— Infelizmente! — suspirou o conde de Poitiers, e mentalmente tomou nota do projeto de mandar um de seus oficiais investigar pelos lados de Valence.

— Parece — emendou Duèze — que Francesco Caetani desviou-se completamente dos negócios de Deus para consagrar-se apenas aos de Satã. Não teria sido ele que, depois de falhar na tentativa de enfeitiçar o rei, teria feito com que o envenenassem?

O conde de Poitiers balançou as mãos, fazendo um gesto que exprimia sua ignorância sobre o assunto.

— Cada vez que morre um rei, afirma-se que foi envenenado — respondeu ele. — Disseram isso de meu antepassado Luís VIII e até de meu pai, que Deus o tenha... Meu irmão Luís tinha uma saúde bastante frágil. Mas é verdade que precisamos pensar no assunto.

— Resta, enfim, o terceiro partido — continuou Duèze —, o partido que chamamos de provençal, por causa do mais inquieto de todos nós, o cardeal de Mandagout...

Esse último partido contava seis cardeais, de origens diversas; prelados meridionais, como os dois irmãos Bérenger Frédol, nele coabitavam com normandos e com um cardeal do domínio de Quercy, que era o próprio Duèze.

O ouro distribuído por Felipe de Poitiers havia tornado esses homens bastante receptivos em relação aos argumentos da política francesa.

— Somos os menores, somos os mais fracos — disse Duèze —, mas constituímos a parcela indispensável para que qualquer outro partido obtenha a maioria. E já que gascões e italianos recusam-se mutuamente um papa que poderia vir de seus partidários, então, senhor...

— Então... será preciso escolher um papa de vosso partido. Não é o que pensais?

— É o que penso, é o que penso realmente. Eu disse isso logo após a morte de Clemente. Ninguém me escutou. Acreditaram, sem dúvida, que eu pregava em meu próprio nome, pois de fato ele fora sugerido, sem que eu quisesse. Mas a corte de França jamais teve confiança em mim.

— Decerto é porque estáveis próximo demais da corte de Nápoles, monsenhor...

— E se eu não tivesse sido apoiado por ninguém, senhor, quem teria se preocupado comigo? Minha única ambição, podeis crer, é ver um pouco de ordem nos negócios da Cristandade, que vão muito mal; a tarefa não será nada fácil para o próximo sucessor de São Pedro.

O conde de Poitiers juntou as mãos compridas diante do rosto e refletiu por alguns segundos.

— Acreditais, monsenhor, que os italianos, em troca da satisfação de um papa não gascão aceitariam que a Santa Sé permaneça em Avignon? E que os gascões, em troca da certeza de Avignon, renunciariam a seu candidato e aceitariam juntar-se a vosso partido?

O que significava claramente: "Caso vós, monsenhor Duèze, sejais eleito com o meu apoio, aceitais o compromisso formal de conservar a residência atual do papado?"

Duèze compreendeu perfeitamente.

— Esta seria, senhor, a mais sábia solução.

— Tomo nota de vossa preciosa opinião — disse Felipe de Poitiers, levantando-se a fim de pôr termo à entrevista.

Ele acompanhou o cardeal até a porta.

O instante em que dois homens separados por tudo na aparência — idade, aspecto, experiência, funções — reconhecem-se como aparentados de temperamento e adivinham que pode nascer entre eles uma colaboração e uma amizade, tal instante depende mais das conjunções misteriosas do destino do que das palavras trocadas entre ambos.

No momento em que Felipe se inclinava para beijar o anel do cardeal, este murmurou:

— Vós seríeis, senhor, um perfeito regente.

Felipe reergueu-se, pensando: "Será que ele sabe que não pensei em outra coisa durante toda a nossa conversa?" E respondeu:

— E não faríeis vós também, monsenhor, um papa excelente?

E eles não puderam impedir-se de sorrir discretamente, o ancião com uma espécie de afeição paterna, o jovem com uma deferência amical.

— Eu vos seria grato — acrescentou Felipe — de conservar secreta a grave notícia que me comunicastes, até que ela tenha sido confirmada publicamente.

— Assim agirei, senhor, para vos servir.

Depois de ficar sozinho, o conde de Poitiers consagrou alguns momentos à reflexão. Em seguida chamou seu camareiro.

— Adam Héron, nenhum mensageiro chegou de Paris? — perguntou-lhe.

— Não, senhor.

— Então tomai as providências para que todas as portas de entrada da cidade de Lyon sejam fechadas.

IV

“Enxuguemos nossas lágrimas”

NAQUELA MANHÃ, A POPULAÇÃO DE Lyon ficou privada de legumes. As carroças dos horticultores tinham sido retidas do lado de fora das muralhas da cidade, e as donas de casa perambulavam em vão pelos mercados vazios. A ponte que atravessava o rio Saône estava barrada por uma tropa. Ninguém podia entrar em Lyon, tampouco sair da cidade. Mercadores italianos, viajantes, monges peregrinos, aos quais se juntavam curiosos e desocupados, aglomeravam-se em volta das portas e reclamavam explicações. Os guardas respondiam invariavelmente a quaisquer perguntas com aquele ar distanciado que assumem os agentes da autoridade quando têm de aplicar uma medida cuja razão eles mesmos ignoram: “Ordem do conde de Poitiers!”

— Mas tenho de ir ver minha filha doente em Fourvière...

— Minha granja de Saint-Just pegou fogo ontem à tarde...

— O bailio de Villefranche vai empenhar meus bens caso eu não o pague ainda hoje!

As pessoas protestavam e apresentavam suas razões, mas de nada adiantava.

E como a pressão popular começava a se mostrar mais forte, os sargentos brandiam as armas.

Estranhos rumores circulavam pela cidade.

Uns asseguravam que haveria uma guerra. Mas contra quem? Ninguém era capaz de dizer. Outros afirmavam que uma rebelião sangrenta tinha se produzido durante a noite, perto do convento dos agostinianos, envolvendo os homens do rei e os adeptos dos cardeais italianos. Tinham ouvido galope de cavalos. Citavam até mesmo diversos mortos. Mas pelo lado dos agostinianos tudo estava calmo.

O arcebispo, Pierre de Saboia, estava preocupadíssimo, perguntando-se que golpe estaria em preparação, para constranger a abandonar a primazia das Gálias* em proveito do arcebispado de Sens, única prerrogativa que ele tinha podido conservar depois que Lyon passara a depender da coroa, em 1312.[5] Ele enviara um de seus cônegos em busca de notícias, mas o homem esbarrara, na residência do conde de Poitiers, num escudeiro muito cortês, porém mudo. E o arcebispo esperava o momento em que receberia um ultimato.

Entre os cardeais, alojados em diversos estabelecimentos religiosos, a angústia não era menor, e chegava quase ao desvario. Permanecia presente na memória de todos o caso ocorrido em Carpentras. E dessa vez? Como fazer para fugir? Emissários corriam dos agostinianos para os franciscanos, dos jacobinos para os cartuxos. O cardeal Caetani havia despachado seu homem de confiança, o abade Pierre, para as casas de Napoleão Orsini, de Alberti de Prato, e de Flisco, o único espanhol, a fim de dizer a tais prelados:

---

* Pelo plural "Gálias" compreende-se toda a região no entorno da cidade de Lyon. (N.T.)

— Vede! Consentistes em ser seduzidos pelo conde de Poitiers. Ele havia jurado que não nos molestaria e que nem sequer teríamos de abraçar o claustro para votarmos, que permaneceríamos completamente livres, e agora ele nos trancafia na cidade de Lyon.

O próprio Duèze recebeu a visita de dois de seus colegas provençais, o cardeal de Mandagout e o mais velho dos irmãos Bérenger Frédol. Mas Duèze fingiu que acabava de sair de seus trabalhos de erudito e que não estava a par de nada. Enquanto isso, numa alcova perto de seu aposento, Guccio Baglioni dormia como uma pedra, fora do estado de sequer poder imaginar que estava na origem de tamanho pânico.

Fazia uma hora que o cônsul Varay e três de seus colegas, vindos para exigir explicações em nome do colégio "sindical" da cidade, vagavam na antecâmara do conde de Poitiers.

Este estava reunido a portas fechadas com os membros de seu círculo estreito e com os grandes oficiais que faziam parte de sua missão.

Finalmente os cortinados se abriram e o conde de Poitiers apareceu, seguido por seus conselheiros. Todos ostentavam uma expressão grave.

— Ah! Senhor de Varay! Como estais todos vós, senhores cônsules? — disse o conde de Poitiers. — Poderemos vos entregar aqui mesmo a mensagem que pretendíamos vos enviar. Senhor de Miles, fazei a gentileza de lê-la.

Miles de Noyers, que tinha sido conselheiro do Parlamento e marechal da hoste sob o reinado de Felipe, o Belo, abriu um pergaminho e leu:

"A todos os bailios, senescais e conselhos de nossas boas cidades. Vimos informar a todos o grande pesar pela morte de nosso irmão bem-amado, nosso rei Luís X, que Deus por bem quis subtrair à afeição de seus súditos. Mas a natureza humana é de tal forma feita que ninguém pode escapar ao fim que lhe é determinado. Assim, decidimos enxugar nossas lágrimas, orar convosco a Cristo por sua alma e mostrarmo-nos apressados em tomar o governo do reino de

França e de Navarra, a fim de que os direitos de ambos não sejam atingidos, e que os súditos desses reinos vivam felizes sob a proteção da justiça e da paz.

Assim declara o regente dos dois reinos, pela graça de Deus."

Felipe

Uma vez passada a primeira emoção, o senhor de Varay veio imediatamente beijar a mão do conde de Poitiers, e os outros cônsules imitaram-no sem hesitação.

O rei estava morto. A notícia era surpreendente o bastante para que alguém pudesse pensar de imediato em questionar o que quer que fosse. Na ausência de um herdeiro maior de idade, parecia perfeitamente normal que o mais velho dos irmãos do soberano assumisse o poder. Os cônsules não duvidaram um instante sequer que a decisão tivesse sido tomada pela Câmara dos Pares.

— Fazei-me o favor de ordenar que tal notícia seja anunciada pelas ruas da cidade — ordenou Felipe de Poitiers. — Depois disso, as portas serão imediatamente abertas.

Então acrescentou:

— Senhor Varay, sois um homem poderoso no comércio de tecidos; eu vos serei grato por me fornecerdes vinte mantos pretos, que deverão ser depositados na antecâmara de meus aposentos, a fim de serem usados pelas pessoas que vierem me apresentar seus pêsames.

E despediu-se dos cônsules.

Os dois primeiros atos de sua tomada de poder estavam realizados. Ele tinha feito com que seu círculo próximo o proclamasse regente, sendo que tal círculo tornava-se assim, ao mesmo tempo, seu Conselho de governo. Do mesmo modo, seria reconhecido pela cidade de Lyon, onde residia na ocasião. Tinha pressa para estender esse reconhecimento à totalidade do reino, colocando Paris diante de um fato consumado. O sucesso dependia da rapidez.

Os copistas já estavam reproduzindo múltiplos exemplares da proclamação, e os mensageiros selavam os cavalos para ir difundi-la em todas as províncias.

Tão logo as portas de Lyon foram reabertas, tais mensageiros puseram-se a caminho, cruzando com três outros cavaleiros que tinham ficado retidos, naquela manhã, do outro lado do rio Saône. Um deles trazia uma longa carta do conde de Valois, pela qual se declarava regente designado e pedia a Felipe uma ratificação formal a fim de que tal designação se tornasse efetiva. "Estou certo de vossa colaboração para o bem do reino, e espero que me dareis o mais rápido possível vosso acordo, enquanto bom e bem-amado sobrinho, tal como sempre fostes."

O segundo cavaleiro trazia uma mensagem do duque de Borgonha, que reclamava, ele também, a regência em nome de sua sobrinha, a pequena Jeanne de Navarra.

Por fim, o conde de Évreux avisava a Felipe que os pares não tinham sido reunidos de acordo com os usos e costumes, e que a pressa de Carlos de Valois para apoderar-se do governo não se apoiava em texto algum, tampouco em nenhuma assembleia regular.

O conde de Poitiers, ao receber tais novas, reuniu seu círculo próximo. Neste Conselho encontravam-se praticamente todos os homens hostis à política seguida havia dezoito meses pelo Cabeçudo e por Carlos de Valois; Felipe de Poitiers, conhecendo os méritos e as capacidades de seus homens, tinha decidido que participariam das difíceis negociações que ele devia encetar com a Igreja. Esse era o caso do condestável Gaucher de Châtillon, que não perdoava a ridícula campanha militar da "hoste lamacenta", que ele tinha sido obrigado a comandar em Flandres no ano precedente; tal como Miles de Noyers, parente próximo de Gaucher; o mesmo em relação a Raul de Presles, legista de Felipe, o Belo, que Valois tinha mandado prender ao mesmo tempo que Enguerrand de Marigny e que devia sua libertação ao conde de Poitiers.

Nenhum deles considerava com bons olhos as ambições de Valois, nem desejava que o duque de Borgonha se intrometesse nos negócios da coroa. Admiravam a rapidez com a qual o jovem príncipe reagira e colocavam nele todas as suas esperanças.

Poitiers escreveu a Eudes de Borgonha e a Carlos de Valois, sem mencionar as cartas de ambos, como se não as tivesse recebido, para informá-los de que se considerava regente por direito natural e que reuniria a assembleia dos pares com o objetivo de sancionar tal situação tão logo fosse possível.

Ao mesmo tempo, designou alguns comissários para irem aos principais centros do reino tomar posse do comando em seu nome. Assim partiram, naquele mesmo dia, diversos de seus mensageiros, como Regnault de Lor, Thomas de Marfontaine e Guilherme Courteheuse. Ele quis que permanecessem junto dele Anseau de Joinville, o filho do velho senescal, e Henry de Sully.

Enquanto os sinos soavam em todas as torres, Felipe de Poitiers deliberava a sós com Gaucher de Châtillon. Por direito, o condestável de França participava de todas as assembleias de governo, da Câmara dos Pares, do Grande Conselho e do Conselho restrito. Felipe pediu, pois, a Gaucher, que fosse até Paris para representá-lo e opor-se, até sua própria chegada, às empreitadas de Carlos de Valois; o condestável, por outro lado, poderia assim assegurar-se do domínio das tropas pagas da capital e, especialmente, da corporação dos balestreiros.

Pois o novo regente, para a surpresa — seguida da aprovação — de seus conselheiros, decidira permanecer provisoriamente em Lyon.

— Não devemos nos desviar das tarefas de que nos ocupamos agora. O mais importante para o reino é ter um papa, e seremos mais fortes quando tivermos conseguido que um chefe da Igreja seja eleito.

E apressou a assinatura do contrato de casamento entre sua filha e o pequeno delfim de Viennois. Tal assunto à primeira vista nada tinha a ver com a eleição pontifical. Mas, para Felipe, a aliança com o delfim, que reinava sobre todos os territórios ao sul de Lyon, era uma peça essencial do jogo. Caso os cardeais pretendessem escapar dele, não poderiam ir se refugiar por aqueles lados; assim, estava barrada a rota deles em direção à Itália. Além do mais, o noivado consolidava sua posição de regente, com o delfim vindo colocar-se assim em seu campo.

Por causa do luto, o contrato foi assinado sem festas, num dos dias seguintes.

Paralelamente, Felipe de Poitiers conferenciou com o mais poderoso senhor feudal da região, o conde de Forez, aliás, cunhado do delfim, que, devido a suas posses, comandava todas as terras na margem direita do rio Rhône.

Jean de Forez estivera presente nas campanhas militares de Flandres, tinha representado diversas vezes Felipe, o Belo, junto à corte papal e trabalhara de maneira muito útil em favor da reunião de Lyon à França. O conde de Poitiers, desde que retomasse a política de seu falecido pai, sabia que poderia contar com ele.

No dia 16 de junho, o conde de Forez realizou um ato muitíssimo espetacular. Prestou solenemente homenagem a Felipe, reconhecendo-o como suserano de todos os suseranos de França, ou seja, detentor da autoridade real.

No dia seguinte, o conde Bermond de La Voulte, cujo feudo de Pierregourde encontrava-se na senescalia de Lyon, colocando suas mãos sobre as do conde de Poitiers, fez o mesmo juramento, nas mesmas condições.

Poitiers pediu ao conde de Forez que mantivesse prontos, discretamente, setecentos homens armados. Os cardeais, a partir de então, não sairiam mais da cidade.

Mas daí a conseguir fazer com que um papa fosse eleito, havia uma boa distância. As tratativas estavam empacadas. Os italianos, sentindo que o regente estava com pressa de voltar para Paris, tornavam-se inflexíveis em suas posições. “Ele será o primeiro a desistir”, diziam. Pouco lhes importava o trágico estado de anarquia em que se perdiam os assuntos da Igreja.

Felipe de Poitiers teve diversas entrevistas com o cardeal Duèze, que lhe parecia o espírito mais vivo do conclave, o mais imaginativo e, decididamente, o mais desejável administrador da Cristandade naquele difícil momento.

— A heresia floresce por toda parte — dizia o cardeal com sua voz embargada. — E como isso poderia não acontecer, com o exemplo que damos? O demônio aproveita de nossas discórdias para semear o joio. Mas é na diocese de Toulouse, sobretudo, que a má erva cresce com maior facilidade. Velha terra de rebelião e de sonhos ruins! Seria conveniente que o próximo papa dividisse essa enorme diocese, grande demais para ser governada, em cinco bispados, cada um deles confiado a mãos firmes.

— Isso — respondia o conde de Poitiers — levaria à criação de vários benefícios dos quais nosso Tesouro poderia receber as anatas.

— É claro, senhor.

As anatas eram uma taxa real cobrada sobre os novos benefícios eclesiásticos, que consistiam na percepção das rendas do primeiro ano. Ora, a ausência de um papa impedia que se procedesse à criação de benefícios. E o Tesouro sofria com isso, mais duramente porque o clero em geral, aproveitando-se de não ter um chefe, inventava todos os pretextos possíveis para não pagar os impostos atrasados.

De fato, quando Felipe de Poitiers e Jacques Duèze pensavam no futuro, um como regente, o outro como eventual supremo pontífice, as primeiras preocupações de ambos diziam respeito às finanças.

Quando da morte de Felipe, o Belo, a tesouraria francesa não estava em excelente forma, mas não chegava a estar endividada; em dezoito meses, devido à expedição de Flandres, à insurreição do condado de Artois, aos privilégios concedidos às ligas de senhores feudais, Luís X e Valois tinham conseguido endividar o reino por diversos anos.

O tesouro pontifical, depois de dois anos de um conclave errante, não estava em melhor estado; os cardeais vendiam-se tão caro aos príncipes porque a muitos deles só restava, como meio de subsistência, a negociação de seus próprios votos.

— Multas, senhor, é preciso multar — aconselhou Duèze ao jovem regente. — Decretai a cobrança de multas àqueles que terão cometido malfeitorias, e, quanto mais eles forem ricos, mais elevadas elas deverão ser. Se aquele que comete uma falta para com a lei possui vinte libras, exigi que ele pague uma libra. Mas caso ele possua mil, tomai-lhe quinhentas, e caso ele tenha ainda mais, cem mil libras, digamos, tomai-lhe tudo. Vós encontrareis nisso três vantagens: primeiramente, vossos ganhos serão maiores; depois, o malfeitor, privado de seu poder, não poderá mais cometer abusos; e, finalmente, os pobres, que são os mais numerosos, ficarão do vosso lado e terão confiança em vossa justiça.

Felipe de Poitiers sorriu.

— O que preconizais tão sabiamente, monsenhor, pode ser conveniente para a justiça real que age pelas vias temporais — respondeu ele. — Mas, para restaurar as finanças da Igreja, não vejo como...

— Multas, multas... — repetiu Duèze. — Inventemos um imposto sobre os pecados; isso será uma fonte inesgotável. O homem é pecador por natureza, mas ele tem maior disposição para fazer penitência de coração do que de bolso. Ele experimentará ainda mais vivamente o arrependimento por seus pecados e hesitará muito mais em cometer de novo os mesmos erros caso uma taxa acompanhe nossas absolvições. Quem pretende emendar-se deve pagar multas.

"Será que ele está brincando?", pensou Felipe de Poitiers, que não estava totalmente acostumado à silogística capacidade inventiva do cardeal.

— E quais são os pecados pelos quais vós gostaríeis de cobrar uma taxa, monsenhor?

— Antes de mais nada, os que são cometidos no clero. Comecemos por reformar a nós mesmos, antes de empreendermos a reforma dos outros. Nossa santa Madre Igreja é tolerante demais com os abusos e as faltas. Assim, sabe-se que vida clerical ou o exercício do ofício de padre não pode ser concedido a homens estropiados ou deformados. Ora, vi um dia desses um certo padre Pierre, que é próximo do cardeal Caetani, e tem dois polegares na mão esquerda.

"Pequena perfídia em relação a nosso velho inimigo", disse a si mesmo Poitiers.

— Na verdade — prosseguiu Duèze —, os mancos, manetas e eunucos que ocultam sua própria desgraça sob um hábito e recebem os benefícios da Igreja são uma verdadeira legião. Será que devemos expulsá-los? Isso não poderia apagar o pecado deles, e tudo que conseguiríamos com tal medida seria reduzi-los à miséria e ao desespero, e levá-los a juntarem-se aos heréticos de Toulouse ou de outras confrarias espirituais. O melhor é permitir-lhes que paguem por seus pecados; ora, quem fala em "pagar", fala em dinheiro.

O velho prelado falava com toda a seriedade. Sua imaginação, no decorrer das últimas noites de vigília, havia elaborado todo um sistema extremamente preciso, sobre o qual preparava um memorando que submeteria muito modestamente, como dizia, ao próximo papa.

Tratava-se da instituição de uma Santa Penitenciária, espécie de chancelaria do pecado que expediria bulas de absolvição mediante o recebimento de taxas de registro recolhidas em proveito da Santa Sé. Os padres estropiados poderiam obter absolvição mediante o pagamento de algumas libras por dedo a menos, pelo dobro do preço no caso de um olho furado ou no caso de ausência de um ou dois testículos. Aquele que tivesse tomado a iniciativa de amputar sua própria virilidade deveria pagar um preço mais elevado. Das malfeitorias ou acidentes físicos Duèze passava às irregularidades morais. Os bastardos que tivessem ocultado sua condição de nascimento para receber a ordenação, os clérigos que tivessem adotado a tonsura mesmo sendo casados, os que tivessem se casado secretamente depois de terem sido ordenados, os que viviam maritalmente sem casar, os que eram bígamos, incestuosos ou sodomitas, todos eles deveriam pagar um imposto proporcional ao pecado cometido. As monjas que tivessem andado com diversos homens antes de entrarem para o convento, ou depois, no interior do claustro, seriam submetidas a uma reabilitação especialmente cara.[6]

— Caso a instituição dessa penitenciária — declarou Duèze — não faça entrarem duzentas mil libras no primeiro ano de aplicação... eu quero...

Ele ia dizer: "eu quero ser queimado vivo", mas deteve-se a tempo.

Poitiers pensava: "Pelo menos, se ele for eleito, eu não terei preocupações com as finanças papais."

Mas, apesar de todas as manobras de Duèze e do apoio que Poitiers lhe dava, o conclave continuava a se arrastar.

Ora, as notícias chegadas de Paris eram ruins. Gaucher de Châtillon, juntamente com o conde de Évreux e Mahaut d'Artois, esforçava-se para limitar as ambições de Carlos de Valois. Entretanto, Valois estava morando no palácio da Cité, onde a rainha Clemência permanecia sob sua tutela. Estava administrando os negócios como bem entendia e expedindo para as províncias instruções contrárias às que Poitiers enviava de Lyon. Por outro lado, o duque de Borgonha, sustentado pelos vassalos de seu imenso ducado, tinha chegado a Paris no dia 16 de junho, onze dias após a morte de Luís X, a fim de fazer com que seus direitos fossem reconhecidos. A França tinha, portanto, três regentes. Aquela situação não poderia durar muito tempo, e Gaucher insistia para que Felipe voltasse para Paris.

No dia 27 de junho, depois de um Conselho restrito ao qual assistiram os condes de Forez e de La Voulte, o jovem príncipe decidiu pôr-se a caminho da capital e ordenou que fizessem as bagagens dele e de sua escolta. Ao mesmo tempo, dando-se conta de que nenhum ofício solene havia sido realizado em nome da alma de seu irmão, ele deu ordens para que duas grandes missas fossem celebradas no dia seguinte, antes de sua partida, em cada paróquia da cidade. Todos os integrantes do alto e do baixo clero estavam convidados a assistir à celebração, a fim de associarem suas preces às do regente.

Os cardeais, sobretudo os italianos, mostravam-se exultantes. Felipe de Poitiers estava indo embora de Lyon sem ter feito com que eles se dobrassem.

"Ele está disfarçando sua fuga com as pompas do luto", dizia Caetani, "mas nem por isso ele deixa de bater em retirada, esse maldito! Garanto que antes do fim do mês estaremos de volta a Roma!"

V

As portas do conclave

Os CARDEAIS SÃO PESSOAS DE grande importância, que não suportam ser confundidas com o pessoal miúdo do clero. O conde de Poitiers reservou para eles, para esse serviço fúnebre em homenagem à memória de Luís X, a igreja do convento dos Irmãos Pregadores, chamada também de igreja dos Jacobinos, a maior depois da igreja primacial de Saint-Jean, e também a mais fortificada.[7] Os cardeais viram nessa escolha apenas uma deferência conveniente em relação à dignidade deles. Nenhum deixou de vir à cerimônia.

Ainda que fossem apenas vinte e quatro, a igreja estava cheia, pois cada cardeal tinha querido vir suntuosamente escoltado por todo o seu círculo, composto de capelão, secretário, tesoureiro, clérigos, donzéis, criados, carregadores das caudas de suas capas e de tochas de iluminação; uma multidão de quinhentas pessoas estava abrigada, assim, entre os pesados pilares brancos do edifício.

Raramente uma missa fúnebre foi seguida com tão pouco recolhimento. Pela primeira vez em muitos meses, os cardeais, que viviam em conciliábulos, em residências separadas, encontravam-se todos reunidos. Alguns não se viam fazia quase dois anos. Eles se observavam mutuamente, estudavam-se, espiavam-se.

— Vistes isso? — cochichava um. — Orsini acaba de cumprimentar o Frédol caçula... Stefaneschi conversou por alguns momentos com Mandagout; será que ele pretende aproximar-se do grupo dos provençais? Oh! Duèze está bem enfraquecido... ele envelheceu muito.

De fato, Jacques Duèze, cujo andar leve e saltitante normalmente surpreendia num homem de tal idade, avançava naquele dia com passos lentos, arrastados, e respondia vagamente aos cumprimentos, com ar de lassidão e esgotamento.

Guccio Baglioni, trajando as vestimentas de donzel, fazia parte de seu séquito. Fora combinado que ele só falaria em italiano, como se não soubesse o francês, e seria dito que viera diretamente de Siena.

"Talvez eu tivesse feito melhor indo procurar proteção diretamente junto ao conde de Poitiers. Assim, hoje sem dúvida eu estaria voltando para Paris e poderia ter notícias de Maria, da qual nada sei há tantos dias. Ao passo que agora estou aqui, dependendo em tudo dessa velha raposa, a quem prometi um empréstimo em nome de meu tio e que não fará nada por mim antes de pôr as mãos no dinheiro. Ora, meu tio não me responde. E dizem que em Paris reina a confusão... Maria... Maria, minha bela Maria! Será que ela não vai se sentir abandonada por mim? Será que ela já não me odeia agora? O que terá sido feito dela?"

Imaginava Maria sequestrada por seus irmãos, em Cressay ou em algum convento de moças arrependidas. "Se isso continuar assim ainda durante uma semana, vou fugir para Paris."

Tendo ganhado seu lugar entre os assentos, Duèze, recluso em si mesmo, vigiava discretamente seus vizinhos e às vezes voltava um semblante abatido para o fundo da igreja. A dois assentos dele,

Francesco Caetani, com as faces magras divididas por um comprido e rude nariz, os cabelos em desordem como chamas brancas em volta de sua calota vermelha, não escondia sua alegria; e as olhadelas que enviava do catafalco à gente de seu séquito eram olhares de vitória. Parecia dizer a todos: “Eis aí, senhores, o que acontece quando se provoca a ira dos Caetani, que já eram poderosos no tempo de Júlio César. O Céu encarrega-se de nossas vinganças.”

Os Colonna, com seus queixos redondos divididos ao meio por uma covinha vertical, semelhantes a guerreiros disfarçados de prelados, encaravam-no com uma hostilidade manifesta.

Ao encomendar a cerimônia, o conde de Poitiers não tinha sido avaro no número de coristas. Chegavam a uma boa centena e cantavam acompanhados por órgãos, cujos foles eram manejados com grandes braçadas pelos quatro encarregados da tarefa. Uma música trovejante, real, rolava pelas arcadas, saturava o ar de tantas vibrações, envolvia a multidão. Os pequenos clérigos podiam tagarelar impunemente entre si, e os donzéis podiam zombar como bem entendessem de seus patrões. Era impossível ouvir o que se dizia a três passos de distância, e menos ainda o que ocorria do outro lado das portas do edifício.

O ofício terminou; os órgãos e os cantores se calaram; as folhas do grande portal se abriram. Mas nenhuma luz penetrou na igreja.

Houve um instante de perturbação geral, como se algum milagre durante a cerimônia tivesse obscurecido o sol; e depois os cardeais compreenderam, e clamores furiosos ergueram-se pelos ares. Um paredão recém-construído estava fechando o portão; durante a missa, o conde de Poitiers tinha mandado cimentar todas as saídas. Os cardeais eram prisioneiros.

Um movimento de pânico tomou conta do público; prelados, cônegos, padres, criados, com toda dignidade e reverência esquecidas, misturaram-se uns aos outros, empurraram-se, correram e foram barrados como ratos que caem numa armadilha. Os donzéis, subindo nos ombros uns dos outros, tinham se alçado até os vitrais e anunciavam:

— A igreja está cercada por homens armados!

Os cardeais começaram a gritar:

— O que vamos fazer? O regente nos enganou.

— Então era por isso que ele nos gratificava com uma música tão forte!

— Isso é um ataque à Igreja!

— Temos de excomungá-lo.

— Já não seria sem tempo. Ele quer nos massacrar!

Os dois irmãos Colonna e o pessoal do partido deles já tinham se armado com pesados castiçais de bronze, com bancos e bastões de procissão, e estavam decididos a vender bem caro sua própria existência, ao passo que, em volta do batistério, alguns cardeais de partidos diversos entregavam-se a um quiproquó.

— *Colpa vostra... colpa vostra...* É vossa culpa, é vossa culpa... — gritava um italiano, apontando com o dedo os franceses. — Se tivésseis recusado, como nós fizemos, a vinda para Lyon... Sabíamos que ele nos preparava um belo golpe.

— Se vós tivésseis elegido um dos nossos, não estaríamos aqui agora — replicava um gascão. — A culpa é vossa, que sois péssimos cristãos!

Uma única porta não tinha sido completamente murada; tinham deixado nela o espaço para a passagem de um homem. Mas naquela estreita abertura via-se um espinheiro de lanças ostentadas por homens decididos. As lanças se levantaram, e o conde de Forez, vestido com sua armadura, seguido por Bermond de La Voulte e por alguns outros encouraçados, penetrou na igreja. Uma explosão de injúrias o acolheu.

Com os braços cruzados sobre a bainha da espada, o conde de Forez esperou que a agitação diminuísse. Era um homem poderoso, corajoso, insensível às ameaças, tanto quanto às súplicas. O exemplo de desunião, venalidade e intriga que davam os cardeais havia dois anos chocava-o profundamente, e ele aprovava sem restrições o conde de Poitiers em sua vontade de dar um fim a tal escândalo. Seu rosto rude, cavado por rugas, aparecia pela abertura do elmo.

Quando os cardeais e os seus pararam de cacarejar inutilmente, sua voz se ouviu, clara, regular, propagando-se acima das cabeças, até o fundo da nave.

— Senhores, aqui estou sob as ordens do regente de França, a fim de vos notificar que deveis, doravante, consagrar-vos unicamente à eleição de um papa, bem como para vos informar que só saireis daqui quando esse papa for eleito. Cada um dos cardeais só conservará junto a si um capelão e dois donzéis ou clérigos de sua escolha, para seu serviço pessoal. Todos os outros podem se retirar.

Essa proclamação desencadeou uma indignação unânime.

— Isso é perfídia! — exclamou o cardeal de Pélagrue. — O conde de Poitiers nos jurou que não teríamos de adotar o claustro, e foi sob tal condição que aceitamos vir para Lyon.

— O conde de Poitiers — respondeu Jean de Forez — falava então em nome do rei de França. Mas o rei não está mais vivo, e agora é a palavra do regente que eu venho vos comunicar.

A cólera agora unia os representantes dos três partidos, cujas invectivas se misturavam, em provençal, em italiano e em francês. O cardeal Duèze tinha se deixado cair num confessionário, com a mão sobre o coração, como se sua idade avançada não pudesse suportar um golpe daqueles, e fingia associar-se aos protestos, proferindo murmúrios inaudíveis. O cardeal de Albano, Arnaud d'Auch, o que tinha ido outrora até Paris a fim de proclamar a condenação dos Templários, avançou na direção do conde de Forez e declarou, com um tom ameaçador:

— Senhor, um papa não pode ser eleito em condições semelhantes, pois assim estais violando a constituição de Gregório X, que obriga o conclave a reunir-se na cidade em que o último papa morreu.

— Vós estáveis nesta cidade, monsenhor, há dois anos, e vós vos divertistes então recusando-vos a eleger um papa, o que também é contrário à constituição. Mas, caso desejeis ser reconduzidos até Carpentras, faremos com que chegueis até lá, bem escoltados, em carruagens fechadas.

— Não temos de deliberar sob a ameaça da força!

— Por isso é que setecentos homens armados, monsenhor, encontram-se lá fora, para vos proteger, e eles foram fornecidos pelas autoridades da cidade com o objetivo de assegurar vossa tranquilidade e vosso isolamento... tal como determina a constituição. O senhor de La Voulte, que está aqui comigo e que é de Lyon, está encarregado de cuidar disso. O senhor regente vos informa também que, a partir do terceiro dia, caso ainda não tenhais chegado a um acordo, recebereis apenas um prato por dia como refeição; a partir do nono dia, recebereis apenas pão e água... tal como também está escrito na constituição de Gregório. Enfim, ele vos informa que, caso o jejum não seja o bastante para vos iluminar, ele mandará destruir o teto da igreja, para que possais receber a luz diretamente do Céu.

O irmão Bérenger Fredol mais velho interrompeu:

— Senhor, submetendo-nos a tal tratamento, vós vos tornais culpado de homicídio, pois há entre nós alguns que não poderão suportar tal vida. Vede monsenhor Duèze, que está completamente abatido e já precisa de cuidados médicos.

— É verdade... — disse fracamente Duèze. — Eu não poderei suportar isso.

— Vê-se muito bem que estamos diante de pessoas que não valem nada — gritou Caetani. — Mas sabei, senhor, que, em vez de obter a eleição de um papa, vós acabareis sendo excomungado, vós e os de vossa espécie.

— Se vós pretendeis fazer uma sessão de excomunhão, monsenhor Caetani — respondeu calmamente o conde de Forez —, o regente poderia então fornecer ao conclave os nomes de certos enfeitiçadores e bruxos dos quais seria bom tratar no início da sessão.

— Não vejo — disse Caetani, batendo imediatamente em retirada — o que a bruxaria tem a ver com isso tudo, posto que é da eleição do papa que devemos tratar.

— Isso, monsenhor, vejo que nos entendemos bem; então tratai de mandar sair as pessoas que não serão úteis aqui, pois não haveria víveres para alimentar tanta gente.

Os cardeais compreenderam que toda e qualquer resistência seria vã e que aquela couraça que tinham diante deles, que lhes transmitia com uma voz inabalável as ordens do conde de Poitiers, não cederia em nada. Por trás de Jean de Forez, homens armados já começavam a entrar um a um, com a lança à mão, e começavam a ganhar o fundo da igreja.

— Já que não podemos vencê-los pela força, trataremos de vencer pela trapaça — disse a meia-voz Caetani aos italianos. — Vamos fingir que nos submetemos, já que por enquanto nada podemos fazer.

Cada um escolheu os três servidores que queria conservar, aqueles que eram considerados os mais fiéis, ou mais hábeis e aptos a lhes servir nas difíceis condições materiais em que iam se encontrar ali. Caetani conservou consigo o clérigo Andrieu, o irmão Bost e o padre Pierre, isto é, os homens que haviam participado do feitiço contra Luís X; preferia vê-los trancados ali com ele do que do lado de fora, correndo o risco de falar por dinheiro, ou devido à tortura. Os Colonna conservaram quatro donzéis que tinham a fama de ter a força de um touro.

Porta-tochas, porta-caudas, clérigos e cônegos que não tinham sido designados saíram um a um, passando pela sebe dos homens armados. Seus mestres assopravam-lhes diferentes recomendações enquanto saíam:

— Mandai avisar meu irmão, o bispo... Escrevei em meu nome a meu primo... Parti imediatamente para Roma...

No momento em que Guccio Baglioni se dispunha a pegar a fila dos que saíam, Jacques Duèze estendeu sua mão magra para fora do confessionário em que jazia abalado e reteve o jovem italiano pelas mangas, dizendo:

— Ficai, meu filho, ficai junto a mim. Tenho certeza de que sereis de grande ajuda.

Duèze sabia que os poderes do dinheiro não são de forma alguma negligenciáveis, e ele pensava que seria interessante conservar junto dele um representante dos bancos lombardos.

Uma hora mais tarde, permaneciam na igreja dos Jacobinos apenas noventa e seis homens destinados a ficar ali até que vinte e quatro deles decidissem entrar num acordo para escolher um nome. Antes de se retirar, os homens armados jogaram punhados de palha para formar no chão as camas em que dormiriam os mais importantes prelados do mundo e trouxeram algumas bacias e jarras cheias de água. Depois os pedreiros, sob os olhos atentos do conde de Forez, acabaram de murar a última saída, deixando como única abertura um pequeno quadrado, uma lucarna suficiente para a passagem dos pratos, mas insuficiente para a passagem de um homem. Em volta da igreja, os soldados retomaram o trabalho, dispostos em duas fileiras apertadas, uma contra a parede, voltada para a cidade, outra virada para a igreja e olhando para os vitrais.

Por volta de meio-dia, o conde de Poitiers se pôs a caminho de Paris. Levava em seu séquito o delfim de Viennois e seu filho pequeno, que viveria a partir de então na corte de França, a fim de se familiarizar com a sua noiva de 5 anos.

Naquela hora, os cardeais receberam a primeira refeição. Como era dia magro, não comeram carne.

VI

De Neauphle a Saint-Marcel

NUMA MANHÃ DO INÍCIO DE julho, Jean de Cressay entrou no quarto de sua irmã. O jovem segurava uma vela que soltava fumaça; tinha lavado a barba e usava a sua melhor cota de montaria.

— Levanta, Maria — disse ele. — Tu vais partir hoje de manhã. Pierre e eu vamos te levar.

A moça sentou-se na cama.

— Partir... Como? É hoje cedo que eu tenho de partir?

Com o espírito ainda mergulhado no sono, ela olhava fixamente o irmão, com seus grandes olhos azul-escuros, sem compreender. Maquinalmente, jogou para trás dos ombros os longos cabelos abundantes e sedosos em que dançavam reflexos dourados.

Jean de Cressay contemplava sem prazer a beleza da irmã, como se tal beleza fosse a própria imagem do pecado.

— Faz um pacote de tuas roupas, pois não voltarás para cá tão cedo.

— Mas para onde me conduzis? — perguntou Maria.

— Tu verás.

— Mas por que ninguém me disse nada ontem?

— Para te dar a chance de nos aprontar mais uma vez? Vamos, apressa-te. Quero me pôr a caminho antes de os servos poderem nos ver. Tu já nos envergonhaste o bastante. Não precisamos lhes dar ainda mais motivo para falatório.

Maria não respondeu. Fazia um mês que sua família não a tratava de outro modo e nem se dirigia a ela em outro tom. Levantou-se, com certa dificuldade devido à gravidez, cujo peso, por mais moderado que fosse ainda, sempre a surpreendia ao sair da cama. Ao clarão da vela deixada por Jean, ela se preparou, lavou o rosto, amarrou rapidamente os cabelos; percebeu que suas mãos tremiam. Para onde iam levá-la? Para que convento? Pôs no pescoço o relicário que Guccio lhe dera e que vinha, tal como ele dissera, da rainha Clemência. "Até hoje essa relíquia me protegeu bem pouco", pensou ela. "Será que não rezei como deveria?" Dobrou um conjunto completo de vestido e capa, alguns vestidos, uma túnica e algumas toalhas.

— Tu vais te cobrir com a tua capa de capuz — disse-lhe Jean, que voltou ao quarto depois de alguns instantes.

— Mas eu vou morrer de calor! — disse Maria. — Isso é uma roupa de inverno!

— Nossa mãe quer que viajes com o rosto escondido. Obedece e anda depressa.

No pátio, seu segundo irmão, Pierre, selava os dois cavalos.

Maria sabia muito bem que aquele dia chegaria. Em certo sentido, mesmo com a angústia que tinha no coração, ela não sofria tanto assim; estava quase a ponto de desejar aquela partida. A tristeza de um convento parecia-lhe coisa mais suportável que as repreensões diariamente engolidas em sua casa. Pelo menos agora estaria sozinha com sua infelicidade. Não teria mais de suportar a ira de sua mãe, acamada depois que o drama havia explodido e que amaldiçoava a filha a cada vez que ela lhe levava uma xícara de chá. A gorda castelã era então acometida por uma falta de ar, e era preciso chamar urgentemente o barbeiro de Neauphle para que ele a sangrasse. Já era a sexta vez, em menos de duas semanas, que dama Eliabel era sangrada assim, e tal tratamento não parecia acelerar a melhora de sua saúde.

Maria era tratada por seus irmãos, sobretudo por Jean, como uma criminosa. Com certeza era melhor o claustro do que aquela vida. Mas... no fundo de uma cela monástica, será que ela poderia ter notícias de Guccio? Essa era a sua obsessão, o seu verdadeiro temor em relação ao que a aguardava. Seus malvados irmãos afirmavam-lhe que Guccio tinha fugido para o estrangeiro.

"Eles não querem me confessar, mas tenho certeza de que o mandaram prender. Não é possível que ele tenha me abandonado! Ou então ele voltou para cá para me salvar, e é por isso que meus irmãos têm tanta pressa em me tirar daqui. E, depois disso, vão matá-lo. Ah! Por que não fugi com ele?"

Sua imaginação fabricava todos os tipos possíveis de catástrofe. Em alguns momentos, ela chegava realmente a desejar que Guccio tivesse de fato fugido, deixando-a entregue à sua má sorte. Privada de todo conselho e mesmo de qualquer compaixão, ela não tinha outra companhia além de sua criança que ia nascer; ora, tal existência não lhe era de grande socorro, a não ser pelo fato de lhe inspirar coragem.

No momento de partir, Maria de Cressay perguntou se devia dizer adeus a sua mãe. Pierre entrou no quarto de dama Eliabel. Ao ouvir os gritos da viúva, de quem as sangrias ainda não tinham tirado toda a voz, Maria compreendeu a inutilidade de sua intenção.

— Ela me respondeu que não tem mais filha — disse Pierre de Cressay, saindo do quarto.

E Maria pensou mais uma vez: "Teria sido melhor que eu tivesse fugido com Guccio. Tudo isso é culpa minha; eu deveria tê-lo seguido."

Os dois irmãos montaram seus cavalos, e Jean de Cressay disse à irmã que subisse na sua garupa porque seu cavalo era o melhor, isto é, o menos ruim dos dois. Pierre cavalgava o pangaré sobre o qual, no mês anterior, os dois irmãos tinham feito uma bela entrada na capital.

Maria lançou um último olhar ao pequeno solar cujos telhados, sob o lusco-fusco de uma alvorada que mal começara, quase não se podia distinguir na luz cinzenta do esquecimento que para ela já começava. Todos os instantes de sua vida, depois que viera ao mundo, estavam inscritos entre aquelas paredes e naquela paisagem; suas brincadeiras de menina, a surpreendente descoberta de si mesma e do mundo que faz cada ser humano, dia após dia... a infinita diversidade da relva num campo, a estranha forma das flores e o pólen maravilhoso que carregam em seu seio, a suavidade da penugem no ventre dos patinhos, os reflexos do sol nas asas das libélulas... Ela deixava lá todas as horas passadas em que se vira crescer, em que se escutara sonhar, todas as épocas de seu semblante que tantas vezes mirara na água transparente do rio Mauldre, e aquele deslumbramento de viver que às vezes ela sentia, deitada de costas no meio de um prado, procurando presságios nas formas das nuvens e imaginando Deus presente no fundo do céu...

— Veste teu capuz — ordenou-lhe o irmão Jean.

Depois de atravessarem o rio, ele fez com que seu cavalo andasse depressa, e o de Pierre também começou a correr.

— Jean, será que não estamos indo depressa demais? — perguntou Pierre, apontando para Maria com a cabeça.

— Bobagem! Planta ruim sempre vinga — respondeu com malvadez o mais velho, como se desejasse um acidente.

Mas suas esperanças foram decepcionadas. Maria era uma moça robusta e feita para a maternidade. Ela percorreu as dez léguas de Neauphle a Paris sem dar sinais de mal-estar. Sentia apenas os rins moídos e sufocava de calor, mas não reclamava. De Paris ela viu apenas, por uma pequena abertura do capuz, o chão e a parte de baixo das casas. Quantas pernas! Quantos sapatos! O que a surpreendia era o barulho, o imenso zumbido da cidade, as vozes dos vendedores de todo tipo de mercadoria, os ruídos dos diferentes ofícios. Em certos lugares, a multidão era tão densa que os cavalos tinham dificuldade para abrir caminho. Os passantes esbarravam os cotovelos ou os ombros nos pés de Maria. Enfim os cavalos se detiveram. Fizeram descer a moça, que se sentia exausta e cheia de poeira. Somente então ela foi autorizada a tirar o capuz.

— Onde estamos? — perguntou ela, contemplando surpresa o pátio de uma bela morada.

— Na casa do tio de teu lombardo — respondeu Jean de Cressay.

Alguns instantes mais tarde, com um olho fechado e o outro aberto, o senhor Tolomei olhava os três filhos do senhor de Cressay sentados diante dele: Jean, o barbudo; Pierre, sem barba; e a irmã do lado, um pouco cansada, com a cabeça baixa.

— Senhor Tolomei, vós nos fizestes uma promessa...

— Claro, claro... — respondeu Tolomei — e vou cumpri-la, meus amigos, não tendes dúvidas.

— Mas é preciso cumpri-la depressa. Depois de todo o falatório provocado por essa vergonha, nossa irmã não pode mais continuar conosco. Vós compreendeis que não ousamos mais aparecer nas casas das redondezas, e até nossos servos zombam da situação, e tudo será ainda pior quando o pecado de nossa irmã tornar-se mais visível.

Tolomei tinha uma resposta na ponta da língua: "Mas, meus jovens, sois vós a razão de tanto falatório! Ninguém vos obrigou a vos lançar como dois furiosos contra Guccio, reunido todo o burgo de Neauphle, fazendo mais barulho que um arauto do rei!"

— E, depois, nossa mãe não pôde se recuperar dessa infelicidade; ela amaldiçoou sua filha, e vê-la o tempo todo por perto faz com que se sinta ainda mais furiosa, a tal ponto que temos medo de que ela venha a morrer... Vós compreendeis...

"Só os tolos têm a mania de exigir que alguém compreenda algo... Bah! Quando a língua dele ficar seca, ele vai parar de falar! O que eu compreendo muito bem", dizia consigo mesmo o banqueiro, "é que meu Guccio tenha perdido a cabeça por essa bela jovem. Até agora eu achava que ele estava errado, mas, desde que ela passou pela porta, mudei de ideia. E, caso minha idade me permitisse que uma coisa dessas ainda me acontecesse, eu teria me comportado de maneira ainda mais louca do que ele. Os belos olhos, os belos cabelos, a bela pele! Ela é como uma maravilhosa fruta da primavera! E como ela parece suportar corajosamente sua infelicidade! Pois os dois outros gritam, esperneiam, bancam os importantes, mas é para ela, para essa pobre menina, que o sofrimento é maior! Ela com certeza tem boa índole. Que pena para ela ter nascido sob o teto desses dois imbecis! Como eu teria gostado que Guccio a desposasse à vista de todos, que ela vivesse aqui, e que minha velhice se regozijasse na contemplação de sua beleza."

Ele não tirava os olhos dela. Maria levantava às vezes os olhos na direção dele, depois os abaixava, levantava novamente, inquieta por aquela observação insistente.

— Compreendei, senhor Tolomei, que vosso sobrinho...

— Oh! Eu o reneguei, eu o deserdei! Se ele não tivesse fugido para a Itália, acho que o teria matado com as minhas próprias mãos. Se eu pelo menos pudesse saber onde está escondido... — disse Tolomei, assumindo ares abatidos.

E escondendo o rosto com uma das mãos, para que apenas a jovem pudesse vê-lo, ele piscou a pesada pálpebra que normalmente mantinha fechada. Maria soube, então, que tinha um aliado. Ela não pôde conter um suspiro. Guccio estava vivo, Guccio estava a salvo, e Tolomei sabia onde. Agora de nada lhe importava o claustro!

Ela não escutava mais o discurso de seu irmão Jean. Aliás, poderia tê-lo recitado de cor. Pierre de Cressay, ele mesmo, calava-se, com uma expressão de vaga lassidão. Ele se repreendia, sem ousar confessar a si mesmo, por ter cedido a uma ira tão absurda. E deixava falar o mais velho, pela honra do sangue e do código de nobreza, a fim de justificar a enorme tolice que tinham cometido.

Pois, quando os irmãos Cressay, saindo de seu pequeno solar arruinado e do pátio que cheirava a estrume no inverno tanto quanto no verão, viram a morada principesca de Tolomei, quando respiraram aqueles ares de riqueza, de abundância, que flutuavam em toda a casa, foram obrigados a reconhecer que a irmã deles não teria estado em má situação caso tivessem dado o consentimento para aquele matrimônio. O mais jovem sentia algum arrependimento, no fundo, em relação à irmã, mas o primogênito, de espírito embrutecido e animado por sentimentos muito baixos de inveja, pensava: "Por que ela teria direito, por pecado, a tantas riquezas, ao passo que nós penamos, levando uma vida tão miserável?"

Maria tampouco era insensível ao luxo que a rodeava, que a maravilhava e que só contribuía para aumentar seu arrependimento.

"Ah! Se Guccio tivesse alguma nobreza", pensava ela, "ou então se nós não fôssemos nobres! O que é que significa essa história de nobreza e de ordem de cavalaria? Será que é tão bom assim algo capaz de trazer tanto sofrimento? E a riqueza? Também ela não pode ser considerada uma espécie de nobreza?"

— Não vos preocupeis com coisa alguma, meus amigos — disse enfim Tolomei. — O dever dos tios é remediar o mal cometido por seus maus sobrinhos. Eu obtive, graças a minhas amizades importantes, um lugar para vossa irmã no convento das moças de Saint-Marcel. Estais satisfeitos?

Os irmãos Cressay se entreolharam e balançaram a cabeça com ares de aprovação. O convento da ordem de Santa Clara, localizado no subúrbio de Saint-Marcel, gozava de excelente reputação. Entravam nele apenas jovens de alta linhagem. Às vezes chegavam até mesmo a se dissimular lá, sob o véu, o fruto dos amores reais ilegítimos. O mau humor de Jean de Cressay foi cortado de repente, acalmado pela vaidade de casta. Não havia lugar mais indicado para que uma desonra fosse remendada com honra. E quando os pequenos senhores feudais das redondezas de Neauphle viessem perguntar aos Cressay onde se encontrava Maria, não lhes seria nem um pouco desagradável responder, fingindo desapego: "Ela está no convento das moças de Saint-Marcel."

Mas Tolomei teve de pagar e fazer altas promessas para que ela fosse admitida lá...

— Excelente, excelente — disse Jean. — Aliás, a abadessa é um pouco nossa parente, creio. Nossa mãe a citou diversas vezes como exemplo.

— Assim tudo está resolvido — continuou Tolomei. — Eu vou conduzir vossa irmã até o conde de Bouville, o ex-camareiro-mor do rei...

Os dois irmãos inclinaram-se novamente a fim de demonstrar consideração.

— ...por intermédio do qual obtive esse favor; prometo que hoje à noite vossa irmã será confiada à abadessa. Podeis voltar tranquilos para vossa propriedade. Eu vos enviarei notícias.

Os dois irmãos se deram por satisfeitos. Livravam-se da irmã e estimavam ter feito o melhor possível, entregando-a aos cuidados de um terceiro.

— Que Deus te inspire o arrependimento — disse Jean a Maria, como palavra de despedida.

Ele foi muitíssimo mais caloroso ao se despedir de Tolomei.

— Deus te guarde — disse Pierre, emocionado.

Ele fez um gesto para beijar a irmã, mas, sob o olhar severo do mais velho, conteve seu impulso.

E Maria viu-se sozinha com o gordo banqueiro da tez escura, da boca carnuda, do olho fechado, que, por mais estranho que isso lhe parecesse, era seu tio.

Os dois cavalos saíram do pátio e os relinchos do pangaré — último ruído da propriedade de Cressay que se distanciava de Maria — foram diminuindo ao longe.

— Agora passemos à mesa, minha filha. Enquanto se come, não se chora — disse Tolomei.

Ele ajudou a moça a tirar a capa sob a qual estava sufocando; e Maria dirigiu-lhe um olhar surpreso, cheio de reconhecimento, pois aquela era a primeira marca de atenção ou simplesmente de cortesia que alguém tinha para com ela havia semanas.

Tolomei era, ao mesmo tempo, negociante de especiarias do Oriente e banqueiro; por isso, os cozidos que degustava com elegância estavam impregnados de odores exóticos, apetitosos. Maria, porém, não tinha apetite, e serviu-se apenas dos pratos do primeiro serviço.

— Ele está em Lyon — disse-lhe então Tolomei, abrindo a pálpebra esquerda. — Por enquanto não pode sair de lá, mas ele não para de pensar em vós e permanece confiante.

— Ele está preso? — perguntou Maria.

— Não, não exatamente. Ele está fechado num lugar, mas não numa prisão. E ele compartilha o cativeiro com personalidades tão importantes que nada precisamos temer. Tudo me leva a crer que sairá da igreja onde agora se encontra mais importante do que era quando nela entrou.

— Igreja? Por que ele está numa igreja?

— Não posso vos contar mais nada.

Maria não insistiu. Guccio, fechado numa igreja em companhia de pessoas tão importantes cujos nomes nem podiam ser revelados... eis um mistério que ela não podia compreender. Mas o que dizia respeito a Guccio sempre era revestido de mistério. Da primeira vez que ela o vira, ele estava chegando de uma missão secreta realizada junto à rainha da Inglaterra. Depois voltara a Neauphle para esconder uns documentos, e mais tarde para recuperá-los. Ele também tivera de correr duas vezes até Nápoles, a serviço da rainha Clemência. Fora ela quem dera a Guccio o relicário que agora Maria usava em volta do pescoço. Se naquele momento Guccio se encontrava fechado numa igreja, devia ser porque estava a serviço de alguma rainha. E Maria ficava maravilhada ao pensar que, entre tantas princesas poderosas, continuava preferindo-a; logo ela, uma pobre senhorita do interior. Guccio estava vivo; Guccio amava-a; bastava saber isso para encontrar novamente razões para viver; e ela começou a comer com todo o apetite de uma moça de 18 anos que tinha viajado desde a alvorada.

Tolomei estava acostumado a dirigir-se aos maiores senhores feudais, aos pares do reino, a legistas e arcebispos, mas perdera havia muito tempo o hábito de falar às mulheres, sobretudo a uma mulher tão jovem. Eles não conversaram muito. O velho banqueiro olhava maravilhado aquela sobrinha que lhe caía do céu e, a cada minuto que passava, agradava-o mais.

"Que pena", pensava ele, "mandá-la para um convento! Se Guccio não estivesse trancado naquele conclave, eu mandaria essa bela jovem para Lyon. Mas o que seria dela lá, sozinha e sem apoio? Ora, os cardeais, ao que se diz, não estão perto de ceder. Quem sabe eu não a mantenho aqui até a volta de Guccio? Ele ficaria contente. Mas não, não posso fazer isso. Pedi a Bouville que agisse em favor dela. Que papel eu faria agora, negligenciando todo o trabalho que lhe dei? E se a abadessa é prima dos Cressay, e caso venha a esses estúpidos a ideia de pedir-lhe notícias... Não! Não posso perder a cabeça, eu também! Ela precisa ir para o convento..."

— ...mas não por toda a vida — continuou em voz alta. — Vós não entrareis para a religião. Aceitai sem vos queixar esses poucos meses entre as monjas. Eu vos prometo que, quando nascer vossa criança, vou dar um jeito em tudo isso para que possais viver feliz com o meu sobrinho.

Maria pegou a mão dele e beijou-a. Ele ficou incomodado; a bondade não era natural nele, e seu ofício de banqueiro tinha-o acostumado muito pouco às expressões de gratidão.

— Agora preciso vos entregar aos cuidados do conde de Bouville — disse ele. — Vou acompanhar-vos até ele.

O caminho não era muito longo da rua dos Lombardos até o palácio da Cité. Maria percorreu-o, ao lado de Tolomei, num estado de surpresa maravilhada. Jamais vira uma cidade grande; o movimento da multidão sob o sol de julho, a beleza das casas, o número e a profusão das lojas, as cintilantes bancas de comércio, todo esse espetáculo transportava-a numa espécie de estado feérico. "Que felicidade", dizia ela a si mesma, "que felicidade viver aqui, e que homem amável é o tio de Guccio, que bênção que ele queira nos proteger! Oh! Suportarei sem reclamar esse tempo no convento!" Atravessaram uma das pontes sobre o rio Sena e entraram na Galeria dos Merceeiros, abarrotada de comerciantes.

Tolomei não pôde se impedir, pelo prazer de ouvir os agradecimentos de Maria, de comprar para ela uma bolsinha de cintura bordada com pequeninas pérolas.

— Isso é da parte de Guccio. Afinal, preciso substituí-lo enquanto ele está ausente!

Depois subiram pela escadaria do palácio. Assim, pelo fato de ter pecado com um jovem lombardo, Maria tinha a oportunidade de penetrar na morada dos reis.

Reinava no interior do palácio aquela agitação, aquela pressa real ou simulada que se podia observar em todos os lugares em que estivesse o conde de Valois. Tendo atravessado as galerias e salas em que se apressavam, entrecruzavam-se, interpelavam-se camareiros, secretários, oficiais e gente que vinha pedir favores, Tolomei e a jovem chegaram até uma parte um tanto retirada atrás da Santa Capela, que dava para o rio Sena e a ilha dos Judeus. Uma guarda de fidalgos trajando cotas de armas barrou-lhes a passagem. Ninguém podia penetrar nos apartamentos reservados à rainha Clemência sem autorização dos curadores. Enquanto iam chamar o conde de Bouville, Tolomei e Maria aguardaram ao lado da abertura de uma janela.

— Vede, foi lá que foram queimados os Templários — disse Tolomei, mostrando a ilha.

O gordo Bouville chegou, sempre equipado como se fosse para a guerra, a pança balançando sob as roupas e os passos decididos como se ele fosse comandar a tomada de um castelo. Fez com que a guarda se distanciasse. Tolomei e Maria atravessaram um primeiro aposento, onde um ancião seco de tão velho, vestido com uma túnica de seda e com a pele enrugada como um pergaminho, dormia, sentado numa cadeira alta. Era o senescal de Joinville. Dois escudeiros perto dele jogavam xadrez silenciosamente. Depois os visitantes passaram para o alojamento do conde de Bouville.

— A senhora rainha Clemência está melhor? — perguntou Tolomei a Bouville.

— Ela chora menos — respondeu o curador —, ou melhor, mostra menos suas lágrimas, como se elas escorressem diretamente garganta adentro. Mas ainda está abaladíssima. E, depois, o calor que faz aqui não é nem um pouco bom para o seu estado, e ela tem tido vários desmaios e vertigens.

"E pensar que a rainha de França está bem aqui do lado", pensava Maria, cheia de curiosidade. "Será que vão me apresentar a ela? Será que serei capaz de ousar falar-lhe de Guccio?"

Ela assistiu em seguida a uma longa conversação, da qual compreendeu muito pouca coisa, entre o banqueiro e o ex-camareiro-mor. Quando certos nomes eram pronunciados, eles abaixavam a voz e Maria se proibia de escutar os cochichos dos dois homens.

O conde de Poitiers, que chegara de Lyon, tinha anunciado sua visita para o dia seguinte. Bouville, que tanto desejara o retorno dele, não sabia mais, agora, se tinha mesmo razões por felicitá-lo. Pois o senhor de Valois decidira ir ter imediatamente com Felipe, em companhia do conde de La Marche; e Bouville mostrou a Tolomei, por uma janela que dava sobre os pátios, os preparativos para a saída de Valois. Por sua vez, o duque de Borgonha, que chegara de Dijon, tinha colocado sua própria guarda de fidalgos para tomar conta de sua sobrinha Jeanne de Navarra. Um vento ruim de revolta soprava sobre a cidade, e aquela rivalidade de regentes poderia desencadear as piores calamidades. Segundo a opinião do conde de Bouville, deveriam ter nomeado a rainha Clemência como regente, rodeando-a de um Conselho do qual participassem Valois, Poitiers e Eudes de Borgonha.

Por mais interessado que ele fosse pelos acontecimentos, Tolomei já tentara diversas vezes trazer Bouville de volta ao assunto preciso pelo qual estava ali.

— Claro, é claro que vamos cuidar de vossa cara senhorita — respondia Bouville, e logo retornava a suas preocupações políticas.

Havia Tolomei recebido notícias de Lyon? O ex-camareiro-mor tinha passado um braço sobre os ombros do banqueiro e lhe falava com familiaridade, quase cochichando em seu ouvido. Como? Então Guccio, que se vira transformado em participante do conclave, estava trancafiado com Duèze? Ah! Que jovem hábil! Será que Tolomei poderia se comunicar com o sobrinho? Se por acaso ele recebesse notícias, ou caso tivesse um meio de transmiti-las, Bouville queria ser avisado; esse intermediário poderia ser muito precioso. Quanto a Maria...

— Claro, vamos ver... vamos ver — disse o curador. — A senhora de Bouville, minha esposa, é pessoa que sabe o que faz, é muito hábil, e arranjou tudo de forma conveniente. Não tendes com que vos preocupar.

Ele chamou sua esposa, uma mulherzinha magra, autoritária, com um rosto marcado por rugas verticais e cujas mãos secas jamais ficavam quietas. Maria, que até então tinha se sentido em total segurança, logo experimentou um sentimento de temor e ansiedade.

— Ah! Então é seu o pecado que temos de esconder — disse a senhora de Bouville, examinando-a com olhos sem nenhuma benevolência. — Vós sois esperada no convento da ordem de Santa Clara. A abadessa não deu sinais de muita pressa, e menos ainda quando eu disse a ela vosso nome, pois ela tem, não sei em que grau, parentesco com vossa família, e vosso comportamento não a agrada nem um pouco. Mas, enfim, os favores de que goza meu esposo, o senhor Hugo de Bouville, pesaram muito em vosso favor. Eu insisti um pouco, e o alojamento vos será dado. Eu vos conduzirei até lá antes desta noite.

Falava depressa e não era fácil interrompê-la. Quando parou para recuperar o fôlego, Maria respondeu-lhe, com muita deferência, mas também com grande dignidade:

— Senhora, eu não me encontro de modo algum em estado de pecado, pois casei-me diante de Deus.

— Vamos, vamos — replicou a senhora de Bouville —, não façais com que nos arrependamos da bondade que temos para convosco. Agradecei a todos que tentam vos ajudar, em vez de vos comportar como uma orgulhosa.

Foi Tolomei quem agradeceu, em nome de Maria. Quando esta viu que o banqueiro estava de partida, uma grande fraqueza fez com que ela se jogasse em seus braços, como se fosse ele o seu pai.

— Informai-me sobre o que aconteceu com Guccio — murmurou ela na orelha do homem — e dizei-lhe que sem ele estou quase morrendo.

Tolomei se foi, e os Bouville desapareceram também. Durante toda a tarde Maria permaneceu na antecâmara, sem ousar sair de lá e sem outra distração senão a de assistir, sentada no parapeito de uma janela aberta, à partida do senhor de Valois e de sua escolta. O espetáculo tirou-a um pouco de sua tristeza. Ela jamais vira tão belos cavalos, tão belas selas e tantas roupas maravilhosas, em tão grande quantidade. Pensava nos camponeses de Cressay vestidos de trapos, com as pernas envoltas em pedaços de algodão grosseiro, e dizia a si mesma que era bem estranho que seres que tinham todos uma cabeça e dois braços, e que tinham sido todos criados por Deus à sua imagem e semelhança, pudessem ter aparência tão diferente, a julgar pelas vestimentas.

Alguns jovens escudeiros, ao verem aquela moça de tão grande beleza ocupada em olhá-los, dirigiram-lhe sorrisos e até lhe enviaram uns beijos de longe. De repente, eles se apressaram ao ver um personagem todo envolto em roupas bordadas de prata, que parecia muito imponente e que assumia ares de soberano; depois a tropa partiu, e o calor da tarde pesou sobre os pátios e jardins do palácio.

No fim do dia, a senhora de Bouville veio buscar Maria. Acompanhadas por alguns criados e montadas em mulas seladas com cadeirinhas para que pudessem se acomodar de lado, com os pés apoiados numa pequena prancha que servia de estribo, as duas mulheres atravessaram Paris. Viram ajuntamentos por toda parte, e até presenciaram uma briga que havia estourado na porta de uma taberna, entre dois partidários do conde de Valois e adeptos do duque de Borgonha. Os sargentos de vigia, dando cacetadas por todo lado, estavam tratando de restabelecer a ordem.

— A cidade está quente — disse a senhora de Bouville. — Eu não ficaria surpresa caso amanhã viéssemos a ter um motim generalizado.

Elas saíram de Paris pela colina de Sainte-Geneviève e pela porta de Saint-Marcel. O crepúsculo caía nos subúrbios.

— No tempo em que eu era jovem — disse a senhora de Bouville —, não se via aqui mais do que vinte casas. Mas as pessoas não sabem mais onde se alojar na cidade e constroem sem parar nestes campos.

O convento da Ordem de Santa Clara era rodeado por uma alta muralha branca que encerrava seus diversos prédios, jardins e hortas. Via-se, junto de uma porta baixa, uma torre construída na pedra.

Uma mulher que andava junto à muralha, com a cabeça coberta, aproximou-se da torre e colocou no chão, depressa, um pacote enrolado em tecidos; depois fez girar uma espécie de tambor de madeira e, vendo que alguém se aproximava, fugiu, correndo.

— O que foi que ela fez? — perguntou Maria.

— Ela acabou de abandonar uma criança sem pai — respondeu a senhora de Bouville, olhando para Maria com ares severos. — Assim é que tais crianças são recolhidas. Vamos, apressai-vos.

Maria apressou a mula. Ela pensou que também poderia ser forçada, num dia bem próximo, a abandonar assim seu bebê, e considerou que sua chance era, na verdade, invejável.

— Eu vos sou grata, senhora, por vos ocupardes assim de mim — murmurou ela com os olhos cheios de lágrimas.

— Ah! Enfim vós pronunciais alguma palavra de agradecimento.

VII

As portas do palácio

NAQUELA MESMA NOITE, O CONDE de Poitiers se encontrava no castelo de Fontainebleau, onde deveria pernoitar. Era sua última etapa antes de Paris. Acabava de jantar, em companhia do delfim de Viennois, do conde de Saboia e dos membros de sua grande escolta, quando vieram anunciar-lhe a chegada dos condes de Valois, de La Marche e de Saint-Pol.

— Que entrem, que entrem imediatamente — disse Felipe de Poitiers.

Mas ele não esboçou o menor movimento para ir ao encontro de seu tio. E quando este, com suas passadas marciais, o queixo empinado e as roupas empoeiradas, apareceu, Felipe limitou-se a levantar-se e esperar. Valois, um pouco desarmado, permaneceu alguns segundos na soleira da porta, e olhou a assistência. Como Felipe se obstinasse em permanecer imóvel, ele teve de avançar. Quando Valois chegou perto dele, o conde de Poitiers pegou-o então pelos ombros e beijou-o nas duas faces, o que poderia passar como um gesto de bom sobrinho, mas que, vindo de um homem que não tinha feito o mínimo gesto de acolhida, parecia mais um gesto de rei.

Aquela atitude irritou não somente Valois, mas também Carlos de La Marche, que pensou: "Mas então fizemos todo esse percurso para receber esta acolhida? Afinal, eu sou igual a meu irmão; por que razões ele se permite nos dispensar um tratamento tão altivo?" Uma expressão amarga, invejosa, deformava um pouco seu belo rosto de traços tão perfeitos, embora sem expressão de inteligência.

Felipe estendeu-lhe os braços; La Marche não pôde fazer outra coisa senão aceitar um rápido abraço. Mas imediatamente disse, mostrando Valois e com um tom ao qual pretendia impor autoridade:

— Felipe, aqui está nosso tio, o mais velho da família real. Esperamos que sejais leal para com ele e que concordeis que ele assuma o governo, pois nosso reino correria um grande perigo caso se fiasse à espera de uma criança que ainda está para nascer e que, portanto, não seria capaz de governá-lo.

Tal frase continha uma ambiguidade e um estilo que não poderiam ser da autoria de Carlos de La Marche. Este, evidentemente, estava repetindo as palavras desejadas por Valois. O final da declaração fez com que Felipe pestanejasse. A palavra *regente* não havia sido pronunciada. Será que Valois, mais do que a regência, não aspirava, na verdade, à coroa?

— Nosso primo Saint-Pol está conosco — continuou Carlos de La Marche —, representando também o conselho dos senhores feudais.

Felipe passou lentamente uma das mãos sobre a face.

— Fico grato por vossa opinião, meu irmão — respondeu friamente —, e por terdes feito um percurso tão longo a fim de comunicá-la. Creio que estais tão cansado quanto eu mesmo, e sabeis que as boas decisões não podem ser tomadas num tal estado de lassidão. Proponho, portanto, que repousemos todos e que decidamos amanhã, com o espírito descansado e reunidos num Conselho restrito. Boa noite, senhores... Raul, Anseau, Adam, acompanhai-me, por gentileza.

E saiu da sala sem ter oferecido uma refeição a seus visitantes e sem sequer preocupar-se em saber como eles se alojariam para dormir.

Seguido por Adam Héron, Raul de Presles e Anseau de Joinville, ele se dirigiu aos aposentos reais. O leito, que jamais fora utilizado novamente depois que o Rei de Ferro nele entregara a alma a Deus, estava feito, os lençóis arrumados. Felipe fazia questão de ocupar aquele aposento; e, sobretudo, fazia questão de que nenhum outro o ocupasse.

Adam Héron preparava-se para se despir.

— Creio que não vá me despir — disse Felipe de Poitiers. — Adam, ide despachar imediatamente um mensageiro até o senhor Gaucher de Châtillon, dizendo-lhe que me espere em Paris, de madrugada, na porta do Inferno. Depois, convocai meu barbeiro para agora mesmo, pois quero chegar à capital com o rosto refrescado... E ordenai também que mantenham vinte cavalos prontos para partir por volta de meia-noite. Eles devem ser selados sem barulho, depois que meu tio tiver se deitado... E quanto a vós, Anseau — acrescentou ele, voltando-se para o filho do senescal de Joinville —, eu vos encarrego de avisar o conde de Saboia e o delfim de Viennois sobre a minha partida, para que eles não se surpreendam e não pensem que se trata de algum problema com eles. Permanecei aqui até de manhãzinha na companhia deles, e, quando meu tio acordar, cuidai para que ele seja mantido aqui o maior tempo possível antes de partir. Fazei com que ele perca tempo.

Quando ficou a sós com Raul de Presles, o conde de Poitiers pareceu mergulhar numa meditação silenciosa que o legista fez questão de não perturbar.

— Raul — disse ele enfim —, vós trabalhastes dia após dia para meu pai e pudestes conhecê-lo de perto. Numa ocasião como esta, como ele agiria?

— Ele teria feito como vós, senhor, estou certo disso, e não digo tal coisa por adulação, mas porque realmente é o que penso. Apreciei demais nosso rei Felipe e sofri demais depois que ele nos deixou. E por isso não poderia hoje servir a um príncipe que não fosse exatamente como ele.

— Ah, Raul... Eu sou tão pouco perto do que ele foi! Ele era capaz de seguir um falcão pelos ares sem jamais desviar os olhos, ao passo que eu... tenho a vista curta. Era capaz de amansar sem dificuldade um cavalo bravio. Ele não me legou sua força nas armas nem aquele semblante que informava a cada qual que o visse que ele era o rei.

Assim falando, olhava obstinadamente para o leito real.

Em Lyon ele se sentira regente, com uma certeza total. Mas, à medida que se aproximava da capital, aquela segurança abandonava-o um pouco, sem que ele deixasse transparecer tal fraqueza. Raul de Presles, como se respondesse a perguntas que não tinham sido formuladas, disse:

— Não há nenhum precedente à situação em que nos encontramos, senhor. Discutimos sobre o assunto há dias. No atual enfraquecimento do reino, o poder será daquele que tiver autoridade para assumi-lo. Se conseguirdes fazê-lo, a França estará a salvo.

Pouco depois ele se retirou e Felipe deitou-se, com os olhos fixos na lamparina suspensa à parede. O conde de Poitiers não sentia nenhum incômodo, nenhum mal-estar ao repousar naquela cama que tivera como último usuário um cadáver. Ao contrário, tirava disso uma certa força; tinha a impressão de moldar-se à forma do pai desaparecido, de retomar o lugar e as dimensões dele nessa terra. "Pai, voltai através de mim", assim ele orava. E Felipe permaneceu imóvel, com as mãos cruzadas sobre o peito, oferecendo seu corpo à reencarnação de uma alma que se fora havia vinte meses.

Ele ouviu passos e vozes no corredor, depois seu camareiro que respondia a alguém, sem dúvida algum acompanhante de Carlos de Valois, dizendo que o conde de Poitiers estava repousando. O silêncio caiu sobre o castelo. Um pouco mais tarde, o barbeiro chegava com seus instrumentos. Enquanto era barbeado, Felipe de Poitiers lembrou-se das últimas recomendações que seu pai fizera a Luís — e com as quais ele se preocupara tão pouco — naquele mesmo aposento, diante da família e da corte: "Considerai bem, Luís, que significa um rei de França. Informai-vos o mais breve possível sobre o estado de vosso reino."

Por volta da meia-noite, Adam Héron veio avisá-lo que os cavalos estavam prontos. Quando o conde de Poitiers deixou seus aposentos, tinha o sentimento de que vinte meses tinham se abolido, e que retomava as coisas no ponto em que se encontravam quando da morte de seu pai, como se recebesse diretamente dele a sucessão.

Um luar propício iluminava os caminhos. A noite de julho, toda estrelada, assemelhava-se ao manto da Santa Virgem. A floresta exalava perfumes de musgo, húmus e samambaias; ela vivia do estremecimento oculto dos animais. Felipe de Poitiers montava um excelente cavalo cuja marcha poderosa ele muito apreciava. O ar fresco chicoteava suas faces sensibilizadas pelas lâminas do barbeiro.

"Seria realmente uma grande pena deixar um país tão bom cair em tão péssimas mãos", pensava ele.

A pequena tropa saiu da floresta, atravessou Ponthierry a galope e deteve-se, quando o dia despontava, na baixada de Essonnes, para deixar descansar os cavalos e alimentar-se um pouco. Felipe devorou aquela refeição, sentado às margens do caminho. Ele parecia feliz. Contava apenas 25 anos, sua expedição assumia ares de conquista e ele se dirigia com um tom alegre de amizade a seus companheiros de aventura. Aquela alegria, rara nele, fortalecia-os ainda mais.

Nas primeiras horas da manhã, Felipe chegava às portas de Paris, ao mesmo tempo que soavam os sinos agudos dos conventos das redondezas. Ele encontrou no lugar combinado Luís de Évreux e Gaucher de Châtillon, que o esperavam. O condestável ostentava sua expressão dos piores dias. Convidou imediatamente o conde de Poitiers a ir até o Louvre.

— E por que eu não iria diretamente ao palácio da Cité? — perguntou Felipe.

— Porque os senhores de Valois e de La Marche ocuparam o palácio, instalando lá os homens deles. No Louvre, vós tereis as tropas reais, que me obedecem cegamente, isto é, que *vos* obedecem cegamente, com os homens do senhor de Galard... Mas é preciso agir de maneira imediata e decidida — acrescentou o condestável —, antes da volta de Carlos. Se vós me dais ordem para isso, senhor, vou mandar atacar o palácio.

Felipe sabia que cada minuto era precioso. Calculava que tinha ao todo seis ou sete horas de vantagem sobre Carlos de Valois.

— Não quero empreender coisa alguma sem ter a certeza de que ela será boa para os burgueses e para o povo da cidade — respondeu ele.

E, assim que entrou no Louvre, Felipe mandou convocar no Parlamento os burgueses, mestre Coquatrix, mestre Gentien e alguns outros notáveis, bem como o preboste Guilherme de La Madelaine, que era o sucessor, desde março, do preboste Ployebouche.

Felipe explicou-lhes com poucas palavras a importância que atribuía à burguesia de Paris e aos homens que comandavam as artes de fabricação e os negócios. Os burgueses se sentiram honrados, e sobretudo tranquilizados, por aquele tipo de discurso que eles não mais tinham ouvido desde o desaparecimento de Felipe, o Belo. Ora, aquele rei, que eles se compraziam em maldizer no tempo em que ele governava, fazia-lhes uma falta imensa agora!

Foi Geoffroy Coquatrix, comissário responsável pelas moedas falsas, coletor de subvenções e subsídios, tesoureiro das guerras, provedor das guarnições, fiscal de portos e entradas do reino, mestre na Câmara das contas, que respondeu. Para esses cargos ele fora nomeado por Felipe, o Belo, que o tinha dotado até mesmo de uma renda transmissível a seus herdeiros, tal como se fazia com os mais altos servidores da coroa; ele jamais havia prestado contas de sua administração. Temia que Carlos de Valois, desde sempre hostil à promoção dos burgueses para os postos importantes, quisesse destituí-lo de suas funções para espoliá-lo da enorme fortuna que acumulara. Coquatrix assegurou ao conde de Poitiers, tratando-o o tempo todo por "senhor regente", que a população parisiense estava do seu lado. Suas palavras eram valiosas, pois ele era o todo-poderoso no Parlamento e rico o bastante para pagar, em caso de necessidade, todos os bandidos da cidade e encomendar-lhes uma revolta.

A notícia do retorno de Felipe de Poitiers tinha se difundido rapidamente. Os senhores feudais e os fidalgos que eram favoráveis a ele correram até o Louvre. Mahaut d'Artois, que fora avisada pessoalmente, foi uma das primeiras a apresentar-se.

— Em que estado encontra-se minha cara Jeanne? — perguntou Felipe a sua sogra, abrindo-lhe os braços.

— Esperamos o nascimento a qualquer momento.

— Irei vê-la tão logo termine minhas tarefas.

Depois teve com seu tio Luís d'Évreux e com o condestável.

— Agora, Gaucher, podeis investir contra o palácio. Tratai, na medida do possível, de acabar com tudo até o meio-dia. Mas fazei tudo de maneira a evitar o derramamento de sangue. Tratai de agir utilizando o amedrontamento, mais do que a violência. Eu deploraria entrar no palácio por cima de corpos sem vida.

Gaucher foi comandar as companhias dos homens armados, que ele reunira no Louvre, e rumou para a Cité. Ao mesmo tempo, ele enviava o preboste para buscar, no bairro do Templo, os melhores carpinteiros e serralheiros.

As portas do palácio estavam fechadas. Gaucher, tendo a seu lado o comandante dos balestreiros, bateu na entrada. O oficial de vigia, mostrando-se numa lucarna acima da porta principal, respondeu que ele não poderia abrir sem a autorização do conde de Valois ou do conde de La Marche.

— Será preciso abrir sem autorização — respondeu o condestável —, pois eu quero entrar e pôr o palácio em condições de acolher o regente, que está vindo para cá.

— Não podemos.

Gaucher de Châtillon agitou-se um pouco em cima de seu cavalo.

— Então vamos abrir nós mesmos — disse ele.

E fez um sinal a mestre Pierre do Templo, carpinteiro real, para que se aproximasse, escoltado por seus operários, que carregavam serras, alicates e enormes alavancas de ferro. Ao mesmo tempo, os balestreiros receberam ordem para atacar. Empunharam as balestras e enfiaram os pés numa espécie de estribo de ferro que lhes permitia manter o arco apoiado ao chão enquanto esticavam as cordas. Depois colocaram as flechas no entalho propício, e puseram-se em posição para visar as ameias e os vãos do edifício. Os arqueiros e lanceiros, fazendo um único corpo com seus escudos, formavam uma imensa carapaça em volta e acima dos carpinteiros. Nas ruas adjacentes, desocupados e garotos se juntavam, a uma distância respeitosa, para ver o palácio sitiado. Assim lhes era oferecida uma bela distração da qual eles poderiam falar durante muitos dias. "Juro que é verdade... Eu vi o condestável empunhar sua grande espada... Eles eram mais de mil... com toda certeza, mais de mil!"

Enfim, Gaucher, utilizando a mesma entonação com que comandava os campos de batalha, gritou, pela abertura levantada de seu elmo:

— Senhores, aqui estão os mestres da carpintaria e da serraria, e eles vão abrir as portas. Vede também os balestreiros do senhor de Galard, que estão cercando o palácio por todos os lados. Ninguém poderá escapar. Eu vos incito, pela última vez, a abrir-nos as portas, pois, caso não decidis vos render voluntariamente, terão todos as cabeças cortadas, por mais nobres que sejais. O regente não fará nenhuma distinção.

Depois ele abaixou a viseira, o que mostrava que não discutiria mais.

Devia reinar um pânico enorme lá dentro, pois, mal os operários tinham encaixado as alavancas sob as portas, estas se abriram sozinhas. A guarnição do conde de Valois estava se rendendo.

— Já era tempo de agir com sabedoria — disse o condestável, penetrando no pátio do palácio. — Voltai para vossas casas ou para os palacetes de vossos senhores. Não deveis vos reunir em grupos. Nenhum mal vos será feito.

Uma hora mais tarde, Felipe de Poitiers ocupava os aposentos reais. Ele tomou imediatamente algumas medidas de segurança. O pátio do palácio, normalmente aberto à multidão, foi fechado e vigiado por uma tropa, e os visitantes passaram a ser rigorosamente filtrados. Os merceeiros, que tinham o privilégio de vender na grande galeria, foram convidados a fechar suas lojas naquele dia.

Quando os condes de Valois e de La Marche chegaram a Paris, compreenderam que tinham perdido a partida.

— Felipe nos enganou sem piedade — disseram.

E eles se apressaram, sem ter outra saída, indo até o palácio para negociar a submissão. Eles encontraram lá, em volta do conde de Poitiers, uma numerosa assistência de senhores feudais, de notáveis e de homens da Igreja, entre os quais o bispo Marigny, sempre pronto a ficar do lado do poder.

Constatando com despeito a presença de Coquatrix, de Gentien e de vários burgueses, Valois disse a meia-voz a Carlos de La Marche:

— Vosso irmão não durará muito tempo. Ele é tão pouco seguro de si mesmo que sente necessidade de buscar apoio junto aos plebeus.

Entretanto, assumiu sua melhor expressão para avançar na direção de Poitiers e rogou-lhe que o desculpasse pelo incidente das portas.

— Meus escudeiros não sabiam... Eles tinham recebido ordens severas... por causa da proteção à rainha Clemência...

Esperava por uma sólida reprimenda, e quase a desejava, a fim de poder entrar abertamente em conflito com Felipe. Mas este não lhe ofereceu as vantagens de uma discussão e respondeu-lhe no mesmo tom:

— Eu tive de agir dessa maneira, e com grande pesar, meu tio, para prevenir as empreitadas de nosso primo de Borgonha, a quem vossa ausência havia deixado um lugar vago. Recebi a notícia durante a noite, em Fontainebleau, e não quis que fôsseis acordado.

Valois, tentando atenuar o fracasso, fingiu admitir a explicação e esforçou-se até mesmo para assumir uma atitude agradável para com o condestável, que ele considerava autor de toda aquela maquinação.

Carlos de La Marche, menos hábil na dissimulação, permanecia calado.

O conde de Évreux apresentou então a proposta que acertara juntamente com Felipe. Enquanto este, num canto da sala, fingia tratar de questões de rotina com o condestável e com Miles de Noyers, Luís d'Évreux disse:

— Meus nobres senhores, e vós todos aqui presentes, eu aconselho, para o bem do reino e para evitar que tenhamos funestas perturbações, que nosso benquisto sobrinho Felipe assuma o governo, com o nosso consentimento geral, e que ele cumpra os ofícios reais em nome de seu sobrinho que está para nascer, caso queira Deus que a rainha Clemência dê à luz um varão; eu aconselho também que uma assembleia de todos os altos servidores do reino seja convocada, e ela poderá se reunir também com os pares e os grandes suseranos, para aprovar nossa decisão e jurar fidelidade ao regente.

Tratava-se ali de uma réplica à declaração de Carlos de La Marche, feita na véspera, em Fontainebleau, em favor de Valois. Mas a encenação, daquela vez, tinha sido preparada por artistas melhores. Homens fiéis ao conde de Poitiers, os assistentes aprovaram com uma longa aclamação. Logo Luís de Évreux veio pegar as mãos de Felipe:

— Eu vos juro fidelidade, meu sobrinho — declarou ele, abaixando um dos joelhos.

Felipe levantou-se e, abraçando-o, cochichou em seu ouvido:

— Tudo se passa às maravilhas; muito obrigado, meu tio.

Carlos de Valois resmungava:

"Rei... ele se toma por um rei."

Mas Luís de Évreux já estava se voltando para ele e dizia:

— Perdão, meu irmão, por tê-lo cumprimentado antes de vós, que sois o primogênito.

Valois só podia obedecer. Aproximou-se com as mãos estendidas. O conde de Poitiers deixou-as balançando.

— Vós me concedereis a graça, meu tio, de tomar parte em meu Conselho.

Valois empalideceu. Na véspera assinava decretos e fazia com que fossem selados com seu timbre pessoal. Hoje ofereciam-lhe como uma grande honra um lugar no Conselho ao qual ele pertencia por direito.

— Vós me entregareis também as chaves do Tesouro — acrescentou Felipe, abaixando a voz. — Eu sei que não resta nele grande coisa. Mas, do que resta, eu serei doravante o fiador.

Valois esboçou um movimento de recuo. Exigiam dele sua completa destituição.

— Meu sobrinho, eu não posso — respondeu ele. — Preciso antes passar a limpo as contas.

— Eu não me autorizo, meu tio, a duvidar de vossa honestidade! — disse Felipe com uma ironia quase imperceptível. — Livrai-me de vos fazer a injúria de ordenar um exame do Tesouro. Entregai-me as chaves e estareis quite em relação às contas.

Valois entendeu a ameaça.

— Assim seja, meu sobrinho, as chaves vos serão trazidas agora mesmo.

Então Felipe estendeu as mãos para receber as homenagens de seu mais poderoso rival.

O condestável de França aproximava-se, por sua vez.

— Agora, Gaucher — sussurrou-lhe Felipe —, temos de nos ocupar de nosso parente de Borgonha.

VIII

As visitas do conde de Poitiers

O CONDE DE POITIERS NÃO ALIMENTAVA ilusões. Acabava de obter um primeiro sucesso, espetacular, rápido; mas sabia que seus adversários não se dariam por vencidos com tanta facilidade.

Tão logo recebeu do conde de Valois um juramento de fidelidade que era apenas da boca para fora, Felipe atravessou o palácio para ir cumprimentar sua cunhada Clemência. Estava acompanhado de Anseau de Joinville e da condessa Mahaut. Hugo de Bouville, ao perceber a chegada de Felipe, derreteu-se em lágrimas e caiu de joelhos, beijando suas mãos. O ex-camareiro-mor não comparecera à reunião da tarde; não deixara seu posto nem largara sua espada durante as últimas horas, e vivera maus momentos enquanto o condestável estava sitiando o palácio.

— Perdoai-me, senhor, perdoai-me por essa fraqueza... mas é a alegria de vos ver de volta... — dizia ele, molhando com suas lágrimas os dedos do regente.

— Está tudo bem, meu bom Bouville, está tudo bem... — respondeu Felipe.

O velho senhor de Joinville não reconheceu o conde de Poitiers. Não reconheceu sequer seu próprio filho, e, depois de lhe terem repetido três vezes quem eles eram, ele confundiu os dois e inclinou-se cerimoniosamente diante do herdeiro de sua própria família.

Bouville abriu a porta do quarto da rainha. Mas, como Mahaut se dispunha a seguir Felipe, o curador, recuperando sua energia, disse com autoridade:

— Senhor, só podeis entrar sozinho!

E fechou a porta no nariz da condessa.

A rainha Clemência estava pálida, exausta e visivelmente alheia a todas as preocupações que agitavam tanto a corte quanto a população de Paris. Ela não pôde impedir-se de pensar, quando viu o conde de Poitiers dirigindo-se a ela com as mãos estendidas: "Se tivessem me casado com ele, eu não seria hoje viúva. Por que Luís? Por que não Felipe?" Ela tentava proibir a si mesma esse tipo de indagação, que lhe parecia uma afronta contra o Criador todo-poderoso. Mas nada, nem sequer o sentimento religioso, podia impedir uma viúva de 23 anos de se perguntar por que razão os outros homens jovens, os outros maridos, continuavam vivos!

Felipe informou-a da tomada da regência e assegurou-a de sua inteira lealdade.

— Sim, meu irmão, sim! Ajudai-me! — murmurou ela.

Sem saber muito bem como se exprimir, ela queria dizer: "Ajudai-me a viver, salvai-me do desespero, ajudai-me a pôr no mundo esta criança que trago em meu ventre e que de agora em diante me liga à vida!"

— Por que meu tio Valois obrigou-me a deixar, à força, minha casa de Vincennes? Aquele foi o último presente que Luís me ofereceu.

— Vós desejais voltar para lá? — perguntou Felipe.

— Este é o meu único desejo, meu irmão! Eu me sentirei mais forte lá. E minha criança nascerá mais próxima da alma de seu pai, no lugar em que ele deixou este mundo.

Felipe não tomava nenhuma decisão, mesmo as de menor importância, sem refletir um pouco. Olhava, pela janela, a flecha da Santa Capela, cujas linhas um tanto quanto incertas e vagas erguiam-se diante de seus olhos míopes.

"Se eu lhe der mais essa satisfação", pensava ele, "ela ficará grata e vai me considerar seu defensor, deixando-me decidir em relação a tudo, em seu lugar. Além do quê, será mais difícil para meus adversários atingirem-na em Vincennes do que aqui. Assim eles não poderão utilizá-la contra mim. Aliás, no grande sofrimento em que se encontra, ela não servirá de muita coisa para ninguém."

— Eu quero, minha irmã, satisfazer-vos em tudo — respondeu ele. — Tão logo a assembleia dos altos servidores confirme a minha função, minha primeira preocupação será vos reconduzir até Vincennes. Nós estamos na segunda-feira, e essa assembleia, que vou apressar, vai se reunir, sem dúvida, na sexta-feira. No próximo domingo, vós assistireis à missa em vossa morada de Vincennes.

— Eu sabia, Felipe, que vós éreis um bom irmão. Vosso retorno é o primeiro sinal de paz que Deus me concede.

Ao sair dos aposentos da rainha, Felipe foi ter com sua sogra e com Anseau de Joinville, que o aguardavam. Mahaut tinha tido uma discussão com Bouville e andava de um lado para o outro, com suas grandes passadas masculinas, pela galeria, diante dos escudeiros que montavam guarda.

— Então, como está Clemência? — perguntou ela.

— Devota e resignada, e muito digna de dar à França um rei — respondeu o conde de Poitiers de forma que suas palavras pudessem ser ouvidas por todas as orelhas das redondezas.

Depois, a meia-voz, ele acrescentou:

— Não creio que ela chegue ao final dessa gravidez, considerando o estado de fraqueza em que se encontra.

— Esse seria realmente o melhor presente que ela poderia nos dar, e as coisas seriam bem mais fáceis assim — murmurou também Mahaut. — E depois acabaríamos com toda essa desconfiança e esse aparato de guerra que a circunda o tempo todo. Desde quando os pares do reino não têm mais direito de ter acesso à rainha? Eu também fiquei viúva, com que diabos... e podiam vir ter comigo para os negócios relativos ao governo.

Felipe, que ainda não tinha visto sua mulher desde a volta, acompanhou Mahaut até o palacete d'Artois.

— Vossa ausência foi dura para a minha filha — disse Mahaut. — Mas vós a encontrareis maravilhosamente repousada. Ninguém acreditaria que ela está nos dias de dar à luz. Eu também era assim em minha juventude, e permaneci vivaz até o último dia.

O reencontro do conde de Poitiers com sua mulher foi emocionado, ainda que sem lágrimas. Jeanne, muito pesada, deslocava-se com certo incômodo, mas ela dava todos os sinais de saúde e felicidade. A noite chegara, e o clarão das velas, que embeleza a tez, apagava do rosto da jovem esposa as marcas de seu estado. Usava um colar de coral-vermelho, pois essa matéria era conhecida por sua ação benéfica durante os partos.

Foi em presença de Jeanne que Felipe teve a verdadeira consciência dos sucessos obtidos e que ele desfrutou de um pouco de satisfação consigo mesmo. Envolvendo com os braços sua mulher, ele lhe disse:

— Minha cara amiga, creio que, de agora em diante, posso vos chamar de senhora regente.

— Queira Deus, meu bem-amado, que eu vos dê um menino — respondeu, enlanguescendo-se um pouco, encostada ao corpo magro e sólido do marido.

— Deus satisfaria todos os meus desejos — murmurou Felipe em sua orelha — fazendo com que ele nascesse depois da sexta-feira.

Uma discussão logo se deflagrou entre Mahaut e Felipe. A condessa d'Artois estimava que sua filha devia ser transportada ao palácio imediatamente, a fim de compartilhar a morada do esposo. Este era de opinião contrária e desejava que Jeanne permanecesse no palacete d'Artois. Ele apresentou diversos e excelentes argumentos, sem entretanto desvendar seu verdadeiro pensamento, mas não convenceu Mahaut. O palácio poderia ser nos dias vindouros a sede de assembleias violentas e de tumultos nocivos para uma parturiente; por outro lado, Felipe considerava mais conveniente esperar, antes de instalar Jeanne no palácio real, que Clemência tivesse voltado para Vincennes.

— Mas pode ser que Jeanne logo se encontre totalmente impossibilitada de se deslocar — observou Mahaut. — Não tendes vontade de que vossa criança venha ao mundo no palácio?

— É justamente isso que quero evitar.

— Realmente não consigo vos compreender, meu filho — disse Mahaut, dando de ombros.

Aquela controvérsia cansava Felipe. Ele não dormia fazia trinta e seis horas e tinha percorrido, na noite precedente, quinze léguas a cavalo, e vivido, depois, o dia mais difícil e movimentado de sua vida. Sentia crescer a barba, e suas pálpebras, por alguns momentos, fechavam-se incontrolavelmente. Mas estava decidido a não ceder. "Minha cama", pensava ele. "Que me obedeçam... para que eu possa enfim me deitar!"

— Perguntemos então a Jeanne o que ela pensa. O que desejais, minha amiga? — perguntou ele à esposa.

Mahaut tinha uma inteligência de homem, uma vontade de homem e uma preocupação constante em afirmar o prestígio de sua raça.

Jeanne, de natureza totalmente diferente e infinitamente mais reservada, parecia até então designada apenas para ocupar os papéis secundários, tanto nas honrarias quanto nos dramas. Inicialmente noiva de Luís X, o Cabeçudo, para em seguida ser dada, por uma espécie de troca, ao segundo filho de Felipe, o Belo, ela pudera se imaginar por algum tempo prometida a tornar-se rainha de França e de Navarra, antes de se ver suplantada por Margarida de Borgonha. Implicada no escândalo do palacete de Nesle, conhecera de perto o adultério, sem, no entanto, cometê-lo; e, em seu castigo, a prisão perpétua lhe tinha sido poupada. Ora, enquanto Margarida, assassinada em sua cela, não passava agora de cinzas, e Branca continuava a mofar, ainda encarcerada, ela ao contrário, havia reencontrado o esposo, a família e uma situação na corte. Instruída a ser prudente devido ao ano de detenção passado em Dourdan, tinha a intenção de não comprometer coisa alguma de sua vida atual. Para ela não era especialmente importante que sua criança viesse ao mundo no palácio real; e, desejosa sobretudo de agradar ao marido, cuja insistência ela intuitivamente considerava fundamentada em sólidas razões, Jeanne respondeu:

— É aqui, minha mãe, que desejo dar à luz. Vou me sentir melhor nesta casa.

Felipe agradeceu com um sorriso. Sentado numa grande poltrona de espaldar reto, com as pernas cruzadas, ele perguntou os nomes das parteiras que cuidariam de Jeanne, querendo saber de onde vinha cada uma delas, e se todas eram de fato dignas de confiança. Recomendou que elas prestassem juramento, precaução que normalmente só era tomada nos partos das rainhas.

"Eis um excelente esposo, que realmente toma conta de mim", pensava Jeanne, escutando-o.

Felipe exigiu também que, desde o momento em que a condessa de Poitiers entrasse em trabalho de parto, as portas do palacete d'Artois fossem fechadas. Ninguém mais deveria poder sair, com exceção da pessoa encarregada de ir levar-lhe a notícia do nascimento...

— Vós vireis me informar — disse ele, apontando para Beatriz d'Hirson, que assistia à conversa. — Meu camareiro receberá ordens para que possais me encontrar a qualquer momento, mesmo se eu estiver participando de um Conselho. E, caso eu esteja acompanhado, vós fareis o anúncio em voz baixa, sem deixar escapar nada a nenhuma outra pessoa... caso seja um menino. Tenho confiança em vós, porque já me servistes lealmente em outra ocasião.

— E mais lealmente do que podeis imaginar... senhor — respondeu Beatriz, inclinando levemente a cabeça.

Mahaut lançou um olhar furioso a Beatriz, como se quisesse colocá-la em seu lugar. Aquela moça, com seus ares dolentes, sua falsa ingenuidade, suas audácias traiçoeiras, fazia-a tremer. Mas Beatriz continuava sorrindo. O jogo estabelecido entre os dois rostos não escapou a Jeanne. Entre sua mãe e a dama de companhia ela sentia pairar segredos que preferia nem sequer tentar descobrir.

Virou-se para seu marido. Este não se deu conta de coisa alguma. Com a nuca apoiada sobre o espaldar da poltrona, ele tinha acabado de adormecer repentinamente, vitimado pelo sono dos vitoriosos. Em seu rosto comprido, comumente tão severo, aparecia uma outra expressão de suavidade atenta, que permitia imaginar a criança que havia sido. Jeanne, emocionada, aproximou-se com passos prudentes e veio dar em sua testa um beijo leve como uma pluma.

IX

O recém-nascido da sexta-feira

A PARTIR DO DIA SEGUINTE, o conde de Poitiers se pôs a preparar a assembleia da sexta-feira. Caso saísse dela vencedor, ninguém mais estaria em condições, por muitos anos, de contestar o fato de ele deter o poder.

Despachou mensageiros para convocar, tal como estava determinado, todos os mais importantes homens do reino — todos eles, na verdade, que não se encontravam a mais de dois dias de cavalgada, o que oferecia a vantagem, por um lado, de não deixar a situação deteriorar-se e, de outro, de eliminar certos grandes vassalos dos quais Felipe poderia esperar alguma hostilidade, tais como o conde de Flandres e o rei da Inglaterra.

Ao mesmo tempo, confiava a Gaucher de Châtillon, Miles de Noyers e Raul de Presles o cuidado de redigir o regulamento de regência que seria submetido à assembleia. Apoiando-se sobre decisões já tomadas, foram fixados os seguintes princípios: o conde de Poitiers administraria a França e Navarra, com o título provisório de regente, governador e guardião, e receberia as rendas reais. Caso a rainha Clemência pusesse no mundo um menino, este naturalmente seria o rei, e Felipe conservaria a regência até a maioridade do sobrinho. Mas se Clemência desse à luz uma menina... Todas as dificuldades começavam com esta hipótese.

Nesse caso, a quem deveria normalmente ser atribuída a coroa? À pequena Jeanne de Navarra, filha de Margarida e Luís X. Mas seria ela realmente filha de Luís? A corte inteira, naqueles dias, fazia-se a mesma pergunta.

Sem a descoberta, provocada por Izabel da Inglaterra e Robert d'Artois, dos amores pecadores de Margarida, sem a publicidade do escândalo, do julgamento, das condenações, os direitos de Jeanne de Navarra não poderiam ser discutidos. Na ausência de um herdeiro do sexo masculino, ela se tornava rainha de França. Mas pesavam sobre ela duras presunções de ilegitimidade, que Carlos de Valois e o próprio Luís X tinham se deleitado em reforçar na ocasião do segundo casamento deste último. Os partidários de Felipe, naquelas circunstâncias, não deixavam de tirar partido disso.

"Ela é filha de Felipe d'Aunay", diziam, abertamente.

Assim, o caso do palacete de Nesle, sem jamais ter tido o caráter orgíaco e criminal que lhe atribuía a imaginação popular, trazia — em sua banal realidade de adultério —, dois anos depois de haver estourado, um problema de gravidade excepcional para a dinastia francesa.

Alguém propôs decidir que a coroa fosse atribuída de qualquer modo à criança de Clemência, quer se tratasse de menina ou menino.

Felipe de Poitiers não apreciou tal sugestão. Claro, as suspeitas que envolviam Jeanne de Navarra eram fundamentadas; mas ninguém possuía provas absolutas. Apesar das pressões exercidas sobre ela e das propostas que lhe haviam sido feitas em troca da confissão, Margarida jamais assinara documento algum que provasse a ilegitimidade de Jeanne. A carta datada da véspera de sua morte, que tinha sido utilizada no processo contra Marigny, afirmava o contrário. Era evidente que nem a velha Agnes de Borgonha, nem seu filho Eudes IV, então duque de Borgonha, aceitariam a eliminação de sua neta e sobrinha do processo de sucessão. O conde de Flandres não deixaria de tomar o partido deles e, sem dúvida, com ele, o conde de Champagne. Assim, a França estava exposta aos riscos de uma guerra civil.

— Então — disse Gaucher de Châtillon — decretemos simplesmente que as filhas ficarão afastadas da coroa. Deve existir alguma antiga regra sobre a qual possamos nos apoiar para tal decisão.

— Eu já ordenei que a procurassem — disse Miles de Noyers —, pois tive a mesma ideia, mas nada foi encontrado.

— Que continuem procurando! Deveis pedir ajuda a vossos amigos, os mestres da Universidade e do Parlamento. Eles sempre conseguem encontrar um velho costume para tudo que possa servir à causa que defendem, quando querem. São capazes de referir-se até a Clóvis para provar que devem cortar a cabeça de alguém ou assar seus pés!

— É verdade — disse Miles — que eu não havia pensado em ordenar que fossem pesquisar assim tão longe. Tinha pensado apenas nos costumes adotados depois de Hugo. Seria preciso ver antes dele. Mas quase não temos tempo de hoje até sexta-feira.

Obstinado, o condestável, balançando o queixo quadrado e batendo suas pálpebras de tartaruga, prosseguiu:

— Na verdade seria loucura deixar que uma moça assuma o trono! Já vistes senhora ou donzela comandando exércitos, elas que se encontram em estado de impureza todos os meses e prenhes uma vez por ano? E como é que elas poderiam enfrentar os senhores feudais, se não são sequer capazes de dominar os calores de sua própria natureza? Não, sou contra isso, e caso tal coisa ocorresse, eu deporia a minha espada. Senhores, eu vos digo que a França é um reino nobre demais para cair nas mãos de mulheres. A flor de lis não foi feita para tecer!*

Sua última frase impressionou os espíritos.

Felipe de Poitiers concordou com uma redação bastante confusa, que jogava as decisões para um futuro longínquo.

— Façamos de maneira que os problemas sejam abordados, sem, no entanto, encontrarmos para eles uma solução imediata — disse ele. — Deixemos abertura suficiente para as esperanças de cada um, posto que tudo está na dependência de algo desconhecido, que ainda está por vir.

Supondo, portanto, que a rainha Clemência desse à luz uma menina, Felipe conservaria a regência até a maioridade de sua sobrinha mais velha, Jeanne. Somente nessa data seria então resolvido o problema da sucessão, fosse em proveito das duas princesas que dividiriam entre elas, então, França e Navarra, fosse em proveito de uma delas, em favor da qual seria mantida a reunião das duas coroas; ou, ainda, sem que nenhuma das duas fosse beneficiada, caso renunciassem a seus direitos, ou caso a assembleia dos pares, convocada para debater o assunto, estimasse que uma mulher não poderia reinar sobre o reino de França. Nesse caso, a coroa iria para o parente do sexo masculino mais próximo do último rei... isto é, Felipe. Assim, a candidatura deste era pela primeira vez oficialmente proposta, mas submetida a tantas condições que aparecia apenas como uma solução eventual destinada a realizar uma arbitragem extrema.

Aquele regulamento, apresentado individualmente aos principais senhores feudais favoráveis a Felipe, recebeu a aprovação deles.

Apenas Mahaut demonstrou certa reticência, ainda que isso parecesse estranho, diante de um ato que efetivamente deixava entrever

* Alusão ao emblema da realeza francesa, a flor de lis. (N.T.)

uma ascensão de seu genro e de sua filha ao trono da França. Alguma coisa na redação a desagradava.

— Vós não poderíeis dizer simplesmente... "Caso as duas jovens renunciem..." sem introduzir a possibilidade de os pares decidirem se uma mulher pode ou não reinar?

— Ora, minha cara sogra! — respondeu Felipe. — Elas não vão renunciar. Os pares, dos quais vós fazeis parte, são a única assembleia de recurso. No início eles eram eleitores do rei, como os cardeais são do papa, ou os palatinos do Imperador, e foi assim que escolheram Hugo, nosso antepassado, que era duque de França. Se agora eles não elegem mais, é porque durante trezentos anos nossos reis sempre tiveram um filho para ocupar o trono.[8]

— Esse é um costume que vem da sorte! — replicou Mahaut. — Vosso regulamento, que prevê distanciar as mulheres, vai servir direitinho às intenções de meu sobrinho Robert. Vós vereis que ele não deixará de utilizá-lo para tentar me despojar de meu condado.

Ela pensava unicamente em sua querela de sucessão dos Artois e, de forma alguma, na França.

— Costume de reino não é costume de feudo, minha mãe. E vós conservareis melhor vosso condado tendo-me como regente, ou talvez rei, do que com os argumentos dos legistas.

Mahaut inclinou-se, sem estar de fato convencida.

— Eis aí a gratidão dos genros —, disse ela um pouco mais tarde a Beatriz d'Hirson. — Chego até a envenenar um rei para ele a fim de lhe dar o trono, e depois ele age como bem entende, sem levar em conta nada mais!

— Senhora condessa, é que ele não sabe de forma alguma tudo que vos deve, nem como nosso rei Luís se foi desta vida.

— E ele não deve saber, pelo senhor! — exclamou Mahaut. — Afinal, o rei era seu irmão, e meu Felipe tem curiosos impulsos de justiça. Segura a tua língua... segura muito bem a tua língua!

Naqueles mesmos dias, Carlos de Valois, ajudado por Carlos de La Marche e Robert d'Artois, estava numa enorme agitação, dizendo por todo lado, e fazendo com que repetissem, que era demência confirmar o conde de Poitiers para a regência e, mais ainda, designá-lo como possível herdeiro do trono. Felipe e sua sogra tinham inimigos demais; e o desaparecimento de Luís X servia muitíssimo bem a seus interesses, agora manifestos, para que aquela morte suspeita não fosse obra deles. Valois, ele sim, oferecia garantias.

Aliado de sempre do rei de Nápoles, ninguém melhor do que ele estava à altura de resolver os problemas que diziam respeito a Clemência e à família de Anjou. Tendo servido o papado romano, conservara a confiança dos cardeais italianos, sem os quais — via-se muito bem — um papa não podia ser eleito, e isso apesar dos maus procedimentos que consistiam em emparedar o conclave numa igreja. Os ex-Templários lembravam-se de que Valois jamais aprovara a supressão da Ordem; os flamengos não ocultavam o fato de quererem negociar com ele.

Quando Felipe tomou conhecimento dessa campanha, encarregou seus próximos de responderem que era muito surpreendente, na verdade, ver que o tio do rei se apoiava, a fim de reclamar o poder, nas cortes estrangeiras ou nos adversários do reino, e que, caso quisessem ver o papa estabelecido em Roma, a França nas mãos dos angevinos, a ordem do Templo ressuscitada e os flamengos completamente emancipados, era preciso, sem mais tardar, oferecer a regência ao conde de Valois.

Enfim chegou a sexta-feira decisiva em que devia se reunir a assembleia. Na alvorada, Beatriz d'Hirson apresentou-se no palácio e foi imediatamente levada aos aposentos do conde de Poitiers. A dama de companhia estava um pouco sem fôlego por ter vindo correndo desde a rua Mauconseil. Felipe ergueu-se em seus travesseiros.

— É um varão? — perguntou ele.

— É um varão, senhor, e dotado de belos atributos — respondeu Beatriz, piscando.

Felipe vestiu-se às pressas e precipitou-se até o palacete d'Artois.

— As portas! As portas! Que as portas permaneçam fechadas! — disse ele, assim que entrou na morada. — Minhas ordens foram obedecidas à risca? Alguém saiu daqui, além de Beatriz? Ninguém deve pôr os pés do lado de fora durante todo o dia de hoje.

Depois ele se precipitou escadaria acima. Perdera aquela rigidez e aquela compunção que, comumente, esforçava-se por apresentar em público.

O quarto de parto, tal como era costume nas famílias principescas, tinha sido suntuosamente decorado. Enormes tapeçarias de Arras, de cores vivas, tomavam inteiramente as paredes, e o chão estava coberto de flores, lírios, rosas e margaridas, que eram esmagadas pelos passos dos que entravam no aposento. A parturiente, pálida, com os olhos brilhantes e o rosto ainda desfeito, repousava num leito envolto em cortinas de seda, sob lençóis brancos que se arrastavam pelo chão por cerca de um metro de diâmetro. Nos cantos do aposento encontravam-se duas pequenas camas, igualmente circundadas por cortinas de seda e destinadas à parteira juramentada e a uma mulher de plantão, encarregada de embalar o recém-nascido.

Felipe dirigiu-se diretamente ao berço e debruçou-se para ver muito bem aquele filho que sua mulher acabava de lhe dar. Feio, e, no entanto, enternecedor, como toda criança em suas primeiras horas de vida, avermelhado, enrugado, com os olhos colados e os lábios babentos. Com uma ínfima mecha de cabelos louros no alto do crânio, o bebê dormia, enrolado até os ombros por faixas cruzadas muito apertadas.

— Eis que, o pequeno Luís Felipe que eu tanto desejava acabou de chegar.[9]

Somente então o conde de Poitiers aproximou-se de sua mulher, beijou-a nas faces e disse-lhe, com um tom de profunda gratidão:

— Muito obrigado, minha amiga, muito obrigado. Vós me dais uma grande alegria, e isto apaga para sempre de meu pensamento nossas discórdias de outrora.

Jeanne pegou a mão comprida do marido, aproximou-a dos lábios e acariciou com ela seu próprio rosto.

— Deus nos abençoou, Felipe. Deus abençoou nosso reencontro do outono — murmurou ela.

Ela ainda estava usando o colar de coral.

A condessa Mahaut, com as mangas arregaçadas deixando à mostra seus braços sombreados por pelos bem visíveis, assistia à cena saboreando seu triunfo. Ela bateu em sua própria barriga com um gesto enérgico.

— Ora, meu filho! — exclamou ela. — Pois eu não vos tinha dito? Os ventres de Borgonha e de Artois são excelentes!

Felipe voltou para perto do berço.

— Não seria possível tirar-lhe a roupa para que eu o veja melhor? — perguntou ele.

— Senhor — respondeu a parteira —, isso não é aconselhável. Os membros da criança são moles demais e devem permanecer apertados durante todo o tempo que for possível, a fim de serem fortalecidos e para que se impeça que entortem. Mas nada tendes a temer, senhor, nós o esfregamos muito bem com sal e mel, e o envolvemos em rosas esmagadas a fim de lhe tirar toda a baba; também lhe passamos no interior da boca bastante mel com o dedo, a fim de lhe dar apetite e doçura. Estejais certo que cuidamos muito bem dele.

— E vossa Jeanne também, meu filho — acrescentou Mahaut. — Mandei untá-la com um bom unguento de bosta de lebre, receita de mestre Arnaud, para que seu ventre se contraia de novo.

— Mas... mãe, eu pensei que isso fosse uma receita para as mulheres estéreis...

— Bah! A bosta de lebre é boa para tudo — replicou a condessa.

Felipe continuava contemplando seu herdeiro.

— Não achais que ele se parece muito com meu pai? — perguntou ele. — Tem a mesma testa alta.

— Talvez — disse Mahaut. — Na verdade vejo nele os traços de meu finado e valente Othon... Que ele tenha a força de alma e de corpo que tinham todos os dois... isso é o que lhe desejo.

— É sobretudo convosco que ele se parece — disse Jeanne suavemente.

O conde de Poitiers reergueu-se com certo orgulho.

— Agora — disse ele — penso que compreendeis melhor as ordens que dei, minha mãe, e por que vos pedi que mantivesse as portas fechadas. Ninguém deve saber ainda que tenho um filho varão. Pois diriam, nesse caso, que fabriquei o regulamento de sucessão, a fim de assegurar o trono depois de minha morte, caso Clemência não dê à luz um varão. E conheço alguns, entre os quais meu irmão Carlos, em primeiro lugar, que esperneariam ao ver suas esperanças tão cedo perdidas. Então, caso desejeis que esta criança continue tendo a chance de um dia tornar-se rei, não deveis dizer nada a ninguém durante a reunião da assembleia.

— É verdade! Temos uma assembleia! Esse marmanjinho quase me fez esquecer disso! — exclamou Mahaut, estendendo a mão na direção do berço. — Já é tempo de eu ir me preparar e comer alguma coisa para me fortalecer. Eu me sinto toda oca, por ter me levantado tão cedo. Felipe, permitis que eu me retire. Beatriz! Beatriz!

Ela bateu palmas e pediu um patê de solha, ovos cozidos, queijo branco temperado com especiarias, geleia de nozes, pêssegos e vinho branco de Château-Chalon.

— Hoje é sexta-feira, não se deve comer demais — disse ela.

O sol, aparecendo por cima dos telhados da cidade, inundou com sua luz aquela família feliz.

— Come um pouco. Um pouco de patê, isto não pode fazer mal — disse Mahaut à filha.

Felipe logo se levantou, a fim de ir cuidar dos últimos preparativos para a reunião.

— Minha amiga, hoje ninguém virá vos cumprimentar — disse ele a Jeanne, mostrando as almofadas dispostas em semicírculo em volta do leito, destinadas aos visitantes. — Mas estejais certa de receber muita gente amanhã.

No momento em que ia sair, Mahaut segurou-o pela manga.

— Meu filho, pensai um pouco em Branca, que continua reclusa em Château-Gaillard. Ela é irmã de vossa esposa.

— Pensarei nisso, pensarei, sim. Vou cuidar para que ela tenha melhor sorte.

E ele se distanciou, levando na sola do sapato um lírio esmagado.

Mahaut fechou novamente a porta.

— Vamos lá, amas — exclamou ela —, ninai um pouco esta criança!

X

A assembleia das três dinastias

Do fundo de seus aposentos, a rainha Clemência ouviu os "altos servidores" do reino chegarem para a assembleia; o tumulto de suas vozes ecoava pelas arcadas e pelos pátios.

A reclusão de quarenta dias, que os ritos do luto impunham à rainha, tinha acabado no dia anterior. Clemência, ingenuamente, acreditara que a data da reunião fora escolhida propositalmente a fim de que pudesse comparecer. Assim, ela se preparara para esse reaparecimento público solene com interesse, curiosidade e até mesmo impaciência, como se estivesse começando a tomar gosto novamente pela vida. Mas no último minuto, um conselho de médicos, entre os quais os médicos pessoais do conde de Poitiers e da condessa Mahaut, tinham-na proibido de se expor a um cansaço julgado perigoso em seu estado.

Aquela decisão, na verdade, satisfazia os diversos partidos da corte, pois ninguém desejava que fosse respeitado o direito de Clemência à regência. Entretanto, posto que se procurava com tanta obstinação, nos costumes do reino, um precedente em que se inspirar, era impossível não se lembrar de Ana de Kiev, viúva de Henrique I, que compartilhara do governo com seu cunhado Beaudoin de Flandres, "devido àquela qualidade indelével que lhe fora atribuída pela sagração"; tampouco era possível esquecer o exemplo, ainda mais próximo, da rainha Branca de Castela, que estava presente na memória de todos.[10]

Mas o delfim de Viennois, cunhado de Clemência e, naturalmente, o mais apto a defendê-la, estava ligado por grandes interesses a Felipe de Poitiers.

E Carlos de Valois, ainda que se apresentasse como o grande protetor de sua sobrinha, só pensava, na verdade, em cuidar de seus próprios interesses.

Quanto ao duque Eudes de Borgonha, que ali estava, como ele próprio declarou, representando a sucessão de sua irmã Margarida, queria antes de mais nada o afastamento de Clemência.

A bela angevina ocupara por bem poucos meses o trono e, por isso, não tinha tido tempo de tornar-se realmente conhecida dos grandes senhores feudais nem de conseguir alguma influência sobre eles; por isso ela já era considerada como a sobrevivente de um reino breve, perturbado e, em diversos aspectos, calamitoso.

"Ela não deu sorte ao reino", era o que se dizia.

Consideravam-na como futura mãe, mas não deixavam de lhe mostrar que, como rainha, ela deixara de existir.

Encerrada numa das alas do palácio, ela ouviu o ruído das vozes diminuindo; a assembleia iniciava a sessão na sala do Grande Conselho a portas fechadas.

"Meu Deus!", pensava Clemência. "Por que não continuei vivendo em Nápoles?"

E se pôs a soluçar, pensando em sua infância, no mar azul, naquele povo napolitano tão barulhento, efervescente, generoso, que sabia compartilhar da dor alheia... seu povo, que sabia amar tão bem...

Enquanto isso, Miles de Noyers lia aos senhores feudais o regulamento da sucessão.

O conde de Poitiers havia tomado o cuidado de não adotar para si mesmo nenhum dos atributos da majestade real. A poltrona em que ele se sentara encontrava-se no centro do estrado, mas recusara que ela fosse sobrepujada por um dossel, tal como se fazia para os reis. Estava vestido de cores escuras e sem ornamentos ostensivos. E parecia dizer: "Senhores, estamos aqui reunidos em conselho de trabalho." Seu aparato era simples, e apenas três sargentos-maceiros mantinham-se de pé atrás de sua poltrona. Ele assegurava o exercício da soberania, sem, no entanto, pretender-se investido dela. Mas havia preparado cuidadosamente a sala da reunião e fizera com que cada um se sentasse de acordo com a designação dos camareiros, de acordo com um cerimonial que era ao mesmo tempo arbitrário e rígido, e no qual os assistentes reviam as maneiras de Felipe, o Belo.

À direita de Felipe estava sentado Carlos de Valois, e logo depois o condestável Gaucher de Châtillon, encarregado de vigiar o ex-imperador de Constantinopla e isolá-lo de seu clã. Felipe de Valois tinha sido colocado seis poltronas distante de seu pai. À esquerda, Poitiers colocara seu tio Luís de Évreux, depois seu irmão Carlos de La Marche, impedindo assim este último de confabular com Valois durante a sessão e de voltar atrás em relação às declarações que tinham feito quatro dias antes.

Mas a atenção do conde de Poitiers estava voltada sobretudo para seu primo, o duque de Borgonha, colocado na extremidade do estrado, rodeado da condessa Mahaut, do delfim de Viennois, do conde de Saboia e de Anseau de Joinville.

Felipe sabia que o jovem duque ia falar em nome de sua mãe, a duquesa Agnes, à qual a qualidade de filha de São Luís conferia, mesmo estando ela ausente, um grande prestígio entre os senhores feudais. Tudo que dizia respeito à lembrança de São Luís era objeto de veneração; e os raros sobreviventes que poderiam ser testemunhas do tempo em que o haviam servido diretamente, aqueles que tinham ouvido suas palavras ou recebido sua afeição encontravam-se envoltos por um caráter um tanto quanto sagrado.

Bastaria a Eudes de Borgonha dizer "Minha mãe, filha de nosso venerado São Luís, que a abençoou beijando-a antes de rumar para a morte nas terras dos infiéis..." para consternar a audiência.

Assim, com o objetivo de frustrar tal estratégia, Felipe de Poitiers tinha feito aparecer em seu jogo uma peça fundamental e inesperada: Robert de Clermont, o outro sobrevivente dos onze filhos do rei canonizado, o sexto e último do sexo masculino. Pois não queriam absolutamente a caução de São Luís? Pois bem, Poitiers contava com ela!

Ora, a presença de Robert de Clermont era ainda mais marcante e impressionante pelo fato de ele não aparecer na corte havia muito tempo; sua última aparição fora cerca de cinco anos antes; sua existência tinha sido quase esquecida e, quando alguém a lembrava, só ousava comentá-la em voz baixa.

De fato, o tio-avô Robert tinha ficado louco desde que, com 24 anos, recebera um golpe de maça na cabeça. Loucura frenética, mas intermitente, com longos períodos de calmaria que haviam permitido a Felipe, o Belo, servir-se dele, às vezes, para algumas missões decorativas. Aquele homem não era perigoso pelo que dizia, pois quase não falava. Era perigoso pelo que podia fazer, pois nada assinalava, jamais, que uma crise ia se apoderar dele e jogá-lo, com um gládio às mãos, contra seus familiares. Ele dava então o lamentável espetáculo de um nobre de 62 anos, tão majestoso de aparência quanto de raça, que repentinamente rachava os móveis, cortava os cortinados e perseguia as mulheres de serviço que, para ele, tornavam-se adversários num torneio.[11]

O conde de Poitiers tinha feito com que ele se sentasse do outro lado do estrado, em companhia do duque de Borgonha e na proximidade de uma porta. Dois escudeiros monumentais mantinham-se a uma curta distância, encarregados de imobilizá-lo ao menor alerta. Clermont deixava flutuar seu olhar cheio de desprezo e tédio, ausente, que se fixava repentinamente no rosto de um dos presentes, com o desassossego doloroso das lembranças que não podem mais ser reencontradas, depois apagava. Era observado por todos, e sua presença causava um vago mal-estar.

Perto do louco estava sentado seu filho, Luís de Bourbon, que era manco, o que parecia sempre tê-lo incomodado para atacar durante as batalhas, mas não para fugir, tal como demonstrara em Courtrai. Desengonçado, disforme e covarde, Bourbon, por outro lado, não deixava de ter certa clarividência; tanto é que acabara de se aliar, como sempre fazia, ao partido mais forte, a fim de ganhar sua proteção.

Daqueles dois príncipes, um doente da cabeça e o outro das pernas, descenderia a longa linhagem dos Bourbon.

Assim, naquela assembleia de 16 de julho de 1316, encontravam-se reunidos os três ramos da família dos Capeto, que reinariam, ainda por três séculos, sobre a França. As três dinastias podiam se contemplar naquele dia: a dos descendentes diretos de Hugo Capeto iam se extinguir logo com o desaparecimento de Felipe de Poitiers e Carlos de La Marche; a dos Valois, que, com o filho de Carlos, assumiria o poder por treze reinos consecutivos; e enfim, a dos Bourbon que só chegaria ao trono depois da extinção dos Valois, quando seria então preciso apelar mais uma vez para a descendência de São Luís a fim de designar um rei. Cada ruptura de dinastia seria acompanhada de guerras extenuantes, devastadoras. E cada raça chegaria ao fim com a morte de três irmãos...

A combinação entre os atos do homem e o imprevisto dos destinos jamais deixará de ser surpreendente. Toda a história da monarquia francesa, durante cinco séculos, suas grandezas e seus dramas, devia decorrer do regulamento de sucessão que Miles de Noyers, antigo marechal da hoste e conselheiro do Parlamento, acabava de ler aos "altos servidores do reino" naquele 16 de julho.

Alinhados nos bancos ou encostados contra as paredes, senhores feudais, prelados, grandes oficiais, juristas e delegados dos burgueses de Paris tinham escutado com toda a atenção. Felipe de Poitiers olhava-os, espremendo os olhos para combater a miopia que confundia um pouco os rostos e apagava o contorno dos grupos.

"Eu tenho um filho! Eu tenho um filho!", repetia para si mesmo com grande felicidade. "Mas eles só terão a notícia amanhã." Ele se dispunha a enfrentar o ataque do duque de Borgonha, mas o assalto veio de outro lado.

Havia naquela assembleia um homem que ninguém podia conter, um homem que não se sentia amedrontado pela nobreza do sangue, pois ele mesmo era nobre, um homem que não se inclinava diante da força, pois ele era capaz de derrubar um boi, um homem, enfim, que não podia ser dobrado por nenhuma maquinação. Esse personagem era Robert d'Artois. E foi ele que, tão logo Miles de Noyers terminou a leitura, levantou-se para dar início ao combate, sem esperar por ninguém.

Como naquele dia cada um lançava mão da excelência de sua própria família, ele trouxera sua mãe, Branca de Bretanha, uma mulherzinha do rosto magro, dos cabelos brancos, dos membros frágeis, e que parecia constantemente pasmada pelo fato de ter dado à luz tal gigante.

Com os cotovelos abertos e os polegares apoiados no seu cinturão de prata, Robert d'Artois lançou:

— Muito me admira, senhores, que venham nos propor aqui um novo regulamento para a regência, fabricado inteiramente para a ocasião, quando já existe um, que foi ditado por nosso último rei.

Todos os olhares se voltaram para o conde de Poitiers, e alguns dos assistentes perguntaram-se preocupados se uma parte do testamento de Luís X não teria sido escamoteada.

— Não compreendo — disse Felipe de Poitiers. — De que regulamento estais falando, meu primo? Estáveis presente nos últimos momentos de vida de meu irmão, como muitos outros que aqui estão, e ninguém jamais veio me informar que ele teria tornado expressa alguma vontade em relação à sucessão.

— Quando eu digo "nosso último rei" — replicou d'Artois com um tom zombeteiro —, não estou aludindo a vosso irmão Luís X... Que Deus o guarde! Estou falando, isso sim, de vosso pai, nosso benquisto rei Felipe, o Belo... Que Deus o guarde também! Ora, o rei Felipe decidiu, escreveu e fez com que seus pares jurassem que, caso ele viesse a morrer antes que seu filho tivesse idade suficiente para exercer o governo, os ofícios reais e a tarefa de regência seriam confiados a seu irmão, o senhor Carlos, conde de Valois. Então, meu primo, posto que nenhum outro regulamento foi feito depois disso, é este, ao que me parece, que deveria ser aplicado.

Branca de Bretanha opinava com um movimento de cabeça, sorria com uma boca sem dentes e passeava pelo salão seus olhos vivos e brilhantes, convidando os vizinhos a aprovar a intervenção de seu filho. Não havia declaração pronunciada por aquele valentão, processo apoiado por aquele zombeteiro, violência ou bandidagem cometida por aquele mau súdito que ela não aprovasse, não admirasse, como se visse naquilo a revelação de um prodígio vivo. Ela recebeu um agradecimento mudo do conde de Valois, dado por um leve sinal de pálpebras.

Felipe de Poitiers, um pouco inclinado sobre o braço de sua poltrona, agitou lentamente a mão.

— Eu admiro, Robert, eu admiro muito — disse ele — ver que hoje estais tão preocupado em seguir a vontade de meu pai, quando sei que obedecestes tão pouco à justiça dele quando ainda estava vivo. Os bons sentimentos chegam com a idade, meu primo! Podeis ficar tranquilo. É precisamente a vontade do rei Felipe que nos esforçamos para respeitar. Não é verdade, meu tio? — disse ele, voltando-se para Luís de Évreux.

Luís de Évreux, que havia duas semanas opunha-se às manobras de Valois e de Robert d'Artois, tomou a palavra.

— O regulamento sobre o qual estais vos baseando, Robert, vale enquanto princípio, mas não indefinidamente, em relação à pessoa designada. Que um tal acidente ocorra ainda à coroa, dentro de cinquenta ou cem anos, não será meu irmão Carlos a assumir a regência do reino... por mais que eu lhe deseje uma longa vida. Deus, Nosso Senhor, não fez Carlos eterno só para isso. O regulamento, estabelecendo que a regência deve caber ao irmão mais velho, designa neste caso Felipe, e é por isso que há alguns dias todos nós lhe juramos fidelidade. Não deveis questionar o que já está decidido.

Alguns pensaram que Robert estava vencido; mas isso era realmente dar provas de conhecê-lo mal. Abaixou levemente a cabeça, oferecendo aos raios do sol que atravessavam os vitrais seus cabelos cor de cobre, penteados em cachos e caindo sobre uma larga nuca. Sua sombra estendia-se sobre as lajotas do chão, como uma ameaça, até os pés do conde de Poitiers.

— As vontades do rei Felipe — continuou ele — não continham coisa alguma sobre as filhas dos reis; elas não determinavam que as filhas tivessem de renunciar a seus direitos, nem que a decisão sobre o assunto fosse tomada pela assembleia dos pares.

Um estremecimento de aprovação logo agitou os partidários dos senhores de Borgonha e de Champagne, e o próprio duque Eudes exclamou:

— Eis algo que foi muito bem dito, meu primo! E era exatamente o que eu ia declarar.

Branca de Bretanha de novo lançou a sua volta olhadelas faiscantes. O condestável começava a agitar-se em sua poltrona. Ouviam-no resmungar, e os que o conheciam bem já previam uma explosão.

— Desde quando — continuou o jovem duque, levantando-se — tal novidade foi introduzida em nossos costumes? Desde ontem, creio! Desde quando as filhas, caso venham a faltar filhos, devem ser privadas das possessões e coroas de seus pais?

O condestável, por sua vez, levantou-se.

— Desde o tempo, senhor — disse ele com uma lentidão calculada —, que certa filha não dá mais ao reino a garantia de ter de fato nascido do pai do qual pretendem que ela seja a herdeira. Deveis saber, enfim, o que se diz por aí afora, coisa que nosso próprio primo Valois, aliás, repetiu-nos diversas vezes no Conselho restrito. A França é um país muito belo, e grande demais, senhor, para que se possa, sem deliberação dos pares, entregar a coroa a uma princesa que não sabemos ser filha de rei ou de escudeiro.

A assembleia permaneceu em silêncio. Eudes de Borgonha empalideceu. Pensaram que ele ia se jogar contra Gaucher de Châtillon, que esperava por isso, concentrando todas as suas forças de velho guerreiro. Mas foi para Carlos de Valois que a ira do senhor feudal de Borgonha se dirigiu.

— Então, meu primo, vós que decidistes unir vosso filho primogênito a uma de minhas irmãs, sois capaz de desonrar sua parente falecida?

— Ora, meu compadre! — disse Valois. — No que diz respeito à vergonha, vossa irmã Margarida... que Deus a perdoe por seus pecados... não precisou de minha ajuda!

E depois, mais baixo, dirigindo-se a Gaucher de Châtillon:

— Por que tendes necessidade de me implicar assim?

— E vós, que sois como um irmão pelo casamento — continuou Eudes de Borgonha, apontando para Felipe de Valois —, aprovais os horrores que estou ouvindo?

Felipe de Valois, atrapalhado, buscando em vão com os olhos o conselho de seu pai, levantou os braços com um gesto de impotência e contentou-se em declarar:

— É preciso confessar, meu irmão, que o escândalo foi enorme!

A assistência começou a cochichar. Do fundo da sala vinham ruídos de disputas, com alguns vassalos defendendo a legitimidade de Jeanne, outros não. Carlos de La Marche, pouco à vontade, pálido, mantinha a cabeça abaixada, como sempre, cada vez que se tratava daquele caso miserável. "Margarida morreu, Luís morreu", dizia a si mesmo, "mas a minha mulher, Branca, continua viva e eu continuo a carregar diante de todos a minha desonra."

Naquele momento, o conde de Clermont, ao qual ninguém prestava atenção, deu sinais de agitação:

— Eu vos desafio, senhores, eu vos desafio a todos! — gritou ele repentinamente.

— Mais tarde, meu pai, mais tarde nós iremos para o torneio — disse Luís de Bourbon com uma voz que pretendia se mostrar tranquila e natural.

E, ao mesmo tempo, ele convidou com um olhar os dois gigantes escudeiros para que se mantivessem prontos, caso fosse necessário imobilizar o demente.

Robert d'Artois contemplava, encantado consigo mesmo, o tumulto que provocara.

O duque de Borgonha lançou a Carlos de Valois:

— Claro, eu desejo que Deus perdoe Margarida por seus pecados, caso ela os tenha cometido; mas eu desejo bem menos que Ele perdoe os assassinos dela!

— Isso são mentiras em que quisestes acreditar, Eudes — replicou Valois —, e sabeis muito bem que vossa irmã morreu de vergonha e remorso em sua prisão.

Agora que o conde de Valois e o duque de Borgonha estavam num conflito aberto, sem que houvesse a mínima possibilidade de eles voltarem a se entender e unir suas causas, Felipe de Poitiers estendeu as mãos com um gesto pacificador.

Mas Eudes não queria a paz, muito pelo contrário.

— Basta, meu primo, por hoje! Já aceitei por muito tempo que a Borgonha seja desonrada. Eu me oponho a vos reconhecer como regente, e afirmo e mantenho diante de todos os direitos de minha sobrinha Jeanne.

Depois, fazendo um sinal aos vassalos de Borgonha para que o seguissem, ele saiu do salão.

— Senhores, senhores — disse o conde de Poitiers —, eis precisamente o que nossos legistas tinham se esforçado para evitar, encarregando o Conselho dos Pares de decidir mais tarde, caso fosse necessário, o problema da sucessão das filhas. Pois, caso a rainha

Clemência dê ao reino um varão, toda essa querela deixará de ter sentido.

Robert d'Artois continuava diante do estrado, com os punhos nas ancas.

— Eu retenho de vosso regulamento, meu primo — exclamou ele —, que doravante, nos costumes de França, o direito da sucessão é contestado às mulheres. Peço, portanto, que me seja devolvido meu condado de Artois, que foi indevidamente entregue a minha tia Mahaut. E enquanto vós não tiverdes feito justiça em relação a isso, eu não comparecerei mais a vosso Conselho.

E então ele se dirigiu também para a saída, seguido por sua mãe, que trotava atrás dele, orgulhosa de seu filho e de si mesma.

A condessa Mahaut elevou as mãos com um gesto que exprimia: "Bem que eu disse!"

Antes de atravessar a porta, Robert, passando por detrás do conde de Clermont, assoprou-lhe com toda a malvadeza:

— Às lanças, primo! Às lanças!

— Cortem as cordas! Soltem o grito de guerra![12] — berrou Clermont, erguendo-se.

— Porco malfeitor, que o diabo te carregue! — lançou Luís de Bourbon a Robert.

Depois ele disse a seu pai:

— Ficai aqui conosco, ainda não tocaram as trombetas.

— Ah! Ainda não tocaram as trombetas? Pois então, que toquem! Já está ficando tarde — disse Clermont.

Ele esperava, com os olhos vazios e os braços abertos.

Bourbon dirigiu-se, mancando, ao conde de Poitiers e rogou-lhe, em voz baixa, que apressasse o cerimonial. Felipe aprovou o pedido com a cabeça.

Bourbon voltou até o doente, pegou-o pela mão e disse:

— A homenagem, meu pai, chegou a hora da homenagem.

— Ah! Claro, a homenagem...

O filho conduziu o pai, e os dois atravessaram o estrado.

— Senhores — disse Luís de Bourbon —, eis aqui meu pai, o mais velho parente de São Luís, que aprova o regulamento em todos os pontos, reconhece o senhor Felipe como regente e jura a ele fidelidade.

— Sim, senhores... sim — disse Robert de Clermont.

Felipe estremeceu imaginando o que seu tio-avô poderia desejar, de repente, acrescentar. "Quem sabe ele vai me tratar por 'senhora' e me fazer algum galanteio."

Mas Clermont continuou, com a voz firme:

— Eu vos reconheço, Felipe, porque sois de direito o mais bem designado e o mais sábio. Que a alma santa de meu pai, lá do Céu, vele sobre vós para vos ajudar a conservar o reino e defender nossa santa fé.

Um movimento de surpresa feliz percorreu as fileiras dos senhores feudais. O que se passava na cabeça daquele homem para que oscilasse daquele modo, sem transição, entre o delírio e a razão, entre o ridículo e a grandeza?

Foi com muita lentidão, com muita nobreza, que se ajoelhou diante do sobrinho e estendeu as mãos; quando ele se reergueu e virou-se para o público, depois de ter recebido o abraço de Felipe, seus grandes olhos azuis estavam cheios de lágrimas.

A assembleia inteira se pôs de pé e fez uma longa ovação aos dois príncipes.

Felipe estava confirmado na regência por todo o reino, com exceção de uma província, a Borgonha, e de um único homem, Robert d'Artois.

XI

Os noivos brincam de pega-pega

O FATO DE DEIXAR COM GRANDE espalhafato uma assembleia política a fim de mostrar seu desacordo jamais impediu o protestatário de jantar, em seguida, à mesma mesa que seus adversários.

Apesar de sua explosão daquela manhã, o duque de Borgonha, depois de ter sido devidamente convidado com toda a insistência, aceitou vir ao banquete familiar que o conde de Poitiers oferecia, naquele mesmo dia, no palacete de Vincennes.

Ora, a família real de França, com todos os primos e dignitários compreendidos, contava mais de uma centena de pessoas que se transportaram assim para Vincennes e reuniram-se para um banquete que durou até depois das cinco horas da tarde, em volta de compridas mesas postas sobre cavaletes e cobertas com toalhas brancas.

A presença do duque de Borgonha tornava ainda mais marcante a ausência de Robert d'Artois.

— Meu filho ficou muito abatido ao sair do palácio, de tanto que o atormentaram as coisas que ouviu — disse a senhora Branca de Bretanha.

— Abatido... realmente? — perguntou Felipe de Poitiers. — Espero que ele não tenha se ferido ao cair de tão alto!

Por outro lado, ninguém se espantou de ver o conde de Clermont reconduzido às pressas para sua morada logo depois de ter homenageado o regente. Felicitaram Luís de Bourbon pela bela impressão que produzira seu pai, deplorando que sua doença, aliás uma nobre doença, posto que provinha de um acidente de armas, não lhe permitisse participar com maior frequência dos negócios do reino.

O banquete se abriu com um relativo bom humor. O condestável e o duque de Borgonha tinham sido colocados suficientemente longe um do outro para que as faíscas não pudessem se produzir novamente. Valois tagarelava pretensiosamente de um lado para o outro.

O mais impressionante, naquele jantar, era o número de crianças. Pois Eudes de Borgonha exigira, para participar do banquete, a presença da pequena Jeanne de Navarra, como reparação do ultraje que lhe fora feito durante a assembleia. Por isso, o conde de Poitiers fizera questão de trazer suas três filhas; o conde de Valois, seus mais jovens rebentos; o conde de Évreux veio acompanhado de seu filho e sua filha, que ainda eram muito pequenos; o delfim de Viennois, seu herdeiro, Guigues, noivo da terceira filha do regente, e Luís de Bourbon trouxe seus filhos que já tinham começado a andar. A confusão dos nomes era enorme, de tantas Brancas e Izabéis, de tantos Carlos e Felipes; quando alguém chamava "Jeanne!", seis cabecinhas se viravam ao mesmo tempo.

Todos aqueles primos estavam destinados a casar-se entre si, a fim de servir às combinações políticas de seus pais, que tinham sido casados da mesma maneira, na mais estreita consanguinidade. Quantas dispensas teria sido necessário pedir ao papa a fim de fazer com que os interesses territoriais passassem na frente dos decretos religiosos! E quantos outros mancos, quantos outros dementes ainda não estavam por vir ao mundo! A única diferença entre a descendência de Adão e a dos Capeto era que na segunda ainda se evitava a reprodução entre irmãos e irmãs.

O herdeiro de Viennois e sua noiva, a pequena Izabel de Poitiers, que logo passaria a ser chamada de Izabel de França, ofereciam o espetáculo do mais tocante entendimento. Comiam no mesmo prato; o pequeno herdeiro escolhia para sua futura esposa os melhores pedaços do cozido de enguia, remexendo com grande concentração no molho, depois colocava-os à força em sua boca, lambuzando todo o rosto da menina. As outras crianças invejavam-nos muito pelo fato de eles já terem uma situação de casal; iam preparar para eles, no interior da morada do regente, um pequeno palacete pessoal com seu criado a cavalo, seu servo a pé, suas camareiras.

Quanto a Jeanne de Navarra, ela não comia nada. Sua presença no festim fora imposta, e, como as crianças são espertas para adivinhar os sentimentos de seus pais e para exagerar suas demonstrações, todos os primos daquela infeliz órfã desviavam-se dela. Jeanne estava entre os menores; ela contava apenas 5 anos. Já começava a mostrar diversos traços de semelhança com a mãe — a testa arredondada, as maçãs do rosto altas — com uma única diferença: ela era loura, e não morena como fora Margarida. Criança solitária, que não sabia brincar e que vivia entre os criados nos salões imensos e vazios do palacete de Nesle, ela jamais vira tanta gente reunida nem tinha ouvido tanto barulho de vozes e louças. Jeanne olhava com uma mistura de admiração e temor aquela profusão de víveres incessantemente colocados sobre as mesas dos comilões presentes. Sentia muito bem que não a amavam; quando fazia uma pergunta, ninguém respondia; por mais jovem que fosse, ela já possuía um espírito bastante desenvolvido para pensar: "Meu pai era rei, minha mãe era rainha; eles morreram e ninguém mais fala comigo." Ela não esqueceria jamais aquele banquete de Vincennes. À medida que o tom das vozes se elevava, que os risos ecoavam, a tristeza da pequena Jeanne e sua fraqueza naquele banquete de gigantes tornavam-se mais notórias. Luís de Évreux, que de longe a viu quase chorando, disse a seu filho:

— Felipe! Cuida um pouco de tua prima Jeanne.

O pequeno Felipe quis então imitar o herdeiro do Viennois e enfiou pelos lábios da menina um pedaço de peixe ao molho de laranja, que ela cuspiu com desdém sobre a toalha da mesa.

Como os copeiros enchiam sem parar as taças, logo tornou-se evidente que aquela criançada vestida de brocado ia cair doente e, a partir do sexto prato, enviaram os pequenos para brincar nos pátios. Ocorreu então àqueles filhos de reis o que acontece a todas as crianças do mundo durante as refeições festivas: ficaram privados de suas iguarias preferidas, os doces, bolos e sobremesas diversas.

Logo que acabou o festim, Felipe de Poitiers pegou o duque de Borgonha pelo braço e lhe disse que queria ter com ele uma conversa em particular.

— Vamos saborear nossas pastilhas de amêndoas longe dos outros, meu primo. Vinde conosco, meu tio — acrescentou ele, voltando-se para Luís de Évreux.

E chamou também Guilherme de Mello, conselheiro do duque, para que as duas partes estivessem em situação de igualdade. Arrastou os três homens para uma sala vizinha, onde, enquanto serviam o vinho adocicado e as especiarias que acompanham as sobremesas, ele começou a explicar o quanto desejava chegar a um acordo e quais seriam as vantagens daquele regulamento de regência.

— É porque eu sei que agora todos estão muito exaltados— disse ele — que quis adiar as decisões finais para o momento da maioridade de Jeanne. Daqui até lá, dez anos terão passado, e vós sabeis, tanto quanto eu, que em tanto tempo as opiniões mudam muito; os que professam hoje as soluções mais violentas podem até ter morrido até lá... Eu pensava, pois, estar vos servindo ao agir dessa maneira, meu primo, e creio que vós não compreendestes muito bem meus desígnios. Posto que por enquanto vós não podeis entrar num acordo com Carlos de Valois, entrai num acordo comigo, e o mesmo pedirei a ele.

O duque de Borgonha permanecia emburrado. Ele não era um homem inteligente e temia sempre que quisessem enganá-lo, o que não chegava a evitar que isso ocorresse frequentemente. A duquesa Agnes, que o amor materno não cegava, tinha-lhe dito com autoridade antes de ele sair para ir ao banquete:

"Toma cuidado para não seres enganado. Não digas nada antes de pensar, e se não podes pensar nada cala-te e deixa falar o senhor De Mello, que tem o espírito mais refinado que o teu."

Eudes de Borgonha, aos 22 anos, investido dos títulos e funções de duque, vivia ainda no terror de sua mãe e tremia só de imaginar que teria de se justificar diante dela. Não ousou responder diretamente às propostas de Felipe.

— Minha mãe vos enviou uma carta, meu primo, na qual ela vos diz... o que dizia a carta, senhor De Mello?

— A senhora Agnes pediu que a guarda de Jeanne de Navarra lhe seja concedida, e ela está surpresa, senhor, de ainda não ter recebido a vossa resposta.

— Mas como poderia eu responder, meu primo? — replicou Felipe, dirigindo-se sempre a Eudes, como se Mello tivesse desempenhado entre eles o mero papel de intérprete de uma língua estrangeira. — Esta é uma decisão que depende da regência. E apenas hoje estou em condições de dar legalmente esta resposta. Quem vos prova, meu primo, que eu penso em recusar o pedido de vossa mãe? Creio que podereis levar convosco vossa sobrinha.

O duque, surpreso por encontrar tão pouca resistência, olhou para Mello, e seu semblante parecia dizer: "Eis aqui um homem com o qual é possível entrar em entendimento!"

— Com a condição, meu primo — retomou o conde de Poitiers —, com a condição, é claro, de que vossa sobrinha não seja casada com quem quer que seja sem o meu consentimento. Isto é evidente, pois trata-se de negócio que interessa muito à coroa, e vós não poderíeis prescindir de nossa opinião antes de dar um esposo à menina que um dia poderá tornar-se rainha de França.

A segunda parte da frase fez com que a primeira fosse aceita. Eudes acreditou realmente que Felipe estava inclinado a fazer coroar Jeanne, caso a rainha Clemência não desse à luz um varão.

— Claro, claro, meu primo — disse ele. — Em relação a isso estamos plenamente de acordo.

— Então nada mais nos opõe, e poderemos assinar um bom acordo — disse Felipe.

Sem esperar, ele mandou buscar Miles de Noyers, que tinha a melhor aptidão para redigir aquele tipo de tratado.

— Senhor Miles, fazei-nos a gentileza de pôr tudo isso por escrito: "Nós, Felipe, par do reino e conde de Poitiers, regente dos dois reinos pela graça de Deus, e nosso benquisto primo, magnífico e poderoso senhor Eudes IV, par do reino e duque de Borgonha, juramos pelas Santas Escrituras que nos pomos a serviço um do outro com a mais leal amizade..." Essa é a ideia, senhor Miles, que gostaríamos de exprimir... "E por esta amizade que juramos um ao outro, decidimos, juntos, que a senhora Jeanne de Navarra..."

Guilherme de Mello puxou o duque pela manga e disse-lhe algumas palavras na orelha, o que fez com que o duque compreendesse que estava sendo enganado.

— Mas meu primo — exclamou ele —, minha mãe não tinha me autorizado a vos reconhecer como regente!

Logo eles se viram num impasse. Felipe só consentia em entregar a guarda da menina se fosse reconhecido como regente. Ele ofereceu diversas garantias. Mas o outro se obstinava; era sobre os direitos à coroa que ele exigia um compromisso formal.

"Se não estivesse aqui esse Mello, que é bem esperto", pensava o conde de Poitiers, "Eudes já teria capitulado." Ele fingiu cansaço, estendeu as compridas pernas e cruzou os pés, coçando o queixo.

Luís de Évreux observava e se perguntava como seu sobrinho poderia se safar daquela situação. "Estou vendo que logo, logo a agitação vai começar lá pelos lados de Dijon", dizia a si mesmo aquele homem razoável. Estava prestes a intervir para aconselhar: "Vamos, cedamos os direitos à coroa", quando Felipe, de repente, perguntou ao duque de Borgonha:

— Vejamos, meu primo, não tendes o desejo de vos casar?

O outro arregalou bem seus olhos redondos, acreditando, inicialmente, por ser um tanto lerdo de raciocínio, que Felipe considerava a possibilidade de lhe dar a mão de Jeanne de Navarra.

— Posto que acabamos de jurar amizade eterna — continuou Felipe, como se ele considerasse aquelas primeiras linhas redigidas do acordo como certas — e que por isso, meu primo, posso contar com todo o vosso apoio, eu teria imenso prazer em aumentar nosso elo de amizade, transformando-o em verdadeiro elo de parentesco. Não gostaríeis de vos unir pelo matrimônio à minha filha primogênita, Jeanne?

Eudes IV olhou para Mello, depois para Luís de Évreux, depois para Miles de Noyers, que esperava, com a pluma suspensa no ar.

— Mas... meu primo, que idade tem a vossa filha?

— Ela tem oito anos, meu primo — respondeu Felipe, que esperou um pouco e depois acrescentou: — E ela pode ter também o condado de Borgonha, por parte de mãe.

Eudes levantou a cabeça como um cavalo que sente o cheiro da aveia. Os duques hereditários não deixavam de sonhar com a reunião das duas Borgonhas, o ducado e o condado, desde o tempo de Robert I, neto de Hugo Capeto. Juntar a corte de Dole à de Dijon, unir os territórios que iam de Auxerre a Pontarlier e de Mâcon a Besançon, ter um pé na França e outro no Santo Império, posto que o condado era palatino... será que aquela miragem ia se tornar realidade? A rota do Império se abria, e junto com ela seus velhos prestígios carolíngios...

Luís de Évreux não pôde se impedir de admirar a audácia do sobrinho; num jogo que parecia perdido, aquele lance que ele ousava dar era enorme. Mas, olhando as coisas mais de perto, o raciocínio de Felipe era muito compreensível: afinal, as terras que ele propunha pertenciam a Mahaut. Tinham dado à condessa as terras de Artois, passando por cima de Robert, para que ele renunciasse ao condado; e tinham feito passar para Felipe, como dote de sua mulher, o condado, para que ele pudesse postular para a eleição imperial. Agora Felipe cobiçava a coroa de França ou, pelo menos, a regência, pelos dez anos que estavam por vir; o condado tinha, portanto, menos interesse para ele, com a condição de que ele passasse para as mãos de um vassalo, o que era o caso ali.

— Seria possível ver vossa filha? — perguntou Eudes imediatamente, deixando de pensar em sua mãe.

— Vós a vistes agora mesmo, meu primo, durante o banquete.

— Sim... mas não olhei muito bem... isto é, não prestei muita atenção.

Mandaram alguém buscar a primogênita do conde de Poitiers, que estava ocupada em brincar de pega-pega com as demais crianças.[13]

— O que querem comigo? Eu quero brincar — disse a menininha, que corria atrás do herdeiro de Viennois perto das estrebarias.

— Vosso pai está vos chamando — disseram-lhe.

Ela ainda correu até pegar o pequeno Gigues e gritou: "Peguei!", ao mesmo tempo que batia em suas costas. Depois ela seguiu o camareiro que viera buscá-la, emburrada, descontente, dando-lhe a mão.

Ainda toda sem fôlego, com as faces úmidas, os cabelos desalinhados e o vestido de brocado coberto de poeira, ela se apresentou assim ao primo Eudes, que tinha quatorze anos a mais que ela. Uma menininha que não era nem bonita nem feia, ainda magricela, e que não fazia ideia de que seu destino se confundia, naquele instante, com o da França... Há crianças que muito cedo deixam adivinhar os traços que terão quando adultas; naquela menina não era possível distinguir nada. A única coisa que se via era o condado da Borgonha, como uma auréola.

Uma província é uma bela coisa; mas também é preciso que a mulher que vem com ela não seja deformada. "Se ela tem as pernas retas, eu aceito", disse a si mesmo o duque. Ele estava bem colocado para desconfiar daquele tipo de surpresa, posto que sua segunda irmã, a mais jovem depois de Margarida, que tinha sido dada em matrimônio a Felipe de Valois, tinha uma perna mais curta do que a outra.[14] Na animosidade em que se encontravam os Valois em relação à Borgonha, aquele defeito físico, que não aparecia no contrato, tinha sua importância! O duque pediu, então, sem que aquilo parecesse surpreender alguém, que levantassem as saias da menina para ver como seus pés eram feitos. A pequena não tinha coxas nem canelas gordas, ela puxara ao pai. Mas os ossos eram perfeitamente retos.

— Tendes razão, meu primo — disse o duque. — Esta seria uma boa maneira para selar nossa amizade.

— Claro! — disse Poitiers. — Não é melhor isso do que conflitos? De agora em diante, quero vos chamar de genro.

E ele abraçou o genro, cuja diferença de idade com o sogro não era maior do que trinta meses.

— Vamos, minha filha, ide beijar vosso noivo — disse Felipe à menina.

— Ah! Ele é meu noivo? — perguntou a pequena.

Ela se empinou com ares orgulhosos.

— Mas ele é maior do que o herdeiro de Viennois!

"Como eu agi bem no mês passado", pensava Felipe, "dando ao delfim minha terceira filha e conservando esta aqui, que pode dispor do condado!"

O duque de Borgonha teve de erguer sua futura esposa até as faces para que ela lhe fizesse um beijo molhado; depois de ele tê-la colocado de volta no chão, a menina partiu correndo para o pátio, a fim de anunciar orgulhosamente às outras crianças:

— Eu fiquei noiva!

As brincadeiras foram interrompidas.

— E não é um noivinho pequeno como o teu — disse ela a sua irmã, apontando para o herdeiro de Viennois. — O meu é grande como nosso pai.

Depois, percebendo a pequena Jeanne de Navarra, que estava um pouco emburrada num canto, à parte, ela lhe disse:

— Agora eu vou ser tua tia.

— Por que minha tia? — perguntou a órfã.

— Porque eu serei a mulher de teu tio Eudes.

Uma das últimas filhas do conde de Valois, que já estava treinada para repetir tudo que ouvisse, precipitou-se para dentro do castelo, encontrou seu pai, que confabulava com Branca de Bretanha e alguns senhores feudais do partido dela, e contou-lhe o que acabara de escutar. Carlos levantou-se, empurrou sua poltrona para trás e lançou-se furiosamente na direção do aposento em que se encontrava o regente.

— Ah! Meu caro tio, sois muito bem-vindo! — exclamou Felipe de Poitiers. — Eu ia justamente mandar buscá-lo para que sejais testemunha de nosso acordo.

E ele lhe estendeu o ato que Miles de Noyers acabara de redigir, e cujo final dizia:

> *"...para assinar aqui com todos os parentes as convenções que acabamos de decidir com nosso excelente primo de Borgonha, e pelas quais nos pomos de acordo sobre todas as questões."*

Amarga semana aquela para o ex-imperador de Constantinopla, que só pôde obedecer. Depois dele, Luís de Évreux, Mahaut d'Artois, o delfim de Viennois, Amadeu de Saboia, Carlos de La Marche, Luís de Bourbon, Branca de Bretanha, Guy de Saint-Pol, Henry de Sully, Guilherme d'Harcourt, Anseau de Joinville e o condestável Gaucher de Châtillon acrescentaram suas assinaturas e lacres pessoais ao final das convenções adotadas.

O tardio crepúsculo de julho caía sobre Vincennes. A terra e as árvores permaneciam impregnadas do calor do dia. A maioria dos convivas já fora embora.

O regente foi andar um pouco sob os carvalhos, em companhia de seus familiares mais devotados, aqueles que o seguiam desde Lyon e que tinham assegurado seu triunfo. Faziam algumas brincadeiras sobre o fato de não conseguirem encontrar a árvore de São Luís, que procuravam em vão. De repente, o regente disse:

— Senhores, meu coração está cheio de suave alegria; minha cara esposa pôs no mundo um varão no dia de hoje.

Respirou profundamente, com felicidade, com prazer, como se os ares do reino de França lhe pertencessem de fato.

Depois se sentou sobre o musgo. Com as costas apoiadas em uma árvore, ele contemplava as folhas recortadas contra o céu ainda róseo quando o condestável Châtillon chegou a grandes passadas.

— Venho vos trazer uma má notícia — disse ele.

— Já? — respondeu o regente.

— Vosso primo Robert foi-se agora mesmo para o condado de Artois.

SEGUNDA PARTE

O CONDADO DE ARTOIS E O CONCLAVE

I

A chegada do conde Robert

DOZE CAVALEIROS, VINDOS DE DOULLENS e conduzidos por um gigante vestido com cota de armas vermelho-sangue, atravessaram a galope a aldeia de Bouquemaison e depois detiveram-se a alguns metros de lá. A vista, daquele ponto, abria-se sobre uma vasta planície de plantação de trigo cortada por valas e bosques e que descia em diversos patamares rumo a um horizonte de florestas.

— Aqui começa Artois, senhor — disse um dos cavaleiros, o senhor Jean de Varennes, dirigindo-se ao chefe da tropa.

— Meu condado! Eis, enfim, meu condado — disse o gigante. — Eis minha boa terra, onde não ponho os pés há quatorze anos!

O silêncio do meio-dia estendia-se sobre os campos ensolarados. Só se ouvia a respiração dos cavalos ofegantes depois do esforço e o voo dos zangões embriagados de calor.

Robert d'Artois saltou bruscamente da montaria, cujas rédeas jogou para seu criado Lormet, subiu por uma rampa esmagando a relva e entrou no campo. Seus companheiros permaneceram imóveis, respeitando a solidão de sua alegria. Robert avançava com seus passos de colosso por entre as espigas, já pesadas e douradas, que subiam até as coxas. Ele as acariciava com as mãos como o pelo de um cavalo ou os cabelos de uma amante loura.

— Minha terra! Meu trigo! — repetia ele.

De repente viram-no jogar-se ao chão, estender-se na terra, chafurdar nela, rolar loucamente de um lado para o outro entre as gramíneas, como se quisesse confundir-se com elas; mordia as espigas de trigo com vontade, tentando encontrar no coração dos grãos aquele sabor leitoso que ele tem um mês antes da colheita; nem sequer sentia que as plantas arranhavam seus lábios. Embriagava-se com o céu azul, com a terra seca e com o perfume das hastes que estalavam, causando sozinho tanto estrago quanto um rebanho de javalis. Ele se levantou, soberbo e todo amassado, e voltou até seus companheiros, com os punhos cerrados em volta de algumas hastes brutalmente arrancadas.

— Lormet — ordenou ele a seu criado —, desamarra minha cota e meu colete.[15]

Depois de se ver livre das roupas, Robert d'Artois fez deslizar o punhado de trigo sob a camisa, junto à pele.

— Eu juro por Deus, senhores — disse ele com uma voz impressionante —, que estas espigas ficarão junto a meu peito até que eu tenha reconquistado todo o meu condado, mesmo seu mais ínfimo campo. À guerra, agora!

Montou novamente seu cavalo e pôs-se a galope.

— Não é verdade, Lormet — gritava ele ao vento —, que a terra aqui é melhor quando está sob os cascos de nossos cavalos?

— Claro, senhor, claro — respondia o assassino do coração suave que compartilhava em tudo das opiniões de seu senhor. — Mas vossa cota não está suficientemente ajustada; diminuí um pouco para que eu possa arrumá-la.

Cavalgaram assim por alguns momentos. Depois, por uma brusca descida, saíram da planície, e então Robert descobriu, cintilando ao sol, num vasto prado, um exército de mil e oitocentas couraças que tinha vindo acolhê-lo. Jamais teria imaginado encontrar tão numerosos partidários ali.

— Varennes! Que excelente trabalho fizestes, meu compadre! — exclamou Robert, maravilhado.

Desde que os cavaleiros de Artois o reconheceram, um forte clamor elevou-se de suas fileiras:

— Bem-vindo, conde Robert! Que Deus dê longa vida a nosso gentil senhor!

E os mais apressados lançaram os cavalos na direção dele; as joelheiras de ferro se entrechocavam, as lanças oscilavam como um outro campo de espigas.

— Ah! Caumont está aqui! E Souastre também! Eu vos reconheço por vossos escudos, meus companheiros — dizia Robert.

Pela abertura levantada do capacete, os cavaleiros mostravam o rosto pingando de suor, mas animados por uma alegria belicosa. Muitos deles, senhores feudais de menor importância, usavam velhas armaduras fora de moda, herdadas de algum pai ou tio-avô, e que haviam mandado ajustar como fora possível, de acordo com suas próprias medidas. Antes que chegasse a noite, eles estariam feridos nas juntas, o corpo coberto de cascas sangrentas; todos, aliás, traziam na bagagem de seu escudeiro um pote de unguento ou faixas de tecido para fazer curativos.

Diante de Robert encontravam-se todas as amostras da moda militar do último século, todas as formas de protetores de cabeça e de elmos; algumas daquelas couraças datavam da última cruzada. Os elegantes das províncias haviam se embelezado com penas de galo, de faisão ou de pavão; outros tinham a cabeça encimada por um dragão dourado, e havia até mesmo um que aparafusara em seu elmo um busto de mulher nua, e que era muito notado por isso.

Todos tinham mandado pintar recentemente os escudos curtos em que brilhavam com cores vibrantes, suas insígnias de armas, simples ou complicadas, de acordo com o grau de antiguidade da nobreza de cada um, sendo que as marcas mais simples pertenciam, forçosamente, às famílias mais antigas.

— Eis aqui Saint-Venant, Longvillers, Nédonchel — dizia Jean de Varennes, apresentando os cavaleiros a Robert.

"Vosso vassalo, senhor, vosso vassalo", dizia cada um, quando chamado pelo nome.

— Vassalo Nédonchel, vassalo Bailliencourt, vassalo Picquigny — respondia Robert, passando diante deles.

A alguns jovenzinhos, muito empinados e orgulhosos por estarem vestidos para a guerra pela primeira vez, Robert prometeu armá-los cavaleiros ele mesmo, em pessoa, caso se mostrassem valentes nos combates vindouros.

Depois decidiu nomear imediatamente dois marechais, como de costume na hoste real. Escolheu primeiramente o senhor de Hautponlieu, que trabalhara ativamente para reunir aquela nobreza barulhenta.

— E depois vou escolher... vejamos, tu, Beauval! — anunciou Robert. — O regente tem um Beauval como marechal; eu também terei o meu.

Os senhores feudais menos importantes, apreciadores de trocadilhos, aclamaram, rindo, Jean de Beauval, que foi assim designado por causa de seu nome.

— Agora, senhor — disse Jean de Varennes —, que caminho pretendeis tomar? Devemos dirigir-nos primeiramente a Saint-Pol ou a Arras? Artois é inteiramente vosso, podeis escolher.

— Que caminho leva até Hesdin?

— Este em que nos encontramos, senhor, e que passa por Frévent.

— Pois bem, quero ir inicialmente ao castelo de meus pais.

Um movimento de inquietação se esboçou entre os cavaleiros. Era uma má sorte que Robert d'Artois, imediatamente após a sua chegada, quisesse correr para Hesdin.

O senhor de Souastre, aquele que ostentava uma mulher nua sobre a cabeça e que havia se sobressaído muito nos tumultos do outono anterior, disse:

— Temo, senhor, que o castelo não esteja em condições de vos acolher.

— O que é? Então ele continua ocupado pelo senhor de Brosse, que tinha sido posto lá por meu primo, o Cabeçudo?

— Não, não... nós o fizemos fugir. Mas estragamos um pouco o castelo quando de nossa passagem por lá.

— Estragaram? — disse Robert. — Ele foi incendiado?

— Não, senhor, as paredes continuam sólidas.

— Então vós o pilhastes um pouco, não é isso, meus marmanjos? Ora! Se é só isso, fizestes muito bem. Tudo o que é de Mahaut, a vagabunda, Mahaut, a porca, Mahaut, a biscate, vos pertence, senhores. E eu compartilho de tudo isso convosco!

Como não gostar de um suserano tão generoso? Os aliados urraram de novo que desejavam vida longa a seu gentil suserano, o conde Robert, e o exército da revolta pôs-se a caminho de Hesdin.

Chegaram lá no final da tarde, diante de quatorze torres da praça-forte dos condes d'Artois, em que o castelo, sozinho, ocupava uma superfície de doze "medidas", ou seja, cerca de cinco hectares.

Quantos impostos, quanto sofrimento e suor não tinha tido que pagar o povo das redondezas por aquele fabuloso edifício destinado — isso é o que fora dito aos habitantes — a protegê-lo das infelicidades da guerra! Ora, as guerras se sucediam, mas a proteção mostrava-se bem pouco eficaz. E como as lutas tinham como motivo, essencialmente, a posse do castelo, a população preferia enterrar-se em suas casas de taipa, rezando a Deus para que a avalanche passasse o mais longe possível.

Quase não havia gente nas ruas para vir receber o senhor conde. Os habitantes, que já tinham sofrido o bastante com o saque da véspera, escondiam-se.

As redondezas do castelo não ofereciam nada que fosse mais alegre; a guarnição real, pendurada nas ameias, começava a cheirar a carniça. No grande portal, chamado de Portal dos Frangos, a ponte levadiça estava abaixada. O interior oferecia um espetáculo de desolação; das adegas escorria o vinho dos tonéis arrebentados; aves mortas jaziam por toda a parte; ouvia-se, dos estábulos, um mugido sinistro de vacas que não tinham sido mais ordenhadas; e pelos tijolos que pavimentavam — luxo raro — os pátios internos, a história do recente massacre estava inscrita em enormes poças de sangue coagulado.

Os compartimentos de habitação da família Artois contavam cerca de cinquenta apartamentos; nenhum deles tinha sido poupado pelos bons aliados de Robert. Tudo que não podia ser roubado para decorar os solares das redondezas tinha sido destruído ali mesmo.

Assim tinham desaparecido da capela a grande cruz de cobre, bem como o busto de Luís IX contendo um fragmento de osso e alguns cabelos do santo rei. Tal como o grande cálice de ouro do qual se apropriara Ferry de Picquigny e que seria encontrado à venda, um pouco depois, em posse de um mercador parisiense, tinham sido roubados os doze volumes da biblioteca, o tabuleiro de jade e calcedônia. Com os vestidos, os *peignoirs* e toda a roupa de Mahaut, os pequenos vassalos tinham obtido belos presentes para suas damas. Nem as cozinhas tinham sido poupadas, e delas tinham levado todas as reservas de pimenta-do-reino, gengibre, açafrão e canela...[16]

Andavam sobre a louça quebrada, sobre os brocados rasgados; só se viam cortinas e camas destruídas, móveis rachados, tapeçarias arrancadas das paredes. Os chefes da revolta, um pouco temerosos, seguiam Robert em sua visita; mas a cada descoberta o gigante estourava numa gargalhada, de forma que eles logo se sentiram muito à vontade.

Na sala dos escudos, Mahaut tinha mandado erguer junto às paredes estátuas de pedra representando os condes e as condessas d'Artois, desde a origem da família até ela própria. Todos os rostos assemelhavam-se um pouco, e o conjunto era imponente.

— Aqui, senhor, não tocamos em nada — declarou Picquigny.

— Pois agistes mal, meu compadre — respondeu Robert —, porque vejo nestas imagens pelo menos uma cabeça que não me agrada! Lormet! Traz-me uma maça!

Empunhando a pesada arma que lhe estendia seu criado, ele a girou pelos ares três vezes, antes de atingir em cheio a formidável efígie de Mahaut. A estátua titubeou em seu pedestal, e a cabeça, desprendendo-se do pescoço, foi estourar no chão.

— E que o mesmo ocorra com a verdadeira cabeça, depois que todos os aliados de Artois tiverem mijado nela à vontade — exclamou Robert.

Para aqueles que gostam de quebrar e destruir, basta começar. A maça de ferro, cheia de pontas agudas, ameaçadora, balançava na mão do gigante.

— Ah! Minha tia, aquela vagabunda... Eu fui despojado de meu condado de Artois porque foi este aqui que me engendrou...

E Robert fez voar em pedaços a cabeça de seu pai, o conde Felipe.

— ...fez a besteira de morrer antes deste aqui...

E decapitou seu avô, o conde Robert II.

— E agora eu vou viver entre essas imagens que vós comandastes para gozar de uma honra à qual não tendes direito? Vamos! No chão, no chão, todos os meus antepassados! Vamos começar tudo de novo.

As paredes tremiam, os cacos de pedra atapetavam o chão. Os senhores feudais de Artois tinham se calado, todos eles, com o fôlego cortado por aquele grande furor que ia muito além de todas as violências que eles próprios haviam cometido em vida. Realmente, como não obedecer a um chefe como aquele?

Quando terminou de arrancar a cabeça de todos da sua raça, Robert jogou a maça de encontro aos vitrais de uma janela e disse, esticando-se:

— Eis-nos muito à vontade para conversar agora... Senhores, meus vassalos, meus companheiros, quero antes de mais nada que em todas as cidades, prebostados e castelanias que vamos libertar do jugo de Mahaut sejam inscritas todas as acusações que cada um tem a fazer contra ela, e que seja feito um registro minucioso de todas as suas malvadezas, a fim de que enviemos tudo isso a seu genro, o senhor das Portas Fechadas... pois ele tranca tudo que aparece a sete chaves... as cidades, o conclave, o Tesouro... o senhor Da Vista Curta, ou seja, nosso caríssimo Felipe, o Caolho,[17] que se proclama regente e que foi a causa, há quatorze anos, da perda de nosso condado, para que ele pudesse, ele, abocanhar a Borgonha! Que aquele animal morra com a garganta estrangulada por suas próprias tripas!

Gérard de Kiérez, um homem pequeno, hábil em procedimentos oficiais, que havia pregado diante da justiça real pela causa dos senhores feudais artesianos, tomou então a palavra e disse:

— Pesa contra Mahaut um agravo, senhor, que interessa não apenas ao condado de Artois, mas a todo o reino; garanto que o regente não ficaria indiferente caso soubesse como foi que morreu seu irmão, Luís X.

— Com os diabos, Gérard! Então tu crês na mesma coisa em que estou pensando? Tens alguma prova de que minha tia usou de sua malvadeza também nesse caso?

— Prova, prova, senhor, é dizer muito. Mas tenho uma forte suspeita, e que pode ser confirmada por testemunhas. Conheço em Arras uma dama que se chama Isabel de Fériennes, e seu filho Jean, ambos vendedores de ingredientes de magia, que forneceram mercadorias a uma certa senhorita d'Hirson, uma tal de Beatriz...

— Ah, com aquela lá, meus companheiros, vou presentear-vos — disse Robert. — Eu a vi algumas vezes, e adivinho, só pelos ares dela, que é bem apetitosa!

— Os Fériennes forneceram a ela, como disse, para a senhora Mahaut, veneno para matar cervos, duas semanas antes do falecimento do rei. O que podia servir para os cervos pode muito bem ter servido para o rei.

Os senhores feudais demonstraram por seus cacarejos que tinham apreciado a declaração de Kiérez.

— De qualquer maneira, era veneno para chifrudo — emendou Robert. — Que Deus guarde a alma de chifrudo do meu primo Luís!

Os risos foram ainda mais fortes.

— E tudo isso parece ainda mais verdadeiro, senhor, quando se sabe que a dama de Fériennes se gabou, no ano passado, de ter fabricado o filtro que fez com que Felipe, que vós chamais de o Caolho, fizesse as pazes com a senhora Jeanne, filha de Mahaut...

— ...tão vagabunda quanto a mãe! Vós errastes, meus caros, ao deixar de estrangular aquela víbora, que esteve a vossa mercê aqui, no ano passado — disse Robert. — Eu preciso dessa dama Fériennes, e quero também seu filho. Tratai de pôr as mãos neles quando chegarmos a Arras. Agora vamos comer, pois o dia de hoje me deu muita fome. Que matem o maior boi encontrado nos estábulos e que ele seja assado inteiro. Que o lago de carpas de Mahaut seja esvaziado, e que nos tragam aqui todo o vinho que sobrou.

Duas horas mais tarde, com o dia caindo, todo aquele orgulhoso batalhão estava completamente embriagado. Robert mandou Lormet, que era resistente à ingestão de vinho, ir pilhar a cidade, em companhia de um homem da escolta, e trazer a quantidade necessária de moças para contentar o humor dos marmanjos bêbados. Ninguém fez questão de saber se as moças arrancadas da cama eram virgens ou mães de família. Lormet arrastou até o castelo uma tropa de camisola, berrando de pavor. Os aposentos saqueados de Mahaut tornaram-se então o local de um terrível combate. Os urros das mulheres provocavam o ardor dos fidalgos, que se lançavam sobre elas como se atacassem os infiéis, rivalizando em termos de proeza e abatendo-se a três sobre o mesmo butim. Robert puxou para si próprio, pelos cabelos, os melhores nacos, sem se preocupar sequer em tirar toda a roupa. Como ele pesava mais de cem quilos, suas conquistas até perderam o fôlego para gritar. Enquanto isso, o senhor de Souastre, que perdera seu belo capacete, mantinha-se agachado e dobrado em dois, com os punhos próximos do coração, vomitando como uma gárgula durante a tempestade.

Depois todos aqueles valentes, um após o outro, puseram-se a roncar; teria sido suficiente apenas um homem, naquela noite, para estrangular sem maiores dificuldades toda a nobreza de Artois.

No dia seguinte, um exército de pernas frouxas, línguas enroladas e cérebros embotados, das vistas embaçadas pôs-se a caminho de Arras. Apenas Robert parecia tão vivo quanto um peixe que acaba de ser pescado, o que acabou lhe valendo a admiração definitiva de suas tropas. O caminho foi entrecortado por diversas paradas, pois Mahaut possuía nas paragens outros castelos cuja vista despertava a coragem dos senhores feudais.

Mas no dia de Santa Madalena, quando Robert instalou-se em Arras, procuraram em vão a dama Fériennes. Ela havia desaparecido.

II

O banqueiro do papa

Em Lyon, os cardeais permaneciam trancafiados. Acreditavam que seriam capazes de vencer o regente pelo cansaço. A reclusão já durava um mês. Os setecentos homens armados do conde de Forez continuavam a montar guarda em volta da igreja e do convento dos Irmãos Pregadores. Por respeito pela forma, o conde Savelli, marechal do conclave, conservava consigo as chaves permanentemente; mas elas não serviam para nada, posto que não poderiam abrir portas que estavam muradas.

Os cardeais, dia após dia, transgrediam a constituição de Gregório, e isso com uma consciência tão mais leviana quanto tinham sido utilizadas contra eles a sujeição e a violência. Não deixavam de dizer isso, todos os dias, ao conde de Forez, quando este aparecia, com sua cabeça encerrada pelo capacete, pelo estreito orifício que servia para passar os víveres. E a isso, todos os dias, o conde de Forez respondia que tinha a obrigação de fazer com que a lei do conclave fosse respeitada. Aquele diálogo de surdos poderia prosseguir ainda por muito tempo.

Não se podia dizer que os cardeais estivessem alojados todos juntos, tal como prescrevia a constituição de São Gregório; pois, mesmo sendo a nave dos Jacobinos muito vasta, o fato de haver cem pessoas vivendo nela tendo como móveis apenas uns punhados de palha jogados pelo chão tornara as coisas insuportáveis, antes de mais nada devido à pestilência que subia pelos ares por causa do calor do verão.

Não é porque Nosso Senhor nasceu num estábulo que seu vicário deve necessariamente ser eleito num chiqueiro — disse um cardeal italiano.

Os prelados tinham, portanto, tomado de assalto também o convento que se comunicava com a igreja e que fazia parte do terreno. Descartando os monges, eles haviam se arranjado, bem ou mal, em três por cela monástica ou por quarto de hotelaria, esta se encontrando, evidentemente, fechada aos viajantes. Os capelães e donzéis ocupavam os refeitórios.

O regime alimentar, que ficava cada vez mais magro, tampouco era observado; se fosse, logo toda aquela assembleia teria sido reduzida a uma reunião de esqueletos. Os cardeais faziam com que lhes enviassem guloseimas do exterior, dizendo que elas se destinavam ao abade e aos monges. Era com muita habilidade e constância que eles se aplicavam na violação do segredo das deliberações; todos os dias, cartas entravam e saíam do conclave, escondidas em pães ou em pratos vazios. Assim, a hora das refeições tornava-se hora da correspondência, e tal correspondência, que pretendia decidir a sorte da Cristandade, estava bem suja de gordura.

De todas aquelas faltas ao regulamento o conde de Forez informava o regente, que parecia felicitar-se por elas. “Quanto mais eles cometerem faltas e erros”, declarava Felipe, “mais facilmente poderemos atacá-los quando tomarmos a decisão de fazê-lo. Para as missivas, deixai-os enviá-las, mas abri-as antes a cada vez que isso for possível, a fim de me revelar seu conteúdo.

Assim é que foram avisados de quatro candidaturas que fracassaram tão logo foram sugeridas: inicialmente a de Arnaud Nouvel, ex-abade de Fontfroide, sobre quem o conde de Poitiers deixou claro a Jean de Forez que ele "não considerava tal cardeal um verdadeiro amigo do reino de França"; depois as candidaturas de Guilherme de Mandagout, de Arnaud de Pélagrue e do irmão mais velho dos dois Bérenger Frédol. Gascões e provençais provocavam mutuamente o fracasso de uns e outros. Soube-se também que o temível Caetani começava a desagradar uma parte dos italianos, inclusive seu próprio primo Stefaneschi, devido à baixeza de suas intrigas e ao ultraje de suas calúnias.

Pois ele fora capaz de sugerir, em tom de brincadeira, que o diabo fosse invocado e que confiassem nele a fim de designar um papa, visto que Deus parecia ter renunciado a essa escolha — mas todos sabiam o que significavam tais propósitos vindos da parte dele.

A isso Duèze respondera, com sua voz sussurrante:

— Não seria a primeira vez, monsenhor Francesco, que Satã participa de nossas reuniões.

Quando Caetani pedia, por exemplo, uma vela, logo todos diziam que era para derreter a cera e proceder a algum enfeitiçamento.

Os cardeais, até que fossem trancafiados daquela maneira, tinham estado todos em oposição, por motivos de doutrina, de prestígio ou de interesse. Mas agora, pelo fato de terem vivido juntos durante um mês inteiro num espaço tão exíguo, odiavam-se por razões pessoais, quase por razões físicas. Alguns começavam a dar mostras de negligência, não se barbeavam nem se lavavam mais, entregando-se a todas as liberdades possíveis para com a natureza. Não era mais por promessas de dinheiro ou outros benefícios que este ou aquele candidato tentava angariar votos, mas sim compartilhando com os gulosos sua ração diária de comida, ato que era formalmente proibido. Então as denúncias corriam de orelha em orelha:

— O camerlengo comeu três pratos do partido dele...

Os estômagos, com tais compensações, chegavam a satisfazer-se mais ou menos, porém o mesmo não acontecia com outros apetites; a castidade, à qual certos cardeais não tinham o hábito de submeter-se, começava a azedar furiosamente o temperamento de alguns deles. Uma brincadeira circulava em meio aos provençais:

"Auch com certeza é capaz de tudo para comer bem, mas para Colonna só a boa carne constitui o bom negócio."*

Pois os dois Colonna, o tio e o sobrinho, dois senhores atléticos e com saúde demais para suportar a couraça representada pela batina, caçavam os donzéis pelos corredores do convento, prometendo-lhes a absolvição eterna.

Eles não paravam de jogar uns contra os outros as mais diversas repreensões:

"Se vós não tivésseis canonizado Celestino... se não tivésseis renegado Bonifácio... se não tivésseis consentido em partir de Roma... se não tivésseis condenado os Templários..."

Eles se acusavam mutuamente de fraqueza na defesa da Igreja, de ambição e venalidade. A ouvir o que os cardeais diziam uns dos outros, ter-se-ia acreditado que nenhum deles mereceria sequer um minúsculo vicariato do interior.

Apenas monsenhor Duèze parecia insensível a toda falta de conforto, às intrigas e à maledicência. Por dois anos, vivera embrulhando tanto as coisas entre seus colegas que agora não precisava mais fazer coisa alguma e podia deixar as perversas máquinas funcionando sozinhas. Frugal por natureza e costume, a escassez da alimentação não o incomodava nem um pouco. Escolhera compartilhar sua cela com dois cardeais normandos aliados aos provençais, Nicolau de Fréauville, ex-confessor de Felipe, o Belo, e Michel du Bec, que, fracos demais para constituir um partido, não figuravam entre os "papáveis". Não eram temidos por ninguém, e a instalação de ambos em companhia de Duèze não tinha como assumir o aspecto de uma conjuração.

* Trocadilho no original: "Si d'Auch est prêt à tout pour faire bonne chère, à Colonne il n'est chair qui ne soit bonne affaire." (N.T)

Aliás, Duèze via muito pouco seus dois companheiros. Em horas fixas, ele passeava um pouco pelo claustro do convento, geralmente apoiado ao braço de Guccio, que não parava de lhe recomendar:

— Monsenhor, não andai tão depressa! Vede, tenho dificuldade em vos acompanhar, com esta perna dura que conservei de minha queda em Marselha. Vós sabeis muito bem que vossas chances, se posso acreditar no que escuto, serão maiores à medida que os outros pensem que vós estais muito enfraquecido.

— É verdade, é verdade — respondia o cardeal, que se esforçava então para curvar o pescoço, dobrar os joelhos e disciplinar seus 62 anos de energia.

Durante o restante do tempo, lia ou escrevia. Ele tinha podido obter o que lhe era mais necessário na vida: livros, velas e papel. Caso alguém viesse avisá-lo de uma reunião no centro da igreja, ele fingia deixar com grande pesar seu canto, e então, escutando seus colegas trocarem injúrias ou perfídias, contentava-se em assoprar com uma voz quase inaudível:

— Eu estou orando, meus irmãos, estou orando para que Deus nos inspire a escolher o mais digno.

Os que o conheciam havia muito tempo julgavam-no muito mudado. Ele parecia consagrar-se às macerações, e oferecia a todos um exemplo de benevolência e caridade. Quando comentavam esse fato com ele, respondia simplesmente, acompanhando seu murmúrio com um gesto desiludido:

— A proximidade da morte... Já é bem tempo de me preparar...

Mal tocava na tigela de comida e fazia com que a entregassem a um de seus rivais. Assim Guccio, com os braços carregados, ia ter com o camerlengo, que prosperava como um boi de engorda, ao qual ele dizia:

— Monsenhor Duèze mandou vos entregar isto. Ele vos achou um pouco magro hoje de manhã.

Dos noventa e seis prisioneiros, Guccio estava entre os que tinham maior facilidade para se comunicar com o exterior; de fato, pudera estabelecer rapidamente uma ligação com o agente do banco Tolomei de Lyon. Por seu intermédio chegavam não somente as cartas que Guccio enviava ao tio, mas também a correspondência mais secreta que Duèze destinava ao regente. A tais cartas era poupada a passagem dentro de pratos gordurosos; elas passavam no interior dos livros indispensáveis aos profundos estudos do cardeal.

Duèze, na verdade, tinha como único confidente o jovem banqueiro, cuja astúcia lhe era mais útil a cada dia que passava. A sorte dos dois estava estreitamente ligada, pois um queria sair papa daquele convento terrivelmente quente no verão, ao passo que o outro desejava partir o mais cedo possível, e ainda por cima poderosamente protegido, a fim de socorrer sua bela. Guccio, entretanto, sentia-se um tanto tranquilo em relação a Maria, depois que Tolomei lhe escrevera dizendo que cuidava dela como um verdadeiro tio.

No início da última semana de julho, quando Duèze viu que seus colegas estavam bem exaustos, bem sofridos devido ao calor e irremediavelmente levantados uns contra os outros, decidiu representar-lhes a comédia que preparara cuidadosamente com Guccio.

— E então? Eu arrastei bem as pernas como devia? Jejuei suficientemente? Meu aspecto está ruim o bastante? — perguntou ele a seu donzel improvisado. — E será que meus compadres estão suficientemente enojados de si mesmos a ponto de se deixarem levar a uma decisão motivada pelo cansaço?

— Creio que sim, monsenhor, creio que agora estão maduros.

— Então já é tempo, creio, meu jovem companheiro, de pôr vossa língua para trabalhar; quanto a mim, vou me deitar e quase não me levantarei mais.

Guccio começou a esparramar entre os servidores dos outros cardeais a notícia de que monsenhor Duèze estava abatido demais, que dava sinais de doença e que se podia temer, dada a sua idade avançada, que não saísse vivo daquele conclave.

No dia seguinte, Duèze não apareceu para a reunião quotidiana, e os cardeais comentaram o fato entre si, cada qual repetindo os rumores que Guccio difundia.

No dia seguinte, o cardeal Orsini, que acabara de ter uma altercação violenta com os Colonna, encontrou Guccio e perguntou-lhe se era mesmo verdade que monsenhor Duèze estava num tal estado de fraqueza.

— Pois é mesmo, monsenhor , e vós me encontrais com o coração partido — respondeu Guccio. — Sabíeis que meu bom mestre deixou até mesmo de ler? O que equivale a dizer que agora seu caminho para o fim ficou bem mais curto.

Depois, com aquele ar de audácia ingênua que sabia tão bem fingir, acrescentou:

— Se eu estivesse em vosso lugar, monsenhor, sei muito bem o que faria. Eu trataria de eleger monsenhor Duèze. Assim, poderíeis sair enfim deste conclave e reunir um outro como bem quisésseis logo depois da morte dele, o que, repito, não há de tardar. Essa é uma chance que em uma semana estará perdida.

Naquela mesma noite, Guccio viu Napoleão Orsini em conciliábulo com Stefaneschi, Alberti de Prato e Guilherme de Longis, todos eles italianos favoráveis a Duèze. No dia seguinte, o mesmo grupo formou-se novamente no claustro monástico, mas agora aumentado pela presença do espanhol Luca de Flisco, meio-irmão de Jacques II de Aragão, e de Arnaud de Pélagrue, chefe do partido gascão.

Guccio, passando por perto, ouviu o último dizer:

— E se ele não morrer?

— Seria menos mau — respondeu um dos italianos — do que permanecer aqui ainda por seis meses, como poderá ocorrer caso percamos esta ocasião de eleger um moribundo.

Guccio enviou imediatamente uma carta a seu tio, sugerindo-lhe comprar da companhia dos Bardi todos os créditos de Jacques Duèze que aquele banco possuía. "Vós podereis obtê-los sem dificuldade pela metade do preço, pois o devedor é dado como moribundo, e o credor vos tomará como um louco. Comprai, mesmo que seja por um preço altíssimo; o negócio será excelente, eu garanto, ou não sou mais vosso sobrinho." Ele aconselhou Tolomei, além do mais, a vir em pessoa até Lyon o mais depressa que pudesse.

No dia 29 de julho, o conde de Forez entregou oficialmente ao cardeal camerlengo uma carta do regente. Para ouvir sua leitura, Jacques Duèze consentiu em sair da cama; fez com que o carregassem, em vez de ir andando até a assembleia.

A carta do conde de Poitiers era severa. Ela detalhava todas as desobediências ao regulamento de Gregório. Lembrava a promessa de demolir os tetos da igreja. Ela envergonhava os cardeais, expondo suas discórdias, e sugeria-lhes que entregassem finalmente a tiara ao mais velho entre eles, caso não conseguissem chegar a um consenso. Ora, o mais velho era exatamente Jacques Duèze.

Quando esse ouviu tais palavras, agitou as mãos com um gesto esgotado e murmurou:

— O mais digno, meus irmãos, o mais digno! O que poderíeis fazer de um pastor que não tem mais forças sequer para se conduzir sozinho, e cujo lugar agora é o Céu, caso o Senhor deseje acolhê-lo?

Ele fez com que o levassem de volta para sua cela, deitou-se novamente e virou-se para a parede.

Dois dias depois, Duèze pareceu recuperar um pouco de suas forças; um enfraquecimento constante demais teria despertado suspeitas. Mas quando chegou uma recomendação do rei de Nápoles que confirmava a do conde de Poitiers, o ancião pôs-se a tossir de maneira lamentável; realmente ele só podia estar mesmo muito mal para ter se resfriado em pleno verão.

As tratativas continuavam, pois nem todas as esperanças estavam mortas.

Mas o conde de Forez começava a se mostrar mais rude. Agora mandava revistarem de maneira espalhafatosa os víveres, que ele reduzira, aliás, a uma única entrega por dia, e confiscava a correspondência ou jogava-a de volta para dentro da igreja, recusando-se a despachá-la.

No dia 5 de agosto, Napoleão Orsini conseguiu fazer com que o terrível Caetani se aliasse a Duèze, bem como outros membros do partido gascão. Os provençais farejaram o perfume da vitória.

No dia 6 de agosto, confirmou-se que monsenhor Duèze podia contar com dezoito votos, isto é, dois votos a mais do que a famosa maioria absoluta que em dois anos ninguém pudera obter. Os últimos adversários, vendo que a eleição ia ocorrer por cima deles, temendo que fossem depois repreendidos por sua obstinação, acabaram reconhecendo as virtudes cristãs do cardeal-bispo do Porto, e declararam-se prontos para votar nele.

Um dia mais tarde, em 7 de agosto de 1316, decidiram votar. Quatro responsáveis pelo escrutínio foram designados. Duèze deu as caras, carregado por Guccio e por seu segundo donzel.

— Ele não pesa quase nada — murmurava Guccio aos cardeais que os olhavam passar e afastavam-se com uma deferência que já era significativa da escolha que fariam.

Alguns minutos mais tarde Duèze era proclamado papa por unanimidade, e seus vinte e três colegas lhe faziam uma ovação.

— Já que o Senhor quer... que assim seja... — sussurrou Duèze.

— Que nome escolhereis? — perguntaram-lhe.

— João... escolho o nome de João... João XXII.

Guccio ergueu-se para ajudar o frágil ancião, que acabava de se tornar a autoridade suprema do universo, a levantar-se.

— Não, meu filho, não — disse o novo papa. — Vou me esforçar para caminhar sozinho. Queira Deus sustentar meus passos.

Os imbecis acreditaram então ver que um milagre se operava, ao passo que os outros compreendiam que tinham sido tapeados. Pensavam votar para um cadáver; e eis que o eleito, com muita facilidade, circulava entre eles, vivo e esperto como uma truta. Mas eles ainda nem podiam imaginar o quanto ele tornaria a vida de todos dura, e isso ainda durante dezoito anos!

Entretanto, o camerlengo já tinha queimado na lareira os boletins de votação, cuja fumaça branca anunciava ao mundo a eleição do santo pontífice. Os golpes de picareta começaram a se abater contra o muro que fora improvisado para trancafiar os cardeais. Mas o conde de Forez era prudente; logo que o muro se encontrou quase totalmente destruído, ele passou pela abertura.

— Sim, sim, meu filho, eu fui eleito — disse-lhe Duèze, que havia trotado rapidamente até ele.

Então os pedreiros acabaram de derrubar o paredão; duas passagens foram abertas, e o sol, pela primeira vez em quarenta dias, penetrou na igreja dos Jacobinos.

Uma grande multidão esperava na esplanada, burgueses e o povo de Lyon, cônsules, senhores feudais, observadores de cortes estrangeiras, e todos se comprimiram e ajoelharam-se enquanto os cardeais e outros participantes do conclave saíam, formando procissão. Um homem gordo, de tez esverdeada, que vinha na primeira fila junto do conde de Forez, pegou uma ponta da túnica do novo papa, quando este passou diante dele, para beijar o pedaço de tecido.

— Tio Spinello! — exclamou Guccio Baglioni, que vinha atrás do santo pontífice.

— Ah! Vós sois o tio dele! Gosto muito de vosso sobrinho, meu filho — disse Duèze ao balofo, que se havia ajoelhado, e ao qual o papa fazia sinal para se levantar. — Ele me serviu fielmente e quero conservá-lo comigo. Beijai-o, vamos, beijai-o!

O capitão-geral dos lombardos levantou-se, e Guccio abraçou-o.

— Eu comprei tudo, como tu me dissestes, ao preço de seis por dez — assoprou Tolomei na orelha de Guccio enquanto Duèze abençoava a multidão. — Agora este papa nos deve alguns milhares de libras. Belo trabalho, meu jovem. Tu és mesmo meu sobrinho!

Alguém, detrás deles, tinha uma figura tão imponente quanto os cardeais; era o senhor Boccaccio, principal viajante da companhia dos Bardi.

— Ah! Então tu estavas lá dentro, seu espertalhão! — disse ele a Guccio. — Se soubesse disso, eu jamais teria vendido as dívidas.

— E Maria? Onde está Maria? — perguntou ansiosamente Guccio a seu tio.

— Tua Maria vai bem. Continua tão bela quanto tu és malicioso, e se o pequenino que ela traz no ventre puxar a vocês dois, ele vai se dar bem neste mundo. Mas vai depressa, meu filho. Tu não vês que o Santo Padre está te chamando?

III

As dívidas do crime

O REGENTE FELIPE FAZIA QUESTÃO ABSOLUTA de assistir à sagração do papa, a fim de aparecer como o protetor da Cristandade.

"A eleição de Duèze custou-me dores de cabeça demais", dizia a si mesmo. "É justo que agora ele me ajude a assegurar meu governo. Quero estar em Lyon para o seu coroamento."

Mas as notícias de Artois não deixavam de ser inquietantes. Robert tomara sem maiores dificuldade Arras, Avesnes, Thérouanne, e continuava a conquistar o condado. De Paris, Carlos de Valois apoiava-o às ocultas.

Fiel à sua tática habitual de cerco, o regente começou por trabalhar sobre as regiões limítrofes de Artois, a fim de evitar a expansão da revolta. Aos barões da Picardia, escreveu para lembrar-lhes os elos de fidelidade para com a coroa da França, fazendo-os compreender sutilmente que não toleraria nenhuma falta para com esse dever; um contingente de tropas e de sargentos foi repartido entre os prebostados para vigiar a região. Aos flamengos, que zombavam ainda, havia mais de um ano, do miserável ataque comandado pelo Cabeçudo, que enterrara seu exército na lama, Felipe propôs um novo tratado de paz em condições extremamente vantajosas para eles.

"Nesse estrago todo que nos deixaram para consertar, é necessário perder um pouco para salvar o todo", explicou o regente a seus conselheiros.

Ainda que seu genro, Jean de Fiennes, fosse um dos primeiros lugares-tenentes de Robert, o conde de Flandres, sentindo que não teria nunca mais uma ocasião tão boa, consentiu em discutir a proposta e permaneceu neutro em relação aos problemas do condado vizinho. Assim Felipe havia praticamente fechado as entradas de Artois. Enviou então Gaucher de Châtillon para negociar diretamente com os chefes dos revoltados e assegurá-los das boas intenções de Mahaut.

— Ouvi-me bem, Gaucher: vós não deveis discutir com Robert — recomendou ele a seu condestável. — Isso seria reconhecer os direitos que ele reclama. Continuamos a tratá-lo como não tendo direito a Artois, de acordo com o julgamento que meu pai fez desse assunto. Vós ireis apenas acertar o conflito que opõe a condessa a seus vassalos e com o qual Robert, a nossos olhos, nada tem a ver.

— Na verdade, senhor — disse o condestável —, vós quereis que vossa sogra triunfe em todos os pontos?

— Não, Gaucher; não, caso ela tenha abusado de seus direitos, tal como penso. A dama Mahaut é muito mandona e julga que todos nasceram unicamente para servi-la até com o último centavo do bolso e a última gota de suor! Eu quero a paz — prosseguiu o regente —, e para isso é preciso que a justiça seja feita a todos. Sabemos que a burguesia das cidades permanece favorável à condessa porque essa burguesia continua em atrito com a nobreza, ao passo que os nobres que adotaram a causa de Robert fizeram-no a fim de apoiar seus erros. Tratai de ver então quais são as reivindicações que têm fundamento e satisfazei-as sem ferir as prerrogativas da coroa; esforçai-vos também para distanciar os senhores feudais de nosso turbulento primo, mostrando-lhes que eles podem obter conosco, de acordo com a justiça, muito mais do que obteriam com ele pela violência.

— Vós sois um homem prudente, senhor, vós sois certamente prudente e justo — disse o condestável. — Eu não achava que ainda me seria dada nessa idade a ocasião de servir com tanto prazer a um príncipe tão sábio, que não tem nem o terço de minha idade.

Ao mesmo tempo, o regente tinha pedido ao papa, por intermédio do conde de Forez, que retardasse um pouco seu coroamento. Por mais que fosse legítima sua pressa em ver a eleição consagrada, João XXII aceitou com complacência retardar em duas semanas a realização da cerimônia.

Mas, ao final do prazo, os problemas de Artois estavam ainda longe de ser resolvidos, e o acordo com os flamengos só poderia ser ratificado no dia 1° de setembro; Felipe pediu, dessa vez por intermédio do delfim de Viennois, que a cerimônia fosse adiada mais uma vez. Ora, João XXII, para surpresa do regente, mostrou-se de repente muito firme e quase brutal, fixando de maneira irrevogável para o dia 5 de setembro seu coroamento.

Ele fazia questão daquela data por razões que mantinha secretas e que, aliás, escapavam ao julgamento das pessoas comuns. De fato, fora num dia 5 de setembro que ele se sagrara bispo de Fréjus; fora na primeira semana de setembro de 1309 que seu protetor, o rei Roberto de Nápoles, havia sido coroado; e fora em 4 de setembro de 1310 que sua manobra de falsificação da assinatura real obtivera sucesso e lhe permitira obter a sede episcopal de Avignon.

O novo papa tinha um bom entendimento com os astros e sabia servir-se das conjunções solares para acertar as etapas de sua ascensão.

Ele mandou a seguinte resposta a Felipe de Poitiers: "Se o senhor regente de França e Navarra, que tanto apreciamos, encontra-se impedido pelos deveres do reino de estar a nosso lado nesse dia solene, muito sofreremos por isso; mas, caso assim seja, não mais temendo obrigá-lo a fazer tão longo caminho, receberemos a tiara papal na cidade de Avignon."

Felipe de Poitiers assinou o tratado com os flamengos na manhã de 1° de setembro. No dia 5, de madrugada, ele chegava a Lyon, acompanhado pelos condes de Valois e de La Marche, que ele não quisera deixar em Paris, fora de seu controle, bem como do tio Luís de Évreux.

— Vós nos fizestes galopar a uma velocidade de mensageiro, meu sobrinho — disse Carlos de Valois, descendo da montaria.

Eles tiveram tempo apenas para vestir os trajes especialmente preparados para a cerimônia e que tinham sido encomendados pelo tesoureiro real, Geoffroy de Fleury. O regente usava uma túnica aberta, de tecido cor de pêssego, forrada de duzentas e vinte e seis peliças feitas de ventre de esquilo. Carlos de Valois, Luís de Évreux, Carlos de La Marche, bem como Felipe de Valois, que também estava presente, tinham recebido cada qual, como presente, uma túnica de tecido adamascado forrada como a do regente.

Lyon, toda enfeitada, estava repleta de uma multidão enorme, vinda para assistir ao desfile.

João XXII chegou à igreja primacial a cavalo, precedido pelo regente de França. Todos os sinos da cidade soaram ao mesmo tempo. As rédeas da montaria do pontífice eram seguradas de um lado pelo conde de Évreux e, de outro, pelo conde de La Marche. A monarquia francesa acompanhava de perto o papado. Os cardeais vinham atrás, com os chapéus vermelhos colocados sobre as capas e presos ao queixo por cordões afivelados. As mitras dos bispos cintilavam ao sol.

Foi o cardeal Orsini, descendente do patriciado romano, que colocou a tiara sobre a testa de Jacques Duèze, filho de um burguês de Cahors.

Guccio, bem colocado na catedral, admirava seu mestre. O pequenino ancião do queixo magro, dos ombros estreitos, que todos acreditavam moribundo havia apenas quatro semanas, suportava sem dificuldade os pesados atributos sacerdotais com os quais era revestido. Os ritos faraônicos daquela interminável cerimônia, que o colocava tão acima de seus semelhantes e fazia dele o símbolo da divindade, agiam sobre Duèze sem que ele soubesse e difundiam por seus traços uma majestade imprevisível, impressionante e mais evidente à medida que se desenrolava a liturgia. Ele não pôde, entretanto, impedir-se de sorrir ligeiramente quando lhe calçaram as sandálias pontificais.

"Scarpinelli! Eles me chamavam de Scarpinelli... o cardeal dos sapatinhos...", pensava ele. "Eles diziam que eu era filho de um sapateiro. Pois bem, os sapatinhos... agora estou usando-os... Nosso Senhor! Vós me colocastes em tão alta posição que nada mais tenho a desejar. Tudo que posso fazer agora é esforçar-me para bem governar vossa Igreja."

Aquele ambicioso, agora que todas as ambições tinham se cumprido, aquele velhaco do qual todas as velhacarias tinham tido sucesso, encontrava-se disponível para a perfeição na magistratura suprema.

No mesmo dia, títulos de nobreza foram conferidos pelo regente ao irmão do papa, Pierre Duèze. De acordo com os costumes, a família do santo pontífice tornava-se nobre. O ato que Felipe de Poitiers ditara ele próprio era destinado a honrar o Santo Padre por meio de seu irmão, mas também, ao mesmo tempo, definia o pensamento e a atitude, bem pouco tradicionais, do jovem príncipe quanto ao direito à nobreza. Os títulos conferidos diziam: "*Não é pelos bens de família, nem pela riqueza de fato, nem pelos outros favores da fortuna, que são atribuídas as qualidades morais e que se realizam as ações meritórias; estas são coisas que o acaso atribui tanto aos que merecem quanto aos que não merecem, que acontecem aos dignos tanto quanto aos indignos. Por outro lado, cada qual se estabelece como fruto de suas obras e de seus méritos próprios, ao passo que não tem importância alguma o lugar de onde viemos, isso caso se possa dizer que é possível saber de onde viemos...*"

Valois estremecia de irritação ao ouvir tais asserções, que ele julgava subversivas e escandalosas.

Mas o regente não tinha feito uma viagem tão longa nem tinha dado ao papa tantas provas de estima para nada obter em troca. Entre aqueles dois homens separados por meio século de idade — "Vós sois a alvorada, senhor, eu sou o poente...", dizia Duèze a Felipe... — existiam afinidades certas e um entendimento sutil. João XXII não esquecia as promessas de Jacques Duèze, nem o regente esquecia as do conde de Poitiers. Logo que o regente abordou o problema dos benefícios eclesiásticos, entre os quais as anatas, isto é, a primeira anuidade que devia ser paga ao Tesouro, o novo papa pediu que lhe trouxessem os documentos prontos para assinatura. Mas antes que os selos fossem colados, Felipe de Valois teve uma conversa em particular com Carlos de Valois.

— Meu tio — perguntou ele —, tendes alguma queixa contra mim?

— Não, meu sobrinho — disse o ex-imperador de Constantinopla.

Como responder que a única queixa que ele tinha contra o sobrinho era o fato de ele simplesmente existir?

— Então, meu tio, se não tendes do que vos queixar, por que trabalhais contra mim? Eu vos garanti, quando me entregastes as chaves do Tesouro, que não vos seriam pedidas as contas dos gastos que fizestes, e mantive minha palavra. Quanto a vós, jurastes fidelidade a mim, mas não cumpris tal juramento, meu tio, pois apoiais a causa de Robert d'Artois.

Valois fez um gesto de negação.

— Fazeis um mau cálculo — prosseguiu Felipe —, pois Robert vai vos custar muito caro. Ele não tem como pagar o que deve. Todas as suas rendas vêm apenas do que lhe dá o Tesouro, e acabo de cortá-las. É, portanto, a vós que ele pedirá subsídios. Onde ireis encontrá-los, posto que não tendes mais em mãos as finanças do reino? Vamos, não vos inflameis assim nem cedeis a palavras grosseiras pelas quais vos arrependeríeis depois. Eu quero o vosso bem. Dai-me a certeza de não mais ajudar Robert e, quanto a mim, pedirei então ao Santo Padre que as anatas dos condados de Valois e do Maine vos sejam pagas diretamente, e não ao Tesouro.

Dividido entre o ódio e a cupidez, o coração do conde de Valois permaneceu por um instante dilacerado.

— A quanto chegam tais anatas? — perguntou ele.

— Dez a doze mil libras, meu tio, pois é preciso lembrar que os benefícios não foram pagos nos últimos tempos do reino de meu pai e durante todo o reino de meu irmão Luís.

Para Valois, que vivia endividado, aquela soma a receber no decorrer de um ano era miraculosamente bem-vinda.

— Vós sois um bom sobrinho e compreendeis muito bem minhas necessidades — respondeu ele. — Vou dizer a Robert que se acomode convosco, e farei com que ele compreenda que, caso não aceite, vou negar-lhe de agora em diante todo e qualquer apoio.

Felipe voltou à capital por etapas, acertando diferentes problemas pendentes caminho afora; ele fez uma última parada em Vincennes, a fim de trazer a Clemência a bênção do novo papa.

— Fico feliz — disse a rainha — ao saber que nosso amigo Duèze escolheu o nome de João, pois este é o nome que escolhi também para meu filho, devido à promessa que fiz, durante a tempestade, na nau que me trazia aqui para a França.

Ela continuava parecendo alheia aos problemas do poder e unicamente preocupada com as lembranças conjugais ou os preparativos da maternidade. A estada em Vincennes era conveniente à sua saúde; ela recuperava um bom aspecto e um belo semblante e, no sétimo mês de gravidez, passava muito bem, como muitas vezes ocorre com algumas mulheres no final de gestações difíceis.

— João não é um nome de rei para a França — disse o regente. — Jamais tivemos um rei assim chamado.

— Meu irmão, eu vos disse que fiz uma promessa.

— Então nós a respeitaremos... Se tendes um filho homem, ele se chamará João I...

No palácio da Cité, Felipe encontrou sua mulher perfeitamente feliz, mimando o pequeno Luís Felipe, que chorava com toda a força de suas 8 semanas de vida.

Mas a condessa Mahaut, tão logo foi avisada da volta do genro, chegou do palacete d'Artois, com as mangas arregaçadas, as faces em brasa, os olhos furiosos.

— Ah! Eu fui traída, meu filho, logo após a vossa partida. Sabíeis o que vosso patife Gaucher de Châtillon foi aprontar no condado de Artois?

— Gaucher é meu condestável, e ainda há pouco tempo vós não acháveis que ele era um patife. O que ele vos fez?

— Ele não me deu razão! — gritou Mahaut. — Condenou-me em tudo. Vossos mensageiros entendem-se como compadres com meus vassalos. Eles decidiram declarar que eu não poria mais os pés em Artois, vós ouvis bem o que digo? Proibir-me de pôr os pés em meu próprio condado... antes que seja selada a paz cujas condições recusei a Felipe no mês de dezembro passado! E querem, além do mais, que eu restitua não sei que soma de impostos que, segundo eles, eu teria recebido indevidamente!

— Tudo isso me parece muito justo. Meus mensageiros seguiram fielmente minhas ordens — respondeu calmamente Felipe.

A surpresa deixou Mahaut por um instante confusa, boquiaberta, com os olhos arregalados. Depois ela se recuperou, gritando ainda mais alto:

— Então é justo que pilhem meus castelos, que enforquem meus sargentos, que destruam minhas plantações? E são então vossas ordens, essas que protegem meus inimigos? Vossas ordens! Bela maneira de me pagar por tudo que fiz por vós!

Uma grossa veia roxa aparecia, inchada, em sua testa.

— Não vejo, além do fato de me terdes dado a mão de vossa filha — replicou Felipe —, o que tanto fizestes por mim, a ponto de eu ter agora que lesar meus súditos e comprometer, em vosso favor, a paz do reino inteiro.

Mahaut hesitou um segundo entre a prudência e o arrebatamento. Mas a palavra empregada por seu genro — "súditos" —, que era uma palavra de rei, picou-a como um alfinete. E o segredo que ela guardava tão comportadamente havia dez semanas foi rompido por um acesso de ira.

— E o serviço de ter enviado vosso irmão para o além — disse, avançando na direção do regente — não vale nada?

Felipe não teve nenhum sobressalto nem exclamação; sua reação foi a de ir fechar as portas. Passou o ferrolho nas fechaduras, tirou as chaves e enfiou-as no bolso. Ele só gostava de entregar-se ao combate em arenas bem fechadas. Mahaut foi tomada por um pavor, mais ainda quando percebeu a expressão do rosto dele, que caminhava em sua direção.

— Então fostes vós — disse à meia-voz —, e o que todos cochicham reino afora é verdade!

Mahaut enfrentou-o, agindo de acordo com a sua natureza, que era a de atacar.

— E quem queríeis que fosse, meu genro? A quem pensais então que deveis a graça de ser regente e de poder um dia, quem sabe, apropriar-vos da coroa? Vamos! Não sejais tão ingênuo. Vosso irmão me confiscou Artois; Valois o jogava contra mim, e vós... vós estáveis em Lyon, ocupado com o papa... sempre esse papa que vem atrapalhar meus assuntos! Não vinde me dizer agora que sentis muito por Luís! Vós não tínheis nenhuma afeição por ele, vós vos sentis muito bem ao ocupar o lugar dele, o lugar que vos entreguei de presente temperando um pouquinho suas pastilhas de amêndoas. E tudo isso sem que a vossa consciência pague coisa alguma pelos resultados! Mas eu não esperava, depois de tudo, encontrar de vossa parte uma oposição ainda mais forte do que a dele contra mim.

Felipe tinha se sentado, cruzado suas longas mãos, e refletia.

“Mais cedo ou mais tarde eu teria que lhe dizer”, pensava Mahaut. “Em certo sentido, talvez seja bom que ele saiba, pois assim eu o tenho em minhas mãos.”

— Jeanne está a par? — perguntou repentinamente Felipe.

— Ela não sabe de nada.

— Quem mais sabe, então, além de vós?

— Beatriz, minha dama de companhia.

— Já é gente demais — disse Felipe.

— Ah! Não fareis nada contra ela! — exclamou Mahaut. — Ela tem uma família poderosa!

— Sim, uma família que fez com que fôsseis detestada em Artois! E além dessa Beatriz? Quem vos forneceu... o tempero... para utilizar a palavra que dissestes?

— Uma feiticeira de Arras que nunca vi, mas que Beatriz conhece. Eu fingi que queria me livrar dos cervos que infestavam meus bosques; aliás, tomei o cuidado de matar diversos.

— É preciso encontrar essa mulher — disse Felipe.

— Compreendeis, enfim, que não podeis abandonar-me? — continuou Mahaut. — Pois caso acreditem que me deixais sem apoio, meus inimigos vão retomar a coragem e as calúnias vão aumentar...

— As maledicências, minha mãe... as maledicências... — retificou Felipe.

— ... e caso me acusem do que sabeis, o peso cairá sobre vós, pois não deixarão de dizer que o que fiz foi vantajoso para vós, o que é mesmo verdade. Muitos pensarão que agi sob as vossas ordens.

— Eu sei, minha mãe, eu sei; acabo de pensar em tudo isso.

— Pensai, Felipe, que arrisquei a salvação de minha alma nessa empreitada. Não sejais ingrato.

Felipe esboçou um riso de escárnio, seguido de um breve acesso de ira.

— Ah! Isso é demais, minha mãe! Vós me pedireis logo que beije vossos pés por ter envenenado meu irmão? Se eu tivesse sabido que teria a regência a esse preço, eu certamente não a teria aceitado. Eu reprovo esse assassinato. Nunca é necessário matar para chegar a seus fins. Esses são os meios característicos da má política, e ordeno-vos, por todo o tempo em que serei vosso suserano, que jamais utilize novamente tais procedimentos!

Por um momento ele sentiu a tentação da honestidade. Reunir o Conselho dos Pares, denunciar o crime, pedir o castigo. Mahaut, que adivinhou a agitação de seus pensamentos, viveu alguns instantes difíceis. Mas Felipe não se abandonava a seus impulsos, mesmo os mais virtuosos. Agir como ele imaginava era jogar o descrédito sobre sua mulher e sobre ele próprio. E de que acusações não seria capaz Mahaut para se defender? Do que seria ela capaz para causar a perda daquele que não a defendesse? As querelas sobre a regência viriam certamente à tona mais uma vez. Felipe já fizera muito pelo reino, e já sonhara demais com o que ainda faria, para correr o risco de se ver privado do poder. Seu irmão Luís, no final das contas, tinha sido um mau rei e, além do mais, um assassino... Talvez a vontade da Providência fosse a de punir o assassino com o assassinato, colocando assim a França em melhores mãos.

— Deus vos julgará, minha mãe, Deus vos julgará — disse ele. — Eu desejo evitar apenas que as chamas do inferno comecem, por vossa causa, a atingir-nos desde já. Devo, portanto, pagar por vosso crime, e, já que não posso vos trancar num cárcere, sou forçado, de fato, a apoiar-vos... Vossos projetos foram bem pensados. O senhor Gaucher receberá depois de amanhã outras instruções. Eu não vos escondo que elas me desagradam muitíssimo.

Mahaut quis beijá-lo. Ele a repudiou.

— Mas sabei — continuou ele — que, doravante, todos os meus pratos serão experimentados três vezes, e diante da primeira dor de estômago que me incomodar um pouquinho mais, vossas horas de vida estarão contadas. Orai, portanto, pela minha saúde.

Mahaut abaixou a cabeça.

— Hei de vos servir tão lealmente, meu filho, que acabareis por me restituir o vosso amor.

IV

"Já que temos de decretar a guerra..."

NINGUÉM COMPREENDEU, E MUITO MENOS Gaucher de Châtillon, a mudança de Felipe em relação às questões de Artois. O regente, desaprovando bruscamente seus enviados, declarou inaceitáveis os termos da conciliação que eles haviam preparado e exigiu a redação de novas convenções mais favoráveis a Mahaut. O resultado não se fez esperar. As negociações foram rompidas e os que as ameaçavam do lado artesiano, representando o elemento moderado da nobreza, juntaram-se imediatamente ao clã dos violentos. A indignação de todos eles era extrema; o condestável lhes havia pregado uma boa peça; o único recurso, na verdade, era a força, pensavam eles.

O conde Robert triunfava.

— Pois eu não dizia que não é possível fazer um acordo com esses pérfidos? — repetia ele a cada um de seus aliados.

Seguido pelo exército de insurretos, marchou novamente em direção a Arras.

Gaucher, que se encontrava na cidade acompanhado apenas por uma pequena escolta, mal teve tempo de fugir pela porta de Péronne, enquanto Robert, com todas as tropas prontas para o ataque e todas as trombetas soando, entrava pela porta Saint-Omer. Foi por apenas quinze minutos que o condestável de França não caiu nas mãos dos rebeldes como prisioneiro. Essa aventura se passou em 22 de setembro. No mesmo dia, Robert endereçou à sua tia a seguinte carta:

"À altíssima e mui nobre dama Mahaut d'Artois, condessa de Borgonha, da parte de Robert d'Artois, fidalgo. Como vós impedistes, por erro, meu direito à posse do condado de Artois, coisa que muito me prejudica e que a cada dia mais me pesa e da qual não posso mais sofrer, eu vos faço por meio desta saber que vou colocar ordem nisto e reapossar-me de meu bem o mais depressa que puder."

Robert não era muito dotado para as belas epístolas; as nuances de refinamento não eram seu forte, e havia ficado satisfeito com aquela carta breve, porque ela exprimia bem o que ele queria dizer.

O condestável, quando voltou para Paris, não estava com o melhor dos ânimos e não deixou de dizer tudo que pensava ao conde de Poitiers. O regente não o intimidava; ele vira aquele jovem nascer e molhar as fraldas; disse o que tinha a dizer de maneira direta, acrescentando que era péssimo fazer tão mau uso de um bom servidor e fiel parente, que contava vinte anos de comando dos exércitos do reino, enviando-o para negociar sobre certezas que, em seguida, ele renegava.

— Eu passava até o dia de hoje, senhor, por um homem leal, cuja palavra empenhada não podia ser colocada em dúvida. Vós me fizestes desempenhar um papel de traidor e ladrão. Quando apoiei vosso direito à regência, pensava reencontrar em vós um pouco de meu rei, vosso pai, com o qual até agora vós dáveis a impressão de parecer.

Vejo que me enganei cruelmente. Será que estaríeis sob a influência forte de alguma mulher, a ponto de mudar agora de opinião como quem muda de roupas?

Felipe esforçou-se por acalmar o condestável, acusando a si mesmo de ter inicialmente julgado mal o caso e de ter dado instruções erradas. De nada servia transigir com a nobreza de Artois enquanto Robert não fosse abatido. Robert constituía um perigo para o reino e um perigo para a honra da família real. Pois não era ele o instigador daquela campanha de calúnias que designava Mahaut como a envenenadora de Luís X?

Gaucher deu de ombros.

— E quem acredita em tais tolices?

— Vós não acreditais, Gaucher — disse Felipe —, mas outros dão ouvidos a tais rumores, contentes em prejudicar-nos. E amanhã vão dizer que eu e todos os meus partidários estamos implicados nessa morte que querem tornar suspeita. Mas Robert acaba de dar o mau passo que eu estava esperando. Vede aqui o que ele escreveu à condessa.

Ele estendeu ao condestável uma cópia da carta de 22 de setembro e prosseguiu:

— Robert rejeita assim o julgamento que meu pai autorizou o Parlamento a emitir em 1309. Até hoje, tudo que ele fazia era apoiar os inimigos da condessa; agora, ele está se revoltando contra a lei do reino. Vós ireis de novo ao Artois.

— Ah! Não, senhor! — exclamou Gaucher. — Eu passei lá grande vergonha. Tive de fugir de Arras como um velho javali correndo dos cães, sem sequer ter tempo para urinar. Fazei-me o favor de escolher algum outro para conduzir esse negócio.

Felipe cruzou as mãos diante da boca, pensando: "Se tu soubesses, Gaucher, se tu soubesses como é duro te enganar assim! Mas se eu te confessasse a verdade, tu me desprezarias!" Ele continuou a falar, obstinado:

— Vós ireis novamente a Artois, Gaucher, pela consideração que tendes por mim e porque vos suplico. Vós levareis convosco o senhor

Miles de Noyers, vosso parente, e, dessa vez, uma tropa de cavaleiros daqui e de gente de outras comunidades da Picardia, como reforço. E vós intimareis Robert a comparecer diante do Parlamento para prestar contas de sua conduta. Ao mesmo tempo, fornecereis dinheiro e homens armados aos burgueses das cidades que nos permaneceram fiéis. E, caso Robert não se submeta, serei então obrigado a agir de outra maneira... Um príncipe é como qualquer outro homem, Gaucher — prosseguiu Felipe, tomando o condestável pelos ombros —, ele pode cometer erros no início, mas o pior seria persistir errando. O exercício da coroa se aprende como qualquer outro, e eu tenho ainda muito a aprender. Perdoai-me pelo mau papel que vos obriguei a desempenhar.

Nada emociona tanto um homem velho quanto uma confissão de inexperiência feita por um jovem, sobretudo quando se trata de seu superior hierárquico. Sob suas pálpebras de tartaruga, o olhar de Gaucher velou-se um pouco.

— Ah! Estava esquecendo — continuou Felipe. — Decidi que seríeis o tutor da criança que a senhora Clemência trará ao mundo... nosso rei, portanto, caso Deus queira que seja um menino... e seu segundo padrinho, logo depois de mim.[18]

— Senhor... Senhor... — disse o condestável, emocionado.

E abraçou o regente, como se fosse ele o errado em tudo aquilo.

— Como madrinha — disse ainda Felipe —, decidimos, juntamente com a senhora Clemência, que convidaríamos a condessa Mahaut. Assim acabaremos com todos esses rumores que andam por aí.

Oito dias mais tarde, o condestável ia novamente pela rota de Artois.

Robert, como era de se prever, recusou submeter-se e continuou a semear a revolta no comando de seu bando de cavaleiros protegidos por armaduras. Mas o mês de outubro não foi bom para ele. Era um guerreiro violento, mas não era bom estrategista; lançava suas expedições sem ordem, um dia ao norte, no dia seguinte ao sul, de acordo com a inspiração do momento. Soldado grosseiro, *condottier*,* ele era

* Os banqueiros italianos que operavam na França eram assim chamados, mesmo quando não originários da Lombardia (era o caso de Guccio, que era toscano). (N.T.)

mais indicado para pôr sua força de guerreiro a serviço de outros do que para comandar a si mesmo. Naquele condado que considerava sua propriedade, ele se comportava como em território inimigo, levando a vida selvagem, perigosa e frenética que o agradava. Ele se regozijava com o medo que nascia quando se aproximava, mas não via o ódio que deixava depois de passar. Muitos corpos enforcados pendurados nos galhos das árvores, muitos decapitados, muitos enterrados vivos em meio às gargalhadas de crueldade, muitas mulheres violentadas que conservavam na pele a marca das cotas de malha, muitos incêndios balizando os caminhos dele e de seus aliados. As mães diziam às crianças para que fossem boazinhas, senão iam chamar o conde Robert; mas, quando o anunciavam presente nas redondezas, elas pegavam imediatamente seus pirralhos e corriam para esconder-se na primeira floresta.

As cidades se protegiam com barricadas; os artesãos, instruídos pelo exemplo das comunidades flamengas, afiavam seus punhais, e os almotacés mantinham-se em ligação com os emissários de Gaucher. Robert apreciava as batalhas em campo aberto; detestava a guerra de sitiamento. Os burgueses de Saint-Omer ou de Calais decidiam fechar as portas em seu nariz? Pois bem, ele dava de ombros, dizendo:

— Voltarei um dia desses e matarei vocês todos!

E ia lutar em outro lugar.

Mas o dinheiro começava a tornar-se escasso. Valois não respondia mais aos pedidos, e suas raras mensagens contentavam-se em transmitir bons sentimentos e fazer exortações a um bom comportamento. Tolomei, o caro banqueiro Tolomei, também bancava o surdo. Estava viajando; seus amanuenses não tinham ordens para decidir em seu lugar. O próprio papa opinara sobre o problema; escrevera pessoalmente a Robert e a diversos vassalos de Artois para lembrar-lhes seus deveres...

Numa manhã no final de outubro, o regente, que estava reunido em conselho, declarou com a grande tranquilidade que sempre acompanhava suas decisões:

— Nosso primo Robert zombou por muito tempo de nosso poder. Já que temos de decretar a guerra, iremos então a Saint-Denis empunhar a auriflama contra ele no último dia deste mês, e, como o senhor Gaucher encontra-se ausente, a hoste, que será conduzida por mim mesmo, será comandada por nosso tio...

Todos os olhares se voltaram para Carlos de Valois, mas Felipe não se deteve:

— ... por nosso tio, o senhor de Évreux. Gostaríamos muito de ter confiado essa tarefa ao senhor de Valois, que já deu provas de ser grande capitão, caso este não tivesse que se deslocar até as terras do Maine a fim de receber as anatas da Igreja.

— Eu vos agradeço, meu sobrinho — respondeu Valois. — Vós sabeis o quanto gosto de Robert e que, mesmo desaprovando a sua revolta, que é uma enorme tolice de teimosia, eu ficaria muito desgostoso de ter de empunhar as armas contra ele.

O exército que reuniu o regente para ir a Artois não se assemelhava nem um pouco à hoste desmedida que seu irmão, dezesseis meses antes, tinha enterrado na lama de Flandres. A hoste para Artois compunha-se de treze tropas permanentes e de convocações feitas no domínio real. O pagamento aos soldados era elevado: trinta soldos por dia por estandarte, quinze soldos para o cavaleiro, três soldos para os soldados a pé. Foram chamados não somente os nobres, mas também plebeus. Os dois marechais, Jean de Corbeil e Jean de Beaumont — senhor de Clichy, conhecido como "Déramé" —, reuniram seus estandartes. Os balestreiros de Pierre de Galard já estavam preparados. Duas semanas antes, Geoffroy Coquatrix tinha recebido instruções secretas para providenciar os transportes e os materiais a fornecer.

No dia 30 de outubro, Felipe de Poitiers empunhou a auriflama em Saint-Denis. No dia 4 de novembro, ele se encontrava em Amiens, de onde logo mandou seu segundo camareiro, Robert de Gamaches, escoltado por alguns escudeiros, levar ao conde d'Artois uma última intimação à submissão.

V

O prisioneiro da hoste do regente

O RESTOLHO DA COLHEITA DOS CEREAIS, cinzento, apodrecia nos campos argilosos e nus. Pesadas nuvens vagavam pelo céu de outono, e ter-se-ia dito que lá, na ponta da planície, chegava-se ao fim do mundo. O vento ácido, assoprando em curtas baforadas, tinha um gostinho de fumaça.

Diante da aldeia de Bouquemaison, no mesmo lugar pelo qual três meses antes o conde Robert entrara em Artois, o exército do regente mantinha-se pronto para a batalha e os pendões tremiam nas pontas das lanças por cerca de meia légua de front.

Felipe de Poitiers, circundado por seus principais oficiais, estava no centro, a alguns passos da estrada. Cruzara as mãos revestidas pelas luvas de ferro sobre a sela e mantinha a cabeça descoberta. Um escudeiro, logo atrás, segurava seu elmo.

— Então é aqui que ele disse que viria se entregar? — perguntou o regente a Robert de Gamaches, que voltara de sua missão da manhã.

— Precisamente, senhor — respondeu o segundo camareiro. — Ele escolheu o lugar... "No campo, perto da margem sobrepujada por uma cruz...", foi isso que ele me disse. Assegurou-me que estaria aqui por volta das nove horas da manhã.

— E tens certeza de que não existe nenhuma outra margem sobrepujada por uma cruz nas redondezas? Pois ele seria bem capaz de nos pregar uma peça, indo apresentar-se em outro lugar em companhia de testemunhas que confirmassem que eu não estava no lugar combinado... Tu pensas que ele virá realmente?

— Creio que sim, senhor, pois parecia muito abalado. Eu lhe informei as proporções de vossa hoste e também lhe disse que o condestável tem sob controle as fronteiras de Flandres e as cidades do norte, e que ele seria, portanto, pego caso tentasse escapar, até mesmo se tentasse fugir pelas portas. Enfim, eu lhe entreguei a carta do senhor de Valois, aconselhando-o a entregar-se sem combate, posto que só poderia sair perdedor caso decidisse lutar; informei-o também que vós estais tão irado, que ele deveria temer, caso fôsseis obrigado a empreender a luta armada, que sua cabeça seja cortada. E isso pareceu preocupá-lo muito.

O regente inclinou-se um pouco na direção do pescoço de seu cavalo. Decididamente ele não apreciava nem um pouco usar aqueles trajes de guerra, cujo peso de dez quilos em ferro comprimia seus ombros e o impedia de movimentar-se livremente.

— Então ele se retirou com seus vassalos — prosseguiu Gamaches — e não sei exatamente o que disseram entre eles. Mas pude compreender que alguns lhe retiravam o apoio, ao passo que outros lhe suplicavam para que não os abandonasse. Enfim, ele voltou até mim e me deu a resposta que eu vos trouxe, assegurando-me que o respeito que ele tem pelo regente é grande demais para que ouse desobedecer.

Felipe de Poitiers permanecia incrédulo. Aquela submissão fácil o preocupava e fazia com que ele temesse alguma armadilha. Forçando as pálpebras, olhava a triste paisagem.

— Este lugar seria bom para nos enganar e para que eles caiam sobre nós, enquanto estamos assim plantados, esperando. Corbeil! Clichy! — gritou, dirigindo-se a seus dois marechais. — Enviai alguns homens para reconhecimento do local, instruindo-os para ir de dois lados diferentes; fazei com que revistem as valas para nos assegurar de que nenhuma tropa está escondida nelas nem caminha em nossa direção do outro lado. E quando as nove horas soarem no sino da igreja daqui de perto, caso Robert ainda não tenha se apresentado — acrescentou olhando para Luís de Évreux —, vamos nos pôr a caminho.

Mas logo se ouviram gritos entre os homens.

— Ele está chegando! Ele está chegando!

O regente, de novo, forçou as pálpebras, mas não viu nada.

— Lá na frente, senhor — disseram-lhe. — Em linha reta, diante de vosso cavalo, no alto da planície!

Robert d'Artois chegava desacompanhado, sem escudeiro, sem sequer um criado. Avançava lentamente, ereto sobre seu imenso cavalo, e parecia, naquela solidão, ainda maior do que era. Sua alta silhueta se destacava, rubra, no céu atormentado, e parecia que a ponta de sua lança tocava as nuvens.

— Ele continua com suas zombarias, senhor, apresentando-se assim diante de vós.

— Pois bem, que ele zombe, que ele zombe o quanto quiser! — respondeu Felipe de Poitiers.

Os cavaleiros enviados para reconhecimento do terreno voltavam a galope, assegurando que as redondezas estavam perfeitamente tranquilas.

— Eu imaginava que ele seria mais perseverante — disse o regente.

Outro em seu lugar, querendo dar mostras de valentia, teria sem dúvida se dirigido àquele homem só. Mas Felipe de Poitiers tinha outra concepção de sua dignidade, e seu interesse não era o de realizar um gesto de acordo com as regras da ordem de cavalaria, mas sim um gesto de rei. Esperou, portanto, sem dar sequer um passo, que Robert d'Artois, todo enlameado, todo suado, viesse se deter diante dele.

O exército inteiro mantinha a respiração suspensa e ouviam-se até mesmo os ruídos dos freios nas bocas dos cavalos.

O gigante lançou-se ao chão; o regente contemplou sua lança jogada sobre o restolho dos campos e não disse nada.

Robert destacou de sua sela o elmo e sua longa espada de duas mãos, e enviou-os para junto da lança.

O regente permanecia calado. Não levantara os olhos para Robert, e seu olhar permanecia preso às armas, como se esperasse ainda outra coisa.

Robert d'Artois decidiu descer do cavalo, deu dois passos adiante e, com os nervos trêmulos de raiva, acabou por colocar um joelho no chão para só então encontrar os olhos do regente.

— Meu excelente primo... — exclamou ele, abrindo os braços.

Mas Felipe deteve-o imediatamente.

— Meu primo, não estais com fome? — perguntou-lhe.

E posto que o outro — que estava prestes a uma encenação com troca de palavras nobres e abraço cavaleiresco — permanecesse completamente surpreso, Felipe acrescentou:

— Então, montai novamente em vosso cavalo e dirijamo-nos o mais depressa possível para Amiens, onde vos ditarei minhas condições para a paz. Vós ireis a meu lado e comeremos durante o caminho... Héron! Gamaches! Recolhei as armas de meu primo.

Robert d'Artois demorava para montar novamente seu cavalo e olhava em volta dele.

— O que estais procurando? — perguntou o regente.

— Não estou procurando nada, Felipe. Estou contemplando este campo a fim de jamais esquecê-lo — respondeu Robert d'Artois.

E ele colocou sua mão sobre o peito, no lugar em que, sob suas vestimentas, podia sentir o sachê de veludo no qual estavam encerradas, tal como relíquias, as espigas agora secas que colhera exatamente naquele local, num dia de verão. Um sorriso cheio de soberba aflorou em seus lábios.

Quando se viu trotando lado a lado com o regente, ele recuperou sua segurança.

— Belo exército este que vós reunistes, meu primo, e tudo isso para fazer prisioneiro apenas um homem — disse em tom zombeteiro.

— A tomada de vinte estandartes, meu primo — respondeu Felipe com os mesmos ares —, seria para mim menos prazerosa no dia de hoje do que vossa companhia... Mas dizei-me: por que razão decidistes vos entregar tão depressa? Pois, enfim, mesmo tendo eu a vantagem de um exército maior, coragem não vos falta!

— Eu pensei que, caso nos afrontássemos numa guerra, causaríamos sofrimento demais a nosso pobre povo.

— Eis que vos tornais de repente muito sensível, Robert — disse Felipe de Poitiers. — Nos últimos tempos, ninguém me deu notícias de vossa inclinação à caridade.

— Nosso Santo Padre tomou o cuidado de escrever-me para iluminar meu caminho.

— E ainda por cima todo piedoso agora! — exclamou o regente.

— Como os termos da carta de Sua Santidade assemelhavam-se muito a vossas admoestações, compreendi que não podia continuar lutando ao mesmo tempo contra o céu e a terra, e resolvi mostrar que sou um súdito leal, tanto quanto bom cristão.

— Bom coração, bons sentimentos religiosos e lealdade! Vós estais muito mudado, meu primo.

Ao mesmo tempo, Felipe, olhando de lado o largo queixo do gigante, dizia a si mesmo: "Zomba... vai... podes zombar. Tu terás menos vontade de zombar agora mesmo, quando souberes quais são as condições que vou te impor para a paz."

Entretanto, diante do Conselho que se reuniu imediatamente após a chegada a Amiens, Robert manteve sua atitude. Aceitou tudo que lhe foi pedido sem se rebelar, sem protestar, parecendo sequer escutar o tratado cuja leitura ouvia.

Ele se comprometia a devolver "todo castelo, fortaleza, senhoria, e todas as coisas que tomara ou ocupara". Assegurava a restituição de todas as praças de guerra tomadas por seus partidários. Ele concluía a trégua com Mahaut até a próxima Páscoa; até lá, a condessa daria a saber sua vontade e a corte dos pares se pronunciaria em relação aos direitos de ambas as partes. O regente, por enquanto, governaria diretamente Artois e nele colocaria os guardiães, oficiais e castelãos que quisesse. Enfim, até que viesse a decisão dos pares, as rendas do condado seriam recebidas pelo conde de Évreux... e pelo conde de Valois.

Ao ouvir essa última cláusula, Robert compreendeu a que preço fora comprada a rendição de seu principal aliado. Mas até diante disso ele não protestou e assinou tudo.

Aquela excessiva submissão começava a preocupar o regente. "Que golpe estará ele preparando?", perguntava-se Felipe.

Como estava com pressa de voltar para Paris antes do parto da rainha, encarregou seus dois marechais, com uma parte das tropas pagas, de irem juntar-se ao condestável no condado de Artois e de cuidarem para que a execução do tratado se cumprisse. Robert assistiu sorrindo à partida dos marechais.

Seu cálculo era simples. Vindo render-se sozinho, evitara o desarmamento das tropas. Fiennes, Souastre, Picquigny e os outros continuariam uma guerrinha de tumulto e usura. O regente não poderia organizar novas expedições como aquela a cada quinze dias; o Tesouro não poderia arcar com tal despesa. Robert tinha, portanto, diversos meses de tranquilidade diante dele. Por enquanto, ele preferia voltar para Paris e julgava a ocasião bastante oportuna. Pois bem poderia ser que logo não houvesse mais regente, nem condessa Mahaut.

De fatc — e era essa a verdadeira razão de seu sorriso — Robert conseguira reencontrar a dama Fériennes, fornecedora de veneno da condessa d'Artois. Ele a reencontrara seguindo dois espiões do regente que também estavam procurando por ela. Izabel de Fériennes e seu filho tinham sido detidos, então, no momento em que vendiam material necessário para um enfeitiçamento. O pessoal de Robert tinha dado fim nos espiões do regente, e agora a feiticeira, depois de ter ditado uma bela e completa confissão, era mantida presa e vigiada num castelo de Artois.

"Tu vais ter uma bela surpresa", dizia a si mesmo, olhando para Felipe, "quando eu der ordens a Jean de Varennes que traga essa mulher e a apresente ao Conselho dos Pares, a fim de fazê-la confessar como foi que tua sogra, obedecendo a tuas ordens, fez para assassinar teu irmão! Então nem teu caro papa poderá fazer algo!"

Durante toda a viagem, o regente manteve Robert perto dele; nas paradas, comiam à mesma mesa; à noite, nos monastérios ou nos castelos reais, dormiam em quartos contíguos, e os numerosos servidores do regente envolviam Robert numa guarda estreita. Mas de tanto beber, jantar e dormir perto do inimigo, certos sentimentos fraternos acabam nascendo em relação a ele; os dois primos jamais tinham vivido anteriormente em tamanha intimidade. O regente não parecia guardar rancor por todos os cansaços e despesas que Robert lhe ocasionara; parecia até mesmo divertir-se muito com as brincadeiras licenciosas do gigante e com seus ares de falsa franqueza.

— Mais um pouco e esse patife vai gostar ainda mais de mim! — dizia Robert a si mesmo. — Eu sei cozinhá-lo muitíssimo bem...

Na manhã do dia 11 de novembro, quando chegavam à porta de Paris, Felipe deteve repentinamente seu cavalo.

— Meu bom primo, há alguns dias, na cidade de Amiens, vós garantistes que todos os castelos de Artois seriam entregues a meus marechais. Ora, eu soube que, infelizmente, muitos de vossos amigos não querem obedecer ao tratado e recusam-se a render-se e a entregar as praças-fortes.

Robert sorriu e fez um gesto que exprimia sua impotência em relação ao problema.

— Vós nos garantistes, meu primo — repetiu Felipe.

— Sim, meu primo, eu assinei tudo o que me apresentastes. Mas como vós tirastes de mim todo e qualquer poder, cabe agora a vossos generais obter a obediência.

O regente acariciou pensativo o pescoço de seu cavalo.

— É verdade, Robert — continuou ele —, que vós me apelidastes de Felipe das Portas Fechadas

— É verdade, sim, meu primo, é verdade — disse o outro, rindo. — Pois vós utilizais muitíssimo as portas para governar.

— Pois bem, meu primo — disse o regente —, então ireis vos hospedar na prisão do Châtelet e permanecereis por lá até que o último castelo de Artois me seja entregue de volta.

Robert, pela primeira vez depois de sua rendição, empalideceu um pouco. Todo seu plano desmoronava, e a dama Fériennes não poderia tão cedo servir para coisa alguma.

Terceira Parte

Do luto à sagração

I

Uma ama de leite para o rei

JOÃO I, REI DE FRANÇA, filho póstumo de Luís X, o Cabeçudo, nasceu na noite de 13 para 14 de novembro de 1316, no castelo de Vincennes.

A notícia foi imediatamente proclamada e toda a nobreza logo se vestiu com seus trajes de seda. Nas tabernas, os bandidos e os bêbados, para os quais todo e qualquer acontecimento era ocasião de beber, começaram, desde o meio-dia, a embriagar-se e urrar. E os negociantes de objetos refinados, ourives, mercadores de seda, fabricantes de tecidos preciosos e de passamanarias, vendedores de especiarias, de peixes raros e produtos de ultramar, esfregavam as mãos, sonhando com as somas que ganhariam fornecendo os presentes de felicitações.

As ruas estavam sorridentes. As pessoas se abordavam, como que revigoradas, exclamando:

— Então, compadre, finalmente ganhamos um rei!

A alegria penetrava até nos conventos, onde abades e capelães anunciavam e comentavam o acontecimento.

Na hospedaria do convento da Ordem de Santa Clara, Maria de Cressay, quatro dias antes, pusera no mundo um menininho que pesava quase quatro quilos, que prometia ser louro como a mãe e que mamava, com os olhinhos fechados, com a voracidade de um filhotinho de cão.

A todo momento, as noviças, encapuzadas de branco, entravam na cela de Maria para vê-la trocar sua criança, para contemplar seu rosto radiante quando amamentava, para olhar aquele peito róseo, abundante, volumoso, para admirar, elas que estavam destinadas a uma virgindade definitiva, o milagre da maternidade ao vivo e em pessoa, fora dos vitrais das igrejas.

Pois algumas vezes acontecia, de fato, que uma freira cometesse um pecado, mas isso não era tão frequente quanto supunham os rumores públicos difundidos nas canções populares, e um recém-nascido num convento não era, na verdade, coisa tão comum.

— O rei se chama João, como meu menino — dizia Maria. — Sempre foi costume em minha família chamar assim o primogênito.

Ela via naquela coincidência um feliz presságio. Uma nova geração de meninos ia receber o nome do rei, que era bem surpreendente para a monarquia, pois jamais fora utilizado anteriormente pelos monarcas franceses. A todos os pequenos Felipes, a todos os pequenos Luíses, sucederia uma legião de pequenos "Joões" pelo reino afora. "O meu é o primeiro", pensava Maria.

O crepúsculo rápido de outono começava a cair quando uma jovem freira entrou na cela.

— Dama Maria — disse ela —, a madre abadessa vos chama ao parlatório. Alguém espera por vós.

— Quem?

— Não sei, eu não vi. Mas creio que vós ireis embora.

O sangue subiu às faces de Maria.

— É Guccio... É Guccio — explicou ela às noviças. — É meu esposo que vem me buscar, com certeza.

Ela fechou seu corpete, prendeu energicamente os cabelos, olhando-se no vidro da janela que lhe servia de espelho, ainda que sombrio, jogou a capa sobre os ombros, hesitou um instante diante do bercinho arrumado no chão. Será que ela devia descer com a criança, a fim de oferecer imediatamente a Guccio a maravilhosa surpresa?

— Vede como ele dorme, este anjinho — disseram as noviças. — Não deveis acordá-lo e expô-lo ao frio! Podeis ir, nós olharemos por ele.

— Não o tireis de seu bercinho, não tocais nele! — disse Maria.

Descendo as escadas, ela já se sentia torturada pelas preocupações maternas. "Espero que elas não decidam brincar com ele e que não o deixem cair!" Mas seus pés voavam em direção ao parlatório, e ela se surpreendia por sentir-se tão leve.

Na sala branca, decorada unicamente com um grande crucifixo e iluminada por dois círios que duplicavam todos os objetos e todas as formas, projetando uma sombra imensa, a madre abadessa, com os braços cruzados, conversava com a senhora de Bouville.

Ao perceber a mulher do curador, Maria experimentou mais do que uma decepção; teve a certeza imediata, inexplicável, que aquela pessoa seca, do rosto riscado por rugas verticais, vinha lhe trazer a infelicidade.

Outra, no lugar de Maria, teria se contentado em pensar que tal sentimento era devido ao fato de não gostar da senhora de Bouville; mas, para Maria de Cressay, todos os sentimentos assumiam um aspecto apaixonado, e ela dava a suas simpatias ou aversões o valor de sinais do destino. "Tenho certeza de que ela vai me fazer algum mal!", disse a si mesma.

Com um olhar agudo, sem benevolência, a senhora de Bouville examinava-a dos pés à cabeça.

— Apenas quatro dias que vós destes à luz e já estais fresca como um botão de rosa! Meus parabéns, minha bela. Dir-se-ia que já estais pronta para recomeçar. Deus, na verdade, trata com muita benevolência aquelas que desprezam seus mandamentos, e parece reservar as mais duras provas às mulheres mais merecedoras. Pois sabíeis, irmã — disse a senhora de Bouville, voltando-se para a madre abadessa —, que a nossa pobre rainha permaneceu mais de trinta horas em trabalho de parto? Seus gritos ainda estão ecoando em meus ouvidos. O rei não estava em boa posição e foi preciso fazer saí-lo com os fórceps. Por pouco ele não chega a nascer, morrendo junto com a mãe. Foi a infelicidade que teve a senhora Clemência com a morte de seu esposo que causou tudo isso; e, quanto a mim, considero como milagre o fato de seu filho ainda estar vivo. E, quando o destino quer, tudo começa a se atrapalhar! Lembrai-vos de Eudeline, a lavadeira-chefe do palácio... vós sabeis que...

A abadessa balançou a cabeça discretamente. Ela conservava no convento, entre as pequenas noviças, uma menina de onze anos que era filha natural do Cabeçudo e de Eudeline.

— ... ela ajudava muito a rainha, que a queria constantemente em sua cabeceira — continuou a senhora de Bouville. — Pois bem! Eudeline quebrou um braço, ao cair de uma escada, e teve de ser conduzida à Santa Casa de Misericórdia. E agora, para completar tudo, a ama que tínhamos escolhido e que estava no palácio há uma semana viu de repente secar seu leite. Tudo isso num momento como este! Pois a rainha, é claro, não tem condições de amamentar; está tomada pela febre. Meu pobre Hugo vira-se de um lado para o outro sem parar e não sabe mais o que fazer, pois tais assuntos não são coisas de homem; quanto ao senhor de Joinville, que não enxerga mais um palmo adiante do nariz nem tem um pingo de memória sequer, tudo o que desejamos dele é que não decida dar seu último suspiro em nossos braços. Como podeis ver, madre, estou sozinha em tudo isso.

Maria de Cressay estava se perguntando por que a transformavam assim em confidente dos dramas reais, quando a senhora de Bouville, continuando seu cacarejar incessante, disse, aproximando-se dela:

— Felizmente eu tenho miolos na cabeça e lembrei-me desta moça, que conduzi até vosso convento, pensando que ela já devia ter dado à luz... Vós estais amamentando, claro, e vossa criança aproveita muito de vosso leite, não é?

Ela parecia reprovar a jovem mãe por estar em boa saúde.

— Julguemos isso mais de perto — disse ela ainda.

E, com mãos competentes, como se estivesse apalpando frutas no mercado, examinou os seios de Maria. Esta fez um movimento de repulsa, pulando para trás.

— Vós podeis muito bem amamentar duas crianças — continuou a senhora de Bouville. — Vós vireis comigo, minha boa jovem, e dareis vosso leite ao rei.

— Eu não posso, senhora! — exclamou Maria, antes mesmo de saber como faria para justificar sua recusa.

— E por que não poderíeis? Por causa de vosso pecado? Vós continuais sendo, apesar de tudo, moça nobre; e, depois, o pecado não vos impede de ter muito leite. Isso vos ajudará a pagar um pouco por vossos erros.

— Eu não cometi pecado algum, senhora! Eu sou casada!

— Vós sois a única a dizer isso, minha pobre coitada! Antes de mais nada, se fôsseis casada, não estaríeis aqui. E, depois, o problema não é esse. Precisamos de uma ama de leite.

— Eu não posso, pois estou esperando meu esposo, que deve vir me buscar. Ele mandou avisar-me que chegaria logo, e o papa lhe prometeu...

— O papa! O papa! — clamou a mulher do curador. — Mas perdeu completamente o juízo, esta coitada! Ela acredita que é casada, ela acredita que o papa se preocupa com ela. Chega de nos contar tantas tolices e chega de tantas blasfêmias contra o Santo Padre. Vós vireis comigo a Vincennes imediatamente.

— Não, senhora, eu não irei de forma alguma — replicou Maria com obstinação.

A ira subiu à cabeça da senhora de Bouville, que empunhou Maria pelo alto do vestido e pôs-se a sacudi-la.

— Olhai só a ingrata! Cai na vida, fica grávida. Cuidamos dela, salvamo-la por pouco, colocamo-la no melhor convento e, quando viemos dizer-lhe que deve ser a ama de leite do rei de França, a sirigaita esperneia. Que ótima súdita temos aqui! Sabíeis que estou vos oferecendo uma honra pela qual as maiores damas do reino brigariam?

— Pois bem, senhora, dirigi-vos então a essas grandes damas que são mais dignas do que eu!

— É que elas não cometeram pecado no momento certo, as tolas! Ah! O que me fazeis dizer! Já falamos demais, agora vós vireis comigo.

Se o tio Tolomei, ou o próprio conde de Bouville, tivesse vindo fazer o mesmo pedido a Maria de Cressay, ela certamente teria aceitado. Ela possuía um coração generoso e ter-se-ia oferecido para alimentar qualquer criança necessitada, ainda mais o bebê da rainha. O orgulho, tanto quanto o interesse, teriam-na levado também a aceitar, além da bondade. Ela como ama de leite do rei, e Guccio sendo donzel do papa, todas as dificuldades de ambos desapareceriam, e a sorte enfim lhes sorriria. Mas a mulher do curador não tinha sabido como lhe pedir. Porque a tratavam não como uma mãe feliz, mas como uma delinquente, não como uma mulher digna, mas como uma serva, e, porque continuava a ver na senhora de Bouville uma mensageira da má sorte, Maria estava incapacitada de pensar e obstinava-se em dizer não. Seus grandes olhos de um belo azul-escuro brilhavam com um misto de temor e indignação.

— Eu guardarei meu leite para meu filho — disse ela.

— Isso é o que veremos, malvada! Posto que não me obedeceis de bom grado, vou chamar os escudeiros que estão me esperando e eles vos farão ir pela força!

A madre abadessa interveio. O convento era um lugar de asilo, e ela não permitiria que fosse violado.

— Não é que eu aprove o comportamento de minha parente — disse —, mas ela foi confiada a mim...

— Por mim, madre! — exclamou a senhora de Bouville.

— Essa não é uma razão para cometer violência contra ela no interior destas paredes. Maria só sairá daqui por sua vontade, ou sob ordem da Igreja.

— Ou sob ordens do rei! Pois este é um convento real, minha madre, não esqueceis disso. Eu ajo em nome de meu esposo. Se quiserdes uma ordem do condestável, que é tutor do rei e que acabou de voltar para Paris, ou até mesmo uma ordem do próprio regente, o senhor meu esposo tratará de obtê-la. Isto nos custará três horas, mas depois ela nos obedecerá.

A abadessa chamou à parte a senhora de Bouville para assegurar-lhe, em voz baixa, que o que dissera Maria a propósito do papa não era de todo falso.

— E de que me importa! — disse a senhora de Bouville. — É da vida do rei que tenho de cuidar, e só posso contar com ela!

Ela saiu, foi chamar os homens da escolta e ordenou-lhes que pegassem à força a rebelde.

— Repito, senhora de Bouville — disse a abadessa —, que não dei de forma alguma meu acordo para este sequestro.

Maria, debatendo-se pátio afora, entre dois escudeiros que a arrastavam, gritava:

— Meu bebê! Quero meu bebê!

— É mesmo — disse a senhora de Bouville. — Temos de deixá-la pegar seu bebê. Rebelando-se desta forma, ela nos fez esquecer disso.

Alguns minutos mais tarde, Maria, tendo juntado às pressas suas roupas e segurando seu recém-nascido contra o peito, atravessava, em lágrimas, o portal da hospedagem das freiras.

De fora, duas liteiras preparadas aguardavam.

— Ora, vede! Viemos buscá-la com uma liteira, como uma princesa, e ela grita desse modo e cria todas as dificuldades possíveis!

Envolta pela noite, sacudida ao trote das mulas, durante mais de uma hora, numa caixinha de madeira fechada por cortinas e forrada de tapeçarias, por cujas aberturas se engalfinhava o vento frio de novembro, Maria dava graças a seus irmãos por terem-na obrigado a pegar sua capa ao partir de Cressay. Como sofrera com o calor, sob aquele tecido encorpado, chegando a Paris! "Parece que jamais poderei sair de lugar algum sem infelicidade e sem lágrimas", dizia a si mesma. "Será que mereço tanta perseguição?"

O bebê dormia, enrolado nas grossas dobras da capa. Sentindo aquela pequena vida, inconsciente e tranquila, aninhada em seu peito, Maria lentamente recuperava a razão. Ela ia ver a rainha Clemência; ela lhe falaria de Guccio; ela lhe mostraria o relicário. A rainha era jovem, era bela e tinha pena dos desafortunados... "A rainha... é o filho da rainha que eu vou amamentar!", pensava Maria, avaliando enfim a estranheza e o caráter inesperado daquela aventura que a autoridade agressiva da senhora de Bouville só pudera lhe mostrar sob um aspecto odioso...

O rangido de uma ponte levadiça que era abaixada, os passos surdos dos cavalos sobre um tablado, e depois o estalar de seus passos sobre o pavimento do pátio... Maria foi convidada a descer, passou entre soldados armados, seguiu um corredor de pedra mal iluminado, viu aparecer um homem gordo vestido com uma cota de malha, que ela reconheceu: era o conde de Bouville. Fizeram-lhe sinal para andar na ponta dos pés; um cortinado de separação de ambientes foi levantado.

Apesar da enfermidade, os costumes, no aposento de parto, tinham sido respeitados. Mas, como a estação das flores tivesse terminado, apenas uma folhagem tardia e amarelada tinha sido esparramada pelo chão, e ela já começava a apodrecer sob os passos. Em volta do leito real, poltronas tinham sido dispostas para os visitantes que não viriam. Uma parteira mantinha-se lá, esfregando nos dedos ramos de ervas aromáticas. Na lareira, sobre tripés de ferro, ferviam decocções cinzentas.

Do berço colocado num canto não vinha barulho algum.

A rainha Clemência jazia estendida de costas, com as coxas levantadas pela dor e enrugando os lençóis. Suas maçãs do rosto estavam vermelhas, os olhos brilhantes. Maria observou sobretudo a imensa cabeleira dourada esparramada sobre os travesseiros, e aquele olhar ardente que não parecia ver o que contemplava.

— Estou com sede... estou com muita sede... — gemia a rainha.

A parteira cochichou à senhora de Bouville:

— Ela tremeu durante uma hora; seus dentes batiam e os lábios estavam roxos como o rosto dos finados. Pensamos que estivesse falecendo. Friccionamos muito todo o seu corpo, e então sua pele começou a ferver como podeis ver agora. Suou tanto que seria preciso trocar seus lençóis, mas ninguém consegue encontrar a chave do depósito de lençóis, que Eudeline guardava.

— Eu vou ver isso — respondeu a senhora de Bouville.

Ela conduziu Maria até um quarto vizinho, onde uma lareira também estava acesa.

— Vós vos instalareis aqui.

Trouxeram o berço real. No meio de todos os panos que o envolviam, o rei quase não era visível. Ele tinha um nariz minúsculo, pálpebras espessas e fechadas, e dormia, fraco, numa imobilidade mole. Era preciso chegar muito perto para ter certeza de que estava respirando. De quando em quando, uma ínfima careta, uma contração dolorosa, dava algum relevo a seus traços.

Diante daquele pequeno ser cujo pai morrera, cuja mãe talvez fosse morrer e que dava tão poucos sinais de vida, Maria de Cressay foi tomada por uma intensa piedade. “Eu vou salvá-lo. Farei com que ele seja grande e forte”, pensou ela.

Como havia apenas um berço, ela colocou seu bebê deitado ao lado do rei.

II

"Deixemos que Deus cuide disso"

FAZIA VINTE E QUATRO HORAS que a condessa Mahaut estava numa cólera ininterrupta.

Diante de Beatriz d'Hirson, que a ajudava a vestir-se para o batismo do rei, ela deixou explodir sua raiva e seu despeito.

— Quem é que teria acreditado que Clemência, dolente como ela é, viria ao termo de sua gravidez? Veem-se mulheres mais fortes que abortam mais cedo. Ela não! Aguentou os nove meses. Ela bem que podia nos ter dado um natimorto! Mas que nada! Seu rebento está bem vivo. Pelo menos poderia ter sido uma menina. Nada disso! Clemência tinha de parir um menino! Valeu a pena, minha pobre Beatriz, ter corrido perigos tão terríveis, que aliás ainda nos ameaçam, para sermos enganadas pela sorte dessa maneira?

Pois Mahaut, agora, estava profundamente convencida de ter assassinado o Cabeçudo apenas para dar a seu genro a coroa de França.

Ela quase lamentava não ter matado a mulher ao mesmo tempo que o marido, e todo o seu ódio voltava-se agora contra o recém-nascido que ela ainda não vira, contra o bebê do qual ela ia daqui a alguns momentos servir como madrinha, e cuja existência mal começara e já punha um freio em suas ambições.

Aquela mulher, poderosa entre os poderosos, riquíssima, despótica, tinha uma verdadeira natureza de criminosa. O assassinato era seu meio de predileção para dobrar o destino em proveito próprio; gostava de tecer projetos de crimes e respirar a lembrança dos que já tinham sido perpetrados; tirava disso a excitação do terror mortífero, os deleites da astúcia, a alegria dos triunfos secretos. Caso um primeiro assassinato não tivesse dado os resultados esperados, ela começava a acusar o destino de injustiça, tomava-se de piedade por si mesma e punha-se com a maior naturalidade a procurar uma nova cabeça que lhe fazia obstáculo e que ela poderia vir a abater.

Beatriz d'Hirson, antecipando-se aos pensamentos da condessa, disse lentamente, abaixando os longos cílios:

— Eu conservei, senhora... um pouco daquela boa farinha que nos serviu tanto para as pastilhas de amêndoas do rei... na última primavera.

— Fizeste muito bem, fizeste muito bem... — respondeu Mahaut. — Mais vale ter sempre uma provisão. Nós temos tantos inimigos!

Beatriz, que era bem alta, teve de levantar os braços para arrumar as fitas do gorro da condessa sob o queixo e colocar-lhe o manto sobre os ombros.

— Vós tereis de segurar a criança, senhora. Não voltareis a ter uma ocasião como esta tão cedo... — continuou ela. — Vós sabeis, é apenas um pozinho... que quase não pode ser percebido entre os dedos.

Ela dizia aquilo com uma voz suave, tentadora, como se falasse de uma guloseima.

— Ah! Não! — exclamou Mahaut. — Não durante um batizado! Isso nos traria a desgraça.

— Acreditais mesmo nisso? Seria uma alma sem pecado que vós devolveríeis ao Céu.

— E, depois, Deus sabe como meu genro consideraria a coisa! Não esqueci a expressão de seu rosto quando lhe contei como teve fim seu irmão, nem a frieza que ele mostra para comigo depois disso. Muita gente me acusa em voz baixa. Um rei já é o bastante para um ano. Suportemos por algum tempo esse que acaba de nascer.

Foram bem poucos os nobres que partiram para Vincennes, quase clandestinamente, a fim de fazer de João I um cristão; e os senhores feudais que haviam preparado seus adornos, esperando o convite para a cerimônia, ficaram a ver navios.

A enfermidade da rainha, o fato de o nascimento ter ocorrido fora de Paris, o tempo cinzento de inverno e, enfim, a pouca alegria que sentia o regente por ter um sobrinho, tudo isso concorria para que o batizado fosse realizado rapidamente, como uma mera formalidade.

Felipe chegou a Vincennes acompanhado de sua esposa, Jeanne, de Mahaut, de Gaucher de Châtillon e de alguns escudeiros. Ele não tinha feito questão de avisar o restante da família. Aliás, Valois estava percorrendo seus feudos para angariar dinheiro; Évreux tinha ficado em Amiens para liquidar o problema do condado de Artois. Quanto a Carlos de La Marche, uma forte altercação o opusera na véspera a Felipe. La Marche, em honra do nascimento do rei, pedia a seu irmão a promoção de seu apanágio a pariato, bem como um aumento de suas rendas.

— Ora, meu irmão! Eu não passo de um regente — respondera Felipe. — Apenas o rei poderá vos conceder o pariato... quando chegar à maioridade.

As primeiras palavras de Bouville, ao acolher o regente no pátio dianteiro do palácio, foram para lhe fazer uma pergunta:

— Ninguém está armado, senhor? Ninguém traz adaga, estilete nem alguma outra arma?

Não era possível saber se tal preocupação visava aos homens da escolta ou aos próprios padrinhos.

— Não tenho o costume — disse o regente — de ser seguido por escudeiros desarmados.

Bouville, ao mesmo tempo tímido e obstinado, rogou aos escudeiros que permanecessem no antepátio de entrada. Aquele zelo excessivo começava a irritar o regente.

— Apreciei muito, Bouville — disse ele —, o cuidado com que velastes pelo ventre da rainha; mas não sois mais curador; cabe agora a mim mesmo, e ao condestável, velar pelo rei. Deixamos a vossos cuidados tal tarefa, não abuseis, portanto, de nossa boa disposição.

— Senhor! Senhor! — balbuciou Bouville. — Não era minha intenção vos ofender. Mas dizem-se tantas coisas pelo reino afora... Enfim, quero vos mostrar que sou fiel a minha tarefa e que sei a honra que me cabe nela.

Ele não tinha muita habilidade para dissimular. Não podia deixar de olhar para Mahaut de viés, abaixando os olhos logo depois.

"Decididamente todos desconfiam de mim", pensou a condessa.

Jeanne de Poitiers fingia não compreender coisa alguma. Gaucher de Châtillon, que ainda não se havia intrometido na discussão, quebrou o incômodo, dizendo:

— Vamos, Bouville, quereis que morramos gelados? Deixai-nos entrar, enfim.

Todos foram ter à cabeceira da rainha. As notícias que dera a senhora de Bouville eram alarmantes: a febre continuava devorando a enferma, que se queixava de uma atroz dor de cabeça e era sacudida todo o tempo por fortes náuseas.

— Seu ventre põe-se a inchar como se ela ainda não tivesse dado à luz — explicou a senhora de Bouville. — Ela não consegue pegar no sono, suplica que mandemos parar de tocar os sinos que soam em seus ouvidos e fala-nos sem parar como se estivesse se dirigindo não a nós, mas à sua avó, a senhora Maria de Hungria, ou ao rei Luís. Dá grande pena ouvi-la assim, perdendo a razão, sem poder fazer com que pare de falar.

Vinte anos como camareiro junto de Felipe, o Belo, tinham dado ao conde de Bouville uma longa experiência das cerimônias reais. Quantos batizados ele já não havia preparado?

Os objetos rituais foram distribuídos aos assistentes. Bouville e dois fidalgos da guarda passaram em volta do pescoço compridas toalhas brancas cujas extremidades estendidas eles seguravam a sua frente, a fim de cobrir a pia batismal, uma bacia vazia e o cálice que continha o sal.

A parteira pegou a touquinha que se colocava na criança imediatamente após a unção, como era de costume.

Depois a ama de leite avançou, segurando o rei.

"Oh! Que bela jovem!", pensou o condestável.

A senhora de Bouville tinha feito com que Maria de Cressay usasse um vestido de veludo róseo, enfeitado com pedaços de peliça na gola e nos punhos, e ela a fizera repetir várias vezes os gestos que teria de executar. O bebê estava empacotado num manto duas vezes mais comprido do que ele, sobre o qual estava colocado um véu de seda violeta que caía até o chão, como uma cauda.

Todos se dirigiram para a capela do castelo. Alguns escudeiros iam na frente, segurando os círios acesos. O senescal de Joinville vinha em último lugar, apoiado por outros e, mesmo assim, cambaleante. Entretanto, saíra um pouco de seu torpor habitual porque o recém-nascido recebera o nome de João, como ele próprio.

A capela estava repleta de tapeçarias, e a pedra da pia batismal fora enfeitada de veludo violeta. Ao lado, encontrava-se uma mesa em que tinha sido estendida uma peliça de arminho e, por cima dela, uma toalha finíssima, sobre a qual tinham sido colocadas almofadas de seda. Algumas brasas ardendo num canto não eram suficientes para dissipar o frio úmido.

Maria depôs a criança sobre a mesa a fim de desnudá-la. Atenta para não cometer erros, sentia o coração batendo apressado e mal distinguia os rostos a sua volta, tamanha era a sua emoção. Quando é que teria imaginado, ela, moça expulsa de casa por sua família, que lhe caberia um papel tão importante no batizado de um rei, na companhia do regente de França e da condessa d'Artois? Maravilhada por aquele revés positivo da sorte, ela agora estava cheia de gratidão em relação à senhora de Bouville, e tinha lhe pedido perdão pela insubmissão da véspera.

Ao mesmo tempo que desenrolava o corpinho do bebê, escutou o condestável, que se informava de seu nome e de sua procedência; ela enrubesceu.

O capelão da rainha assoprara quatro vezes sobre o corpo do recém-nascido, como se nele demarcasse as quatro pontas de uma cruz, a fim de arrancar-lhe o demônio pelas virtudes do Espírito Santo; depois, cuspindo em seu indicador, cobriu de saliva as narinas e orelhas do bebê, o que significava que ele assim não escutaria as vozes do diabo, nem respiraria as tentações do mundo e da carne.

Felipe e Mahaut levantaram o pequeno rei, um pelas pernas, outro pelos ombros. O regente, com seus olhos míopes, considerava com insistência o sexo minúsculo da criança, aquele vermículo róseo que fazia fracassar toda a sua estudada combinação de sucessão ao trono, aquele irrisório símbolo da lei dos varões, ínfimo, porém intransponível obstáculo entre ele e a coroa de França.

"De qualquer maneira", pensava Felipe para se consolar, "eu serei regente por quinze anos. Nesse período, muitas coisas podem acontecer; será que eu mesmo estarei vivo daqui a quinze anos? E esta criança... será que viverá até lá?"

Mas a regência não é a realeza.

A criança havia permanecido muito calma, e até mesmo sonolenta, durante os ritos preliminares. Ela só se fez ouvir quando foi mergulhada inteiramente na água fria; naquele instante, então, urrou até quase se estrangular. Por três vezes, enquanto os outros padrinhos e madrinhas, Gaucher, Jeanne de Poitiers, o casal Bouville e o senescal, estendiam as mãos acima do pequenino corpo nu, ele foi imerso, inicialmente com a cabeça voltada para o oriente, depois para o norte, depois para o sul, a fim de representar o desenho da Cruz.[19]

João I acalmou-se imediatamente depois de ter sido tirado da água glacial da pia batismal e aceitou pacificamente o gorrinho com o qual cingiram sua testa. Depois ele foi estendido sobre os travesseiros, e Maria de Cressay começou a enxugá-lo enquanto os assistentes se comprimiam o mais que podiam junto dos braseiros de aquecimento.

De repente a voz de Maria de Cressay encheu a capela.

— Nosso Senhor! Nosso Senhor! Ele está falecendo! — gritou ela.

Todos se projetaram em direção à mesa. O bebê-rei havia adquirido uma cor azul que foi ficando cada vez mais escura, até tornar-se quase preta; seu corpo estava duro, os braços crispados, a cabeça entortada, e suas pálpebras abertas só deixavam à mostra os glóbulos oculares esbranquiçados.

Uma invisível mão abafava aquela vida sem consciência, circundada por círios de luz vacilante e cabeças ansiosamente debruçadas sobre ele.

Mahaut ouviu alguém murmurar:

— Foi ela.

Ela levantou os olhos e encontrou o olhar do casal Bouville.

"Mas quem teria preparado este golpe para me culpar por ele?", perguntava a si mesma.

Enquanto isso, a parteira havia tomado a criança das mãos trêmulas de Maria e esforçava-se para reanimá-la.

— Talvez ele possa ser salvo... Sim, talvez ele possa escapar — disse ela.

O recém-nascido permaneceu daquele modo, rígido, tenso e escuro durante aproximadamente dois minutos que pareceram infinitos; depois, bruscamente, foi agitado por sacudidelas violentas, jogando a cabeça para todos os lados. Os membros se viravam, e jamais ninguém teria acreditado que tamanha força pudesse percorrer um corpinho tão frágil; a parteira tinha de segurá-lo para que não lhe escapasse.

O capelão fez o sinal da cruz, como se estivesse em presença de uma manifestação diabólica, e pôs-se a recitar as preces dos agonizantes. A criança fazia caretas, babava; seu aspecto escuro desaparecera para dar lugar a uma palidez gélida, não menos amedrontadora. Por um momento ele pareceu acalmar-se, urinou no vestido da parteira, e pensaram que estava salvo. Depois, imediatamente, sua cabeça caiu; ele se tornou mole, inerte, e daquela vez cada um dos presentes acreditou que estava realmente morto.

— Já era mesmo hora de batizá-lo — disse o condestável.

Felipe de Poitiers tirou de suas mãos as gotas quentes que haviam escorrido dos círios.

E, repentinamente, o pequeno cadáver agitou os pés, deu alguns gritinhos, fracos ainda, mas alegres, e seus lábios se animaram, fazendo um movimento de sucção. O rei estava vivo e queria mamar.

— O demônio muito se debateu antes de sair de seu corpo — disse o capelão.

— Não é muito frequente — disse a parteira — que crianças tão novas sejam vitimadas por tais convulsões. É porque ele foi tirado com os fórceps, sem dúvida. E depois o leite da ama fez-lhe falta durante várias horas...

Maria de Cressay sentiu-se culpada. "Se, em vez de brigar com a senhora de Bouville, eu tivesse vindo logo...", pensou ela.

Ninguém, evidentemente, questionou a imersão na água fria, nem nenhuma das disfunções hereditárias, demência, claudicação, epilepsia, que reapareciam com grande regularidade na família.

— Pensais que ele pode ser acometido de outro ataque? — perguntou Mahaut.

— Pode-se temer, senhora — respondeu a parteira. — Ninguém jamais sabe quando é que vem esse mal, nem como ele termina.

— Pobrezinho! — disse Mahaut, bem alto.

Todos acompanharam o rei de volta ao castelo, depois se separaram sem alegria.

Felipe de Poitiers não relaxou durante todo o trajeto de volta. Uma vez no palácio, deixou que sua sogra o seguisse e fechou-se com ela num aposento.

— Por pouco, meu filho, agora mesmo não vos tornastes rei — disse ela a Felipe.

Esse nada respondeu.

— Na verdade, depois do que acabamos de ver, ninguém se espantaria caso essa criança morresse nos dias vindouros — continuou Mahaut.

O regente continuava calado.

— Caso ele viesse a desaparecer, vós seríeis, entretanto, obrigado a aguardar a maioridade de Jeanne de Navarra.

— De forma alguma, minha mãe, de forma alguma — respondeu energicamente Felipe. — De agora em diante, é apenas o regulamento de julho passado que está em vigor. A sucessão de Luís está decidida. Caso ele morresse, seria sua sucessão que teríamos de discutir. Entre mim e meu irmão teria havido um rei, e eu seria o herdeiro de meu sobrinho.

Mahaut olhou-o com admiração: "Ele concebeu tudo isso durante o batizado!"

— Vós sempre sonhastes em ser rei, Felipe, confessai — disse ela. — Já quando éreis criança, usáveis os galhos quebrados para fazer cetros!

Ele levantou um pouco a cabeça e sorriu para a condessa, deixando que um breve silêncio se instalasse. Depois, tornando-se novamente grave:

— Sabíeis que a senhora de Fériennes desapareceu de Arras, bem como os homens que eu tinha enviado para sequestrá-la e impedi-la de dizer o que sabe? Parece que ela é mantida em segredo em algum castelo de Artois, e diz-se que vossos vassalos, lá em Artois, gabam-se muito disso.

Mahaut perguntou-se o que significava essa advertência. Será que Felipe queria apenas preveni-la dos perigos que ela corria? Ou provar que se preocupava com ela? Ou aquilo era uma maneira de confirmar a proibição de voltar a recorrer aos envenenamentos? Ou, ainda, será que, ao fazer alusão à fornecedora, ele pretendia insinuar que ela estava com as mãos livres para agir?

— Mais algumas convulsões poderiam muito bem tirar-lhe a vida — insistiu mais uma vez Mahaut.

— Deixemos que Deus cuide disso, minha mãe — disse Felipe, pondo um fim à conversa.

"Deixar que Deus cuide disso... ou deixar que eu mesma cuide disso?", pensou a condessa d'Artois. "Ele é prudente e não quer macular sua alma; mas entendeu muito bem o que eu disse... É, esse gorducho e tolo Bouville vai me causar as maiores complicações."

A partir desse instante, sua imaginação começou a trabalhar. Mahaut estava com um crime em perspectiva; e o fato de a futura vítima ser um recém-nascido a excitava ainda mais, como se se tratasse do adversário mais feroz.

Ela empreendeu uma campanha cuidadosa, pérfida. O rei não havia nascido com boa saúde; dizia isso a todos que via, e descrevia, com lágrimas nos olhos, a penosa cena do batizado.

— Todos pensaram que havia falecido lá mesmo, e por pouco isso não foi verdade. Perguntai ao condestável, que estava lá, como eu; jamais vi o senhor Gaucher empalidecer tanto... Cada qual poderá ver, aliás, o quanto o pequeno rei é fraco quando for apresentado aos vassalos, de acordo com os costumes. Quem sabe até ele já não morreu e ninguém sabe ainda. Pois essa apresentação está tardando demais, sem que ninguém explique por quê. O senhor de Bouville, ao que parece, opõe-se a ela, porque a infeliz rainha... Que Deus a proteja! O estado de saúde da rainha teria piorado. Mas, enfim, a rainha não é o rei!

Os familiares de Mahaut ficaram encarregados de espalhar tais propósitos.

Os vassalos começaram a se alarmar. De fato, por que adiavam assim a apresentação solene? O batizado feito às pressas, as pretensas desconfianças de Bouville, o impenetrável silêncio mantido em torno de Vincennes, tudo isso estava marcado pelo mistério.

Rumores contraditórios circulavam. O rei estava enfermo e não queriam mostrá-lo assim. O conde de Valois o sequestrara secretamente para mantê-lo em lugar seguro. A enfermidade da rainha? Puro fingimento. A rainha e seu filho estavam naquele momento a caminho de Nápoles.

— Se ele morreu, que nos informem — murmuravam alguns.

— O regente deu um sumiço nele! — asseguravam outros.

— O que estais dizendo? O regente não é homem que aja dessa maneira. Mas ele desconfia de Valois.

— Não é o regente. É Mahaut. Ela prepara o seu golpe, caso já não o tenha desferido. Ela repete pelos quatro cantos que o rei não poderá continuar vivo!

Enquanto os maus ventos sopravam novamente pela corte, enquanto todos se enervavam com odiosas conjecturas, com suspeitas de infâmia pelas quais cada qual se sentia atingido, o regente, quanto a ele, permanecia impenetrável. Estava absorto na administração do reino e, quando vinham falar-lhe de seu sobrinho, respondia por outros assuntos, tais como Flandres, Artois, ou o próximo recolhimento dos impostos.

Na manhã de 19 de novembro, com a irritação atingindo o máximo, diversos vassalos e mestres do Parlamento vieram em delegação ter com Felipe e rogaram-lhe energicamente, quase exigiram dele, que consentisse em fazer a apresentação do rei. Estes, que esperavam por uma resposta negativa, ou evasiva, já tinham o olhar animado por um clarão malvado.

— Mas eu desejo, senhores, desejo tanto quanto vós essa apresentação. Não sou eu que me oponho a ela, mas sim o conde de Bouville, que se recusa terminantemente a apresentar o rei.

Depois, virando-se para Carlos de Valois, que voltara na antevéspera de seu condado do Maine, perguntou:

— Sois vós, meu tio, devido aos interesses de vossa sobrinha Clemência, que impedis Bouville de apresentar-nos o rei?

O ex-imperador de Constantinopla, sem compreender de onde saía aquela tirada do sobrinho, tornou-se quase púrpura e exclamou:

— Mas, por Deus, meu sobrinho! De onde tirais essa ideia? Jamais ordenei ou quis tal coisa! Eu nem sequer vi Bouville, nem recebo mensagem dele há semanas. E acabei de voltar de viagem justamente para essa apresentação. Eu gostaria muitíssimo, ao contrário, que ela fosse feita e que, dessa forma, voltássemos a agir de acordo com os costumes de nossos pais, o que aliás já tarda demais.

— Então, senhores — disse o regente —, temos todos a mesma opinião e a mesma vontade... Gaucher! Vós, que estáveis presente quando do nascimento de meu irmão... é realmente à primeira madrinha que cabe apresentar a criança real aos vassalos?

— Claro, claro, é a madrinha que deve fazê-lo — respondeu Valois, incomodado pelo fato de não pedirem a ele uma informação sobre o cerimonial. — Eu assisti a todas as apresentações, Felipe; à vossa, que foi de menor importância, pois éreis o segundo filho, bem como à de Luís e, depois, à de Carlos. É sempre a madrinha que apresenta a criança.

— Então — continuou o regente — vou informar imediatamente a condessa Mahaut para que venha agora mesmo comandar esse ofício, e vou dar ordem a Bouville para que nos abra as portas de Vincennes. Montaremos nossos cavalos ao meio-dia.

Para Mahaut, era a ocasião esperada. Ela quis apenas a ajuda de Beatriz para se vestir, e colocou sobre a cabeça uma coroa; o assassinato de um rei valia tal esmero na apresentação.

— Quanto tempo tu achas que é preciso ao pó para fazer efeito numa criança de cinco dias?

— Ah! Isso, senhora, eu não sei... — respondeu a dama de companhia. — Para os cervos de vossos bosques, o resultado foi claro depois de uma noite. Quanto ao rei Luís, ele resistiu quase três dias...

— Eu terei, para me proteger, a presença daquela ama de leite que vi no outro dia, uma bela jovem, mas que ninguém sabe de onde vem nem por quem foi colocada lá. Os Bouville, sem dúvida...

— Ah! Estou entendendo, senhora — disse Beatriz, sorrindo. — Caso a morte não pareça natural... essa moça poderia ser acusada e condenada à morte...

— Minha relíquia, minha relíquia — disse Mahaut, preocupada, pondo a mão no peito. — Ah, ela está aqui!

Quando saía do aposento, Beatriz murmurou-lhe:

— Senhora, não esqueceis sobretudo que não deveis vos assoar com o vosso lenço!

III

As artimanhas de Bouville

— CUIDEM BEM DO FOGO! — ordenava Bouville aos criados. — As lareiras devem esquentar ao máximo, para que o calor se esparrame pelos corredores!

Ele ia de aposento em aposento, paralisando os trabalhos em vez de ativá-los, como pretendia. Corria até a ponte levadiça para inspecionar a guarda, mandava jogar areia pelos pátios, depois fazia com que ela fosse varrida porque virava lama, vinha verificar as fechaduras que não seriam trancadas. Toda aquela agitação se destinava unicamente a enganar sua própria angústia. "Ela vai matá-lo, ela vai matá-lo!", repetia a si mesmo.

Num corredor, deu um encontrão com sua esposa.

— E a rainha? — perguntou ele.

Tinham administrado à rainha os derradeiros sacramentos naquela manhã.

Aquela mulher, cuja beleza era celebrada por dois reinos, estava desfigurada, com o corpo devastado pela infecção. Com o nariz enrijecido, a pele amarelada, marcada por placas vermelhas do tamanho de uma grande moeda, exalava um cheiro atroz; sua urina estava repleta de traços de sangue; respirava com dificuldade e gemia devido às dores intoleráveis que sentia na nuca e no ventre. Delirava.

— A febre não cede — disse a senhora de Bouville. — A parteira assegura que, caso ela sobreviva ao dia de hoje, poderá ser salva. Mahaut ofereceu enviar mestre de Pavilly, seu médico pessoal.

— De modo algum! De modo algum! — exclamou Bouville. — Não deixaremos entrar aqui nenhuma criatura que tenha parte com Mahaut!

A mãe moribunda, a criança ameaçada e mais de duzentos vassalos que deviam chegar, com suas escoltas! Bela desordem eles teriam agora, e como a ocasião seria propícia para um crime!

— A criança não pode permanecer no quarto ao lado do aposento da rainha — continuou Bouville. — Eu não posso colocar lá um número suficiente de homens armados, e, depois, alguém pode facilmente esconder-se lá, por trás das tapeçarias que pendem do teto.

— Precisamos pensar nisso. Onde queres colocar o menino?

— No aposento do rei, no qual todas as entradas podem ser bloqueadas.

Eles se olharam e tiveram o mesmo pensamento: era o aposento em que o Cabeçudo morrera.

— Manda preparar esse quarto e que ponham fogo na lareira — insistiu Bouville.

— Assim seja, meu amigo, vou obedecer a ti. Mas, mesmo que tu ponhas cinquenta escudeiros por todo lado, não poderás impedir Mahaut de pegar a criança nos braços a fim de apresentá-lo.

— Eu ficarei perto dela.

— Mas caso ela tenha resolvido, vai matá-lo bem sob o teu nariz, meu pobre Hugo. E tu não verás coisa alguma. Uma criança de cinco dias quase não se debate. Ela aproveitará um momento qualquer para enfiar-lhe uma agulha na moleira, fazê-lo respirar veneno ou estrangulá-lo com um cordão.

— E então, o que tu queres que eu faça? — desesperou-se Bouville. — Eu não posso ir declarar ao regente: Não queremos que vossa sogra carregue o rei, pois tememos que ela o mate!

— Não! Não podes fazer isto! Só podemos rezar — disse a senhora de Bouville, distanciando-se.

Bouville, desamparado, foi até o aposento da ama de leite.

Maria de Cressay amamentava as duas crianças ao mesmo tempo. Ambas muito vorazes, agarravam-se aos seios da jovem, com suas unhinhas moles, e mamavam ruidosamente. Generosa, Maria dava ao rei o seio esquerdo, que, na época, dizia-se ser mais rico.

— O que aconteceu, senhor Bouville? Vós não pareceis muito bem — disse ela.

Ele se mantinha de pé diante dela, apoiado em sua espada, com suas mechas brancas e pretas cobrindo-lhe as faces e com o barrigão esticando sua cota de armas, tal qual um gordo arcanjo bonachão encarregado da difícil guarda de uma criancinha.

— É que ele é tão fraquinho, nosso rei... tão fraquinho! — disse ele tristemente.

— Não, senhor, ele se recupera muito bem. Vede só, já está quase do tamanho do meu. E todos esses remédios que me fazem engolir, e que me provocam ânsias, parecem ser muito bons para ele![20]

Bouville aproximou prudentemente a mão e acariciou o pequeno crânio em que se formava uma penugem loura.

— Este não é um rei como os outros, sabíeis...

O velho servidor de Felipe, o Belo, não sabia como explicar o que sentia. Por mais longe que ele voltasse em suas lembranças, e até mesmo nas lembranças de seu pai, a monarquia, o reino, a França, tudo aquilo que fora a razão de suas funções e o objeto de suas preocupações confundia-se com uma longa e sólida cadeia de reis, adultos, fortes, que exigiam devoção e honrarias.

Durante vinte anos, fora encarregado de preparar o trono em que se sentava um monarca diante do qual toda a Cristandade tremia. Jamais ele teria imaginado que tal cadeia tão depressa pudesse se reduzir àquela criancinha rósea, do queixo lambuzado de leite, elo tão frágil que poderia ser rompido com dois dedos.

— É verdade — disse — que ele se recuperou bem; sem esta marca deixada pelos fórceps, que já está se apagando, ele quase não é diferente do vosso.

— Oh, Senhor, o meu é mais pesado. Não é mesmo, João segundo, tu não és mais pesado?

Ela enrubesceu bruscamente, depois explicou:

— Como ambos se chamam João, eu chamo o meu de João segundo. Talvez eu não devesse fazer isso?

Bouville, por uma cortesia mecânica, acariciou a cabecinha do segundo bebê. Ao fazer esse gesto, roçou o seio de Maria. Esta se sobressaltou e enrubesceu ainda mais, diante do olhar obstinado do gordo fidalgo. "Mas quando é que vou parar de ficar vermelha assim, por tudo que acontece em volta de mim? Amamentar não é coisa desonesta, nem provocante!"

Na realidade, Bouville comparava os dois bebês.

Naquele momento, a senhora de Bouville entrou, trazendo os trajes para vestir o rei de França. Bouville chamou-a num canto e murmurou em sua orelha:

— Acho que encontrei um meio.

Eles conversaram em voz baixa durante alguns instantes. A senhora de Bouville assentia com a cabeça, refletia; por duas vezes ela olhou na direção de Maria.

— Pergunta tu mesmo — disse a mulher, enfim. — Ela não gosta de mim.

Bouville voltou até a jovem mãe.

— Maria, minha filha, vós prestareis um grande serviço a nosso pequeno rei, ao qual sois tão apegada — disse ele. — Eis que os vassalos chegam ao castelo para que ele lhes seja apresentado. Mas nós tememos que ele seja exposto ao frio, por causa daquelas convulsões que teve no dia de seu batizado. Imaginai o efeito, caso comece de novo a se contorcer como naquele dia! Logo pensariam que não resistirá e não vingará, tal como esparramam pelos quatro cantos seus inimigos. Nós, fidalgos, somos homens de guerra e gostamos que o rei dê mostras de robustez, desde a mais tenra idade. Vossa criança, como me dizíeis agora mesmo, é mais gorda e mais bela de aparência. Nós gostaríamos de apresentá-la no lugar do rei.

Maria, um pouco inquieta, olhou para a senhora de Bouville, que se apressou a dizer:

— Não tenho nada a ver com isso! É uma ideia de meu esposo.

— Mas não é pecado, senhor, fazer isso? — perguntou Maria.

— Pecado, minha filha? Ao contrário, é uma grande virtude proteger seu rei. E não seria a primeira vez que uma criança robusta seria apresentada ao povo no lugar de um herdeiro mais frágil — assegurou Bouville, mentindo pela boa causa.

— Será que não vão perceber?

— E como é que perceberiam? — exclamou a senhora de Bouville. — Eles são louros; nessa idade, todas as crianças se parecem, depois se transformam de um dia para o outro. Quem é que conhece o rei, na verdade? O senhor de Joinville, que não vê nada, o regente, que quase não o viu, e o condestável, que é mais conhecedor de cavalos do que de recém-nascidos.

— A condessa d'Artois não vai achar estranho que ele não tenha mais as marcas do fórceps?

— Sob o gorro e a coroa, como é que ela poderia ver?

— E, além do mais, hoje a claridade está bem fraca. Acho que vai ser preciso acender os círios — acrescentou Bouville, mostrando pela janela a triste luz de novembro.

Maria não resistiu mais. No fundo a ideia daquela substituição a honrava muito e ela pensava que Bouville estava animado apenas por bons desígnios. Sentiu um grande prazer ao vestir seu filhinho de rei, ao enrolá-lo em tecidos de seda, ao colocar nele o mantozinho bordado de flores de lis de ouro e ao cobrir sua cabecinha com o gorro sobre o qual estava costurada uma minúscula coroa, todos esses objetos do enxoval real tendo sido preparados bem antes do nascimento da criança.

— Como vai ficar bonito, o meu Joãozinho! — dizia Maria de Cressay. — Uma coroa, meu Deus! Uma coroa! Tu precisarás devolvê-la depois a teu rei, tu sabias?

Ela agitava seu bebê como uma boneca diante do berço de João I.

— Vede, Vossa Majestade, vede vosso irmãozinho de leite, vosso pequeno servidor que vai tomar vosso lugar para que não sejais exposto ao frio.

E ela pensava: "Quando eu contar logo, logo tudo isso a Guccio... Quando eu lhe disser que seu filho foi apresentado aos vassalos... Que estranha vida levamos! Eu não a trocaria por nenhuma outra. Como fiz bem em amar meu italiano!"

Sua alegria foi interrompida por um longo gemido vindo do aposento ao lado.

"A rainha... meu Deus...", pensou Maria. "Eu estava me esquecendo da rainha..."

Um escudeiro entrou, anunciando que o regente e os vassalos se aproximavam. A senhora de Bouville pegou o bebê de Maria.

— Eu vou levá-lo para o quarto do rei — disse ela — e vou conservá-lo até o final da cerimônia e a partida do séquito. Quanto a vós, Maria, não saireis daqui antes da minha volta. Caso alguém entre neste aposento, apesar dos vigias que tomam conta das portas, deveis afirmar que a criança que tendes convosco é a vossa.

IV

"Senhores, contemplai o rei"

TAMANHA ERA A QUANTIDADE DE vassalos, que quase não cabiam no salão; eles falavam, tossiam, remexiam-se e começavam a se impacientar por estar havia tanto tempo de pé. As escoltas tinham invadido os corredores para aproveitar o espetáculo; cachos de cabeças aglomeravam-se por todas as saídas.

O senescal de Joinville, que tinham feito levantar-se apenas no último minuto para poupar-lhe esforços, mantinha-se junto à porta do quarto do rei, em companhia de Bouville.

— Vós anunciareis a entrada do rei, senhor senescal — disse Bouville. — Vós sois o mais antigo companheiro de São Luís. Cabe a vós esta honra.

Doente de tanta ansiedade, com o rosto pingando de suor, Bouville pensava:

"Quanto a mim... eu não poderia... eu não poderia fazer esse anúncio. Minha voz me trairia."

Ele viu aparecer, na extremidade do corredor em sombras, a condessa Mahaut, gigantesca, maior ainda devido à coroa e ao pesado manto, especiais para a ocasião. Jamais Mahaut d'Artois lhe parecera tão alta e aterradora.

Ele entrou apressadamente no quarto e disse à sua mulher:

— Chegou o momento.

A senhora de Bouville foi até diante da condessa, cujos passos sólidos soavam sobre as lajotas, e entregou-lhe o leve pacote.

O lugar estava escuro; Mahaut não olhou para a criança de perto. Ela achou apenas que ele ganhara peso desde o dia do batizado.

— Ah! Nosso pequeno rei está se recuperando — disse ela. — Devo cumprimentar-vos por isso, minha amiga.

— É que cuidamos muito bem dele, senhora; não desejamos de modo algum receber as repreensões de sua madrinha — respondeu a senhora de Bouville com o melhor tom de que foi capaz.

"Com certeza, já é chegado o tempo", pensou Mahaut. "Ele vai bem demais."

A luminosidade que entrava por uma abertura fez com que ela visse o rosto do ex-camareiro.

— Por que estais suando tanto assim, senhor Hugo? — perguntou ela. — Hoje não está fazendo calor.

— São as lareiras que mandei acender... O senhor regente quase não me deu tempo para preparar-me.

Eles se enfrentaram pelo olhar, cada qual sentindo que aquele era um instante bem desagradável.

— Caminhemos, então, e abri caminho para mim — disse Mahaut.

Bouville ofereceu seu braço ao velho senescal, e os dois curadores dirigiram-se lentamente ao salão. Mahaut seguia-os de perto. Era o momento mais favorável entre todos, e ela corria o risco de não ter outro igual mais tarde. A lentidão com que avançava o senescal dava-lhe tempo suficiente. Claro, havia lá os escudeiros e as damas de companhia colados às paredes ao longo do trajeto, e todos eles, na penumbra, tinham os olhares voltados para a criança. Mas quem se daria conta de um gesto tão breve e natural?

— Vamos! Apresentemo-nos muito bem — disse Mahaut ao bebê coroado, que ela segurava com os dois braços. — Vamos honrar o reino, e nada de babar!

Tirou seu lenço da algibeira e enxugou rapidamente os pequenos lábios molhados da criança. Bouville tinha virado a cabeça e vira, mas o gesto já fora feito, e Mahaut, dissimulando o lenço na palma da mão, fingiu arrumar o manto do bebê.

— Estamos prontos — disse ela.

As portas do salão se abriram e o silêncio se instalou. Mas o senescal não via a multidão de rostos diante dele.

— Anunciai o rei, senhor senescal, anunciai-o! — disse Bouville.

— O que devo anunciar? — perguntou Joinville.

— O rei, senhor senescal, o rei!

— O rei — murmurou Joinville. — Este é o quinto soberano que vou servir, sabíeis?

— Sim, sim, mas agora é preciso anunciá-lo — repetiu Bouville, nervoso

Mahaut, atrás deles, enxugou uma segunda vez, para ficar mais segura, a boquinha do bebê.

O senhor de Joinville, limpando a garganta algumas vezes, decidiu--se enfim a pronunciar, com uma voz grave, bastante clara:

— Senhores, contemplai o rei! Contemplai o rei, meus senhores!

— Viva o rei! — responderam os vassalos, soltando enfim um grito que estava preso nas gargantas desde a morte do Cabeçudo.

Mahaut dirigiu-se diretamente ao regente e aos membros da família real, reunidos em volta dele.

— Mas como ele é lindo... e cor-de-rosa... e gordo — diziam os vassalos enquanto passava o bebê.

— E quem é que dizia que ele era doentinho e que não viveria? — murmurou Carlos de Valois a seu filho Felipe.

— Ora! A raça de França continua muito forte — disse Carlos de La Marche para imitar seu tio.

O filho do banqueiro italiano comportava-se bem, bem demais, até mesmo para o gosto de Mahaut. "Será que ele não podia fazer o favor de gritar e de se contorcer um pouco?", pensava ela. E, traiçoeiramente, tentava beliscá-lo por cima do manto. Mas as camadas de roupas eram espessas, e tudo o que a criança deixava escapar era um leve balbuciar bastante alegre. O espetáculo que se oferecia a seus olhinhos azuis recentemente abertos parecia agradá-la. "Pequeno velhaco! Ele vai começar a cantar logo, logo. Mas esta noite ele não vai cantar nem um pouco... A menos que ele não tenha engolido o pó de Beatriz..."

Alguns gritos se elevaram no fundo da sala: "Não podemos vê-lo! Queremos admirá-lo!"

— Pegai-o, Felipe — disse Mahaut a seu genro, estendendo-lhe o bebê. — Tendes os braços mais compridos que os meus, mostrai o rei a seus vassalos.

O regente tomou o pequeno João pelo torso, elevou-o acima da cabeça para que cada qual pudesse contemplá-lo à vontade. De repente, Felipe sentiu escorrer em suas mãos um líquido pegajoso e quente. A criança, acometida por soluços, estava vomitando o leite que havia mamado meia hora antes, mas esse leite era esverdeado e estava misturado à bile; seu rosto coloriu-se de tal maneira, e depois, muito depressa, tornou-se escuro, de uma cor indefinível, preocupante, enquanto torcia o pescocinho para trás.

Uma enorme exclamação de angústia e de decepção elevou-se da multidão de vassalos.

— Nosso Senhor! Nosso Senhor! — exclamou Mahaut. — As convulsões estão recomeçando!

— Pegai-o depressa — disse energicamente Felipe, entregando-lhe a criança como um pacote perigoso.

— Eu sabia! — lançou uma voz.

Era Bouville. Ele estava roxo, e seu olhar encolerizado dirigia-se de Mahaut ao regente.

— Sim, vós tínheis razão, Bouville — disse o último. — Era cedo demais para apresentar esta criança doente.

— Eu sabia... — repetia Bouville.

Mas sua mulher o puxou com força pela manga, a fim de evitar que ele cometesse uma tolice irreparável. Os olhos de ambos se encontraram, e Bouville acalmou-se. "O que eu ia fazer? Eu estou louco", pensava ele. "O verdadeiro rei está em nosso poder."

Ele preparara tudo para que o crime fosse desviado e atingisse outro, mas não pensara em coisa alguma para o caso de ele vir realmente a ser cometido.

Mahaut, igualmente, tinha sido pega desprevenida pela rapidez do efeito do veneno. Ela não esperava que ele tivesse uma ação imediata. Pronunciou algumas palavras para acalmar os ânimos:

— Acalmai-vos! Acalmai-vos! No dia do batizado também acreditamos que morreria e depois, como vedes, ele se recuperou. Deve ser uma dorzinha qualquer de criança, que logo vai passar. A parteira! Que busquem a parteira! — acrescentou ela, correndo todos os riscos, a fim de provar sua boa-fé.

O regente mantinha as mãos maculadas longe do corpo; ele as olhava com temor e desgosto, e não ousava mais tocar em coisa alguma.

O bebê estava azul e perdia o fôlego.

Na desordem e loucura que se seguiram, ninguém soube muito bem o que cada um estava fazendo nem como as coisas haviam se passado ao certo. A senhora de Bouville correu para o aposento da rainha, mas, quando estava quase chegando, deteve-se bruscamente e pensou: "Se eu chamar a parteira, ela verá muito bem que a criança foi trocada e que essa aqui não tem marca alguma do fórceps. Não podemos, sobretudo, deixar que lhe tirem o gorro!" Ela voltou correndo, enquanto os assistentes já se dirigiam para os aposentos do rei.

Para aquela criança, os serviços da melhor parteira tinham deixado de ser de alguma valia. Ainda envolta no manto bordado com flores de lis, com a coroa de boneca caída na direção da testa, ele jazia, os lábios escuros, as roupinhas molhadas e as vísceras rompidas, no meio do imenso leito coberto com lençóis de seda. O bebê que acabava de ser apresentado a todos como o rei de França tinha deixado este mundo.

V

Um plebeu enterrado entre os reis

"E AGORA, O QUE VAMOS FAZER?", era a pergunta que se fazia o casal Bouville.

Eles tinham sido vítimas de sua própria armadilha.

O regente quase não se demorara em Vincennes. Reunindo os membros da família real, havia rogado a todos que montassem novamente seus cavalos e o escoltassem até Paris, a fim de reunir imediatamente o Conselho. Bouville, no momento em que a tropa se juntava, tinha sentido um ímpeto de coragem.

— Senhor! — exclamara ele, segurando pelas rédeas o cavalo do regente.

Mas Felipe deteve-o imediatamente.

— Sim, Bouville, sim; fico muito grato pela aflição que compartilhais conosco. Não temos nada a vos reprovar, podeis crer nisso. Essa é a lei da natureza humana. Mandarei ordens para os preparativos dos funerais.

E, metendo as esporas no cavalo, ele se pôs a galope assim que atravessou a ponte levadiça. Naquela pressa, os que o acompanhavam teriam certamente bem pouco tempo para refletir durante o caminho.

A maioria dos vassalos se foi. Permaneciam em Vincennes apenas alguns poucos, os menos importantes, os desocupados que ficavam lá para comentar, em pequenos grupos, o acontecimento.

— Tu vês — dizia Bouville a sua mulher —, eu devia ter falado imediatamente. Por que me impedistes?

Eles estavam de pé, perto de uma abertura da janela, cochichando, e quase não ousavam confiar um ao outro seus próprios pensamentos.

— E a ama de leite? — continuou Bouville.

— Pensei nela. Eu a arrastei até meu quarto, fechei-a a chave, e coloquei dois homens junto à porta.

— Ela não desconfia de nada?

— Não.

— Será preciso dizer-lhe.

— Esperemos que todos tenham ido embora.

— Ah! Eu devia ter falado... — repetiu Bouville.

O remorso por não ter seguido seu primeiro impulso o torturava. "Se eu tivesse gritado a verdade diante de todos os vassalos, se eu tivesse fornecido as provas imediatamente..." Mas teria sido preciso, para isso, que possuísse outra natureza, que ele fosse, por exemplo, um homem de temperamento semelhante ao do condestável; e teria sido preciso, sobretudo, que não tivesse obedecido a sua mulher, no momento em que ela o puxou pela manga.

— Mas também como é que poderíamos saber que Mahaut desferiria um golpe tão certeiro e que a criança morreria diante de todos? — disse a senhora de Bouville.

— No fundo — murmurou Bouville —, nós teríamos feito melhor apresentando o verdadeiro e deixando o destino se cumprir.

— Ah! Bem que eu havia dito!

— Sim, eu confesso, a ideia foi minha... E foi bem ruim...

Pois agora, quem acreditaria neles? Como, e a quem, poderiam eles declarar que haviam enganado a assembleia dos vassalos colocando uma coroa na cabeça do bebê da ama de leite? Havia algo de sacrílego no ato dos dois.

— Sabes que risco corremos agora, caso não guardemos segredo? — perguntou a senhora de Bouville. — É que Mahaut pode desejar envenenar-nos também.

— O regente estava mancomunado com ela, tenho certeza disso. Quando ele limpou as mãos, depois de a criança ter vomitado nelas, ele jogou a toalha no fogo; eu vi muito bem...

A maior preocupação deles, naquele momento, era a sua própria segurança.

— E a toalete do corpo da criança? — perguntou Bouville.

— Eu mesma a fiz, com uma de minhas servas, enquanto tu acompanhavas o regente — respondeu a senhora de Bouville. — E agora quatro escudeiros estão de vigia junto ao corpo. Quanto a isso, nada há a temer.

— E a rainha?

— Em volta dela todos têm ordem de se calar, a fim de não agravar seu mal. Aliás, parece que ela não está em condições de compreender. E eu disse às parteiras que não se distanciassem de sua cama.

Pouco depois, o camareiro Guilherme de Seriz chegou de Paris para informar Bouville que o regente acabara de ser reconhecido rei por seus tios, seu irmão e pelos pares presentes. A reunião do Conselho tinha sido breve.

— Quanto aos funerais de seu sobrinho — disse o camareiro —, Vossa Majestade decidiu que devem se realizar o mais depressa possível, a fim de não afligir ainda mais o povo com mais esse falecimento. Não será feita exposição do corpo. Como estamos numa sexta-feira e não podemos inumar num domingo, o corpo será então conduzido amanhã mesmo aos sarcófagos reais, em Saint-Denis. O embalsamador já está a caminho. Isso é tudo, senhor, e já tomo o caminho de volta, pois o rei me recomendou que não demorasse.

Bouville deixou-o partir sem dizer uma só palavra.

— O rei... o rei... — repetia ele.

O conde de Poitiers era agora rei; um pequeno plebeu, filho de um banqueiro italiano, ia ser conduzido a Saint-Denis... e João I continuava vivo.

Bouville foi ter com sua mulher.

— Felipe foi reconhecido — disse ele. — O que vai ser de nós, agora que temos a responsabilidade sobre o verdadeiro rei?

— Devemos fazê-lo desaparecer.

— Ah! Isso não! — exclamou Bouville, indignado.

— Não é o que estás pensando! Estás perdendo a cabeça, Hugo! — replicou a senhora de Bouville. — Estou querendo dizer que é preciso escondê-lo.

— Mas então ele não poderá reinar.

— Ele continuará vivo, pelo menos. E um dia, talvez... Quem sabe?

Mas como fazer para escondê-lo? A quem confiá-lo sem despertar suspeitas? Era necessário, primeiramente, que ele continuasse a ser amamentado...

— A ama de leite... Apenas ela poderá nos ser de alguma valia — disse a senhora de Bouville. — Vamos vê-la.

Eles tinham feito muito bem em esperar a partida dos últimos vassalos antes de virem confessar a Maria de Cressay que seu filho morrera, pois os urros de dor que ela deixou escapar atravessaram as grossas paredes do castelo. Àqueles que os ouviram, e que se sentiram gelados de pavor com eles, foi explicado, depois, que tinha sido a rainha que gritara assim. Ora, a rainha, por mais inconsciente que estivesse, havia se sentado em sua cama, perguntando:

— O que está acontecendo?

Até mesmo o velho senescal de Joinville, no fundo de seu torpor, estremeceu.

— Alguém está morrendo em algum lugar — disse ele. — Esse grito que ouvi é o grito de alguém que é degolado...

Enquanto isso, Maria repetia incansavelmente:

— Eu quero vê-lo! Eu quero vê-lo! Eu quero vê-lo!

Bouville e a mulher foram obrigados a segurá-la firmemente para impedi-la de projetar-se, enlouquecida, pelos corredores castelo afora.

Durante duas horas, esforçaram-se por acalmá-la e sobretudo para se justificar, recomeçando dez vezes as explicações que ela, na verdade, não ouvia.

Por mais que Bouville lhe explicasse que o crime tinha sido obra da condessa Mahaut, as palavras se inscreviam inconscientemente na memória de Maria, de onde ressurgiriam mais tarde; mas, naquele momento, elas não possuíam significado algum.

Ela parava por alguns momentos de chorar, olhava em linha reta diante dela e depois, bruscamente, punha-se de novo a urrar como um cão acidentado.

Os Bouville acreditaram que ela estava realmente perdendo a razão. Esgotaram todos os argumentos que tinham. Graças àquele sacrifício involuntário, Maria salvara o rei de França, o descendente da ilustre linhagem...

— Vós sois jovem — dizia a senhora de Bouville —, vós tereis outros filhos. Que mulher, em sua vida, não perdeu pelo menos uma criança de berço?

E depois ela começava a citar os gêmeos natimortos de Branca de Castela, e todos os pequenos desaparecidos das três últimas gerações da família real. Nas famílias nobres, tais como os Anjou, os Courtenay, os Borgonha, os Châtillon, os próprios Bouville, quantas mães não tinham estado regularmente de luto e que, nem por isso, deixaram de ser felizes, em meio a uma vasta prole! Dos doze ou quinze filhos que uma mulher punha no mundo, era comum que apenas a metade sobrevivesse.

— Mas eu compreendo — continuava a senhora de Bouville —, é com o primeiro que as coisas são mais difíceis.

— Não! Vós não compreendeis coisa alguma! — gritou finalmente Maria em meio a seus soluços. — Ele... Ele jamais poderá ser substituído!

O bebê que acabavam de matar era filho do amor, nascido de um desejo mais violento e de uma fé mais forte do que todas as fés do mundo e todos os empecilhos; era o motivo pelo qual ela pagara o preço de dois meses de ultraje e quatro meses de convento, o presente perfeito que ela se preparava para oferecer ao homem que escolhera, a planta milagrosa na qual esperara, a cada dia de sua vida, ver florescer seu amor difícil e maravilhoso!

— Não! Vós não podeis compreender! Vós não fostes expulsa de vossa própria família por causa de uma criança. Não, nunca mais terei outro bebê!

Quando se começa a descrever a própria infelicidade em termos inteligíveis, é porque já a admitimos. Ao dilaceramento, ao esmagamento, substitui-se lentamente um segundo estado da dor, que é o da contemplação cruel.

— Eu sabia, eu sabia, quando não queria vir para cá, que era a desgraça que me aguardava!

A senhora de Bouville não ousava responder.

— E o que dirá Guccio quando souber disso? Como farei para contar-lhe?

— Ele não deve saber, minha filha, jamais! — exclamou a senhora de Bouville. — Ninguém deve saber que o rei está vivo, pois os mesmos que não conseguiram matá-lo desta vez não hesitariam em tentar novamente. Vós mesma correis perigo, pois estáveis do nosso lado. Tendes de guardar o segredo até que sejais autorizada a revelá-lo.

E, a seu marido, ela cochichou:

— Vai buscar o Evangelho.

Depois de Bouville voltar com o grosso livro que pegara na capela, eles conseguiram fazer com que Maria colocasse a mão sobre ele e jurasse guardar segredo absoluto, mesmo para o pai de seu filho morto, e mesmo durante as confissões. Apenas o casal Bouville poderia liberá-la daquele juramento.

No estado em que estava, Maria aceitou jurar tudo que lhe pediam. Bouville prometeu-lhe uma pensão. No entanto, ela pouco ligava para o dinheiro!

— E agora tendes de cuidar do rei de França, dizendo a todos que ele é vosso filho — acrescentou a senhora de Bouville.

Maria se rebelou. Ela não queria mais tocar naquela criança pela qual a sua fora assassinada. Não queria mais permanecer em Vincennes. Queria fugir para qualquer lugar, e ir morrer em paz.

— Vós morrereis muito depressa, estejai certa, caso decidais abrir a boca. Mahaut não tardará a vos envenenar ou apunhalar.

— Não, eu não vou dizer nada, eu prometo. Mas deixai-me, quero ir embora!

— Vós ireis, vós ireis embora. Mas não ireis deixá-lo perecer. Vós vedes muito bem que ele está com fome. Alimentai-o pelo menos hoje — disse a senhora de Bouville, pondo-lhe o verdadeiro rei nos braços.

Quando Maria sentiu o bebê contra o corpo, suas lágrimas duplicaram.

— Ficai com ele. Ele será como o vosso — insistiu a senhora de Bouville. — E, quando vier o tempo de ele ocupar o trono, vós sereis honrada na corte, junto com ele; vós sereis sua segunda mãe.

Não eram as hipotéticas honrarias prometidas pela mulher do curador que poderiam, naquele momento, convencer Maria, mas sim a presença daquela pequena vida que ela mantinha entre as mãos e sobre a qual operaria, inconscientemente, uma transferência de seus sentimentos maternos.

Pousou os lábios sobre a cabecinha do bebê e, com um gesto mecânico, abriu o corpete, murmurando:

— Não, eu não posso te deixar morrer, Joãozinho...

Os Bouville deixaram escapar um suspiro de alívio. Haviam ganhado, pelo menos por enquanto.

— Ela não deve permanecer em Vincennes até amanhã, quando virão buscar o corpo de seu bebê — disse baixinho a senhora de Bouville ao marido.

No dia seguinte cedo, Maria, prostrada e deixando a senhora de Bouville decidir em relação a tudo, foi reconduzida com a criança ao convento da ordem de Santa Clara.

À madre abadessa, a senhora de Bouville explicou que Maria tinha os miolos atrapalhados por causa da morte do reizinho e que não se devia levar em conta as coisas loucas que viesse a dizer.

— Ela nos passou um terrível medo; ela urrava e nem reconhecia mais seu próprio bebê.

A senhora de Bouville exigiu que a moça não recebesse nenhuma visita, nem sequer das irmãs e noviças do convento, e que a mantivessem em claustro e na mais absoluta calma, no mais absoluto silêncio.

— Caso alguém apareça para vê-la, não se deve autorizar sua entrada, e devo ser avisada imediatamente.

No mesmo dia, dois lençóis bordados a ouro com motivos de flor de lis e dois lençóis de tecido oriental bordados com os brasões de França foram enviados a Vincennes para servir ao enterro do primeiro rei francês que recebera o nome de João. E foi de fato uma criança chamada João que foi colocada num ataúde tão pequenino que nem foi necessário carregá-lo numa carruagem; o corpinho viajou simplesmente levado por uma mula de carga.

Mestre Geoffroy de Fleury, tesoureiro do palácio real, anotou no caderno de registros, no dia 20 de novembro de 1316, as despesas feitas com aquele funeral: cento e onze libras, dezessete tostões e oito centavos.

Não houve longo cortejo ritual, nem cerimônia na igreja de Notre-Dame. Todos dirigiram-se imediatamente para Saint-Denis, onde a inumação foi feita logo após a missa. Aos pés do jazigo de Luís X, ainda com a pedra recentemente talhada toda branca, tinha sido aberta uma estreita vala; para o fundo dela desceu, entre as ossadas dos reis de França, o corpo do filho de Maria de Cressay, nobre de menor importância originária da Île-de-France, e de Guccio Baglioni, mercador da cidade de Siena.

Adam Héron, primeiro camareiro e mordomo do palácio, avançou até a beira da pequena tumba e disse, olhando para seu mestre, Felipe de Poitiers:

— O rei morreu! Viva o rei!

O reino de Felipe V, o Comprido, acabava de começar; Jeanne de Borgonha tornou-se rainha de França, e Mahaut d'Artois triunfava.

Apenas três pessoas no reino sabiam que o verdadeiro rei estava vivo. Uma delas jurara guardar segredo sobre as Santas Escrituras, e as duas outras tremiam ao imaginar que tal segredo pudesse não ser mantido.

VI

A França em mãos firmes

PARA CONQUISTAR O TRONO, FELIPE V usara, no interior das instituições monárquicas, de um procedimento eterno e que, em linguagem moderna, é conhecido pelo nome de golpe de Estado.

Encontrando-se, devido à sua autoridade pessoal e ao apoio de seus partidários devotados, investido das principais funções reais, ele fez com que fosse aprovado, pela assembleia de julho, um regulamento de sucessão que poderia eventualmente favorecê-lo, mas somente após a passagem de longos prazos e a aplicação de cláusulas prévias. Com o desaparecimento do bebê rei, produzia-se a situação propícia; Felipe, imediatamente, desconsiderando um pouco a legalidade que ele próprio estabelecera, apropriava-se da coroa, deixando de observar os prazos e as condições preliminares estabelecidas.

Um poder obtido em tais condições encontrava-se forçosamente ameaçado, pelo menos no início.

Inteiramente ocupado em consolidar sua posição, Felipe quase não teve tempo para saborear sua vitória nem para contemplar-se em seu sonho realizado. O cume ao qual acabara de ter acesso era bem estreito.

As línguas não deixavam de trabalhar reino afora; as suspeitas aumentavam. O punho forte do novo rei era bem conhecido, e todos aqueles que corriam o risco de sofrer com ele juntaram-se em volta do duque de Borgonha.

Este correu até Paris a fim de contestar a designação de seu futuro sogro. Exigia a convocação do Conselho dos Pares e o reconhecimento da pequena Jeanne de Navarra como rainha de França.

Felipe, para assegurar a regência, havia sacrificado o condado da Borgonha; para conservar a realeza oferecera separar as duas coroas, de França e de Navarra, que tinham sido reunidas havia tão pouco tempo, deixando o pequeno reino dos Pireneus para a filha duvidosa de seu irmão.

Jeanne era julgada digna para reinar sobre Navarra. Por que, então, também não poderia reinar sobre a França? O duque Eudes decidiu assim e recusou a proposta. Eles encaminhavam-se, portanto, para uma prova de força.

Eudes voltou a galope para Dijon, de onde lançou, em nome de sua sobrinha, uma proclamação a todos os vassalos de Artois, da Picardia, de Brie e de Champagne, convidando-os a recusar obediência a um usurpador.

Ele se dirigiu também ao rei Eduardo II da Inglaterra que, apesar dos esforços de sua mulher, Izabel, apressou-se a envenenar a querela, tomando o partido dos Borgonha. Em todas as divisões que surgiam no reino de França, o rei inglês via uma perspectiva de emancipação da Guiana.

"Mas então isso é tudo que obtive denunciando o adultério de minhas cunhadas?", pensava a rainha Izabel.

Vendo-se assim ameaçado ao norte, ao leste e ao sudoeste, outro no lugar de Felipe, o Comprido, talvez tivesse desistido. Mas o novo rei sabia que dispunha de muitos meses pela frente; o inverno não era estação de guerra; seus inimigos deveriam aguardar a primavera antes de poderem convocar seus exércitos. O mais urgente, para Felipe, era ser coroado e revestido da indelével dignidade conferida pela sagração.

Ele quis inicialmente fixar a data da cerimônia para a Epifania, pois a festa dos Reis lhe parecia ser de bom agouro. Mas disseram-lhe que os burgueses de Reims não teriam tempo para fazer todos os preparativos; ele deu um prazo de três meses. A corte partiria de Paris no dia 1º de janeiro e a sagração ocorreria no domingo, dia 9.

Desde Luís VIII, primeiro rei não eleito durante a vida de seu predecessor, jamais se vira herdeiro algum precipitar-se daquele modo para Reims. Mas a consagração religiosa ainda parecia insuficiente para Felipe; ele queria acrescentar a ela algo que atingisse de maneira inédita a consciência popular.

Meditara muito sobre os ensinamentos de Egídio Colonna, preceptor de Felipe, o Belo, o homem que formara realmente o pensamento do Rei de Ferro e cujo tratado sobre os princípios da realeza continha observações do tipo:

> *"De tanto falar no absoluto, seria preferível que o rei fosse eleito; apenas os apetites corrompidos dos homens e sua maneira de agir devem fazer com que a hereditariedade seja preferível à eleição."*

"Eu quero ser rei com o consentimento de meus súditos", declarou Felipe, o Comprido, "e só poderei realmente sentir-me digno de governar este reino caso seja assim. E, posto que alguns dos mais importantes nobres do reino negam-me apoio, vou dar a palavra aos pequenos."

Seu pai lhe mostrara o caminho, convocando, nas horas difíceis de seu reinado, assembleias em que todas as classes, todos os "estados" do reino, encontravam-se representados. Decidiu que duas assembleias daquele tipo, porém ainda maiores que as precedentes, seriam realizadas: uma em Paris, para os súditos que falavam a *langue d'oil*, outra em Bourges, para os que falavam a *langue d'oc*, isso nas semanas que viriam após a sua sagração. E ele foi o primeiro a pronunciar a expressão "Estados gerais".

Os legistas puseram-se a polir os textos que seriam apresentados à aprovação dos Estados gerais, de tal modo que Felipe apareceu como escolhido e designado por todo o povo. Os argumentos do condestável foram naturalmente retomados, a saber: que a França era um reino nobre demais para ser confiado às mãos de uma mulher.

Apoiaram-se, estranhamente, no fato de que, entre o venerado São Luís e Jeanne de Navarra, contavam-se três intermediários sucessorais, ao passo que entre São Luís e Felipe existiam apenas dois. O que fez com que o conde de Valois, com razão, viesse a exclamar:

— Mas, então, por que não eu como rei, posto que me separo de São Luís apenas por meu pai?

E depois, enfim, os conselheiros do Parlamento, pressionados pelo zelo de Miles de Noyers, exumaram, ainda que sem muita fé, o velho código de costumes dos francos-sálios, anterior à conversão de Clóvis ao cristianismo. Esse código não continha coisa alguma em relação à transmissão dos poderes reais. Ele se apresentava como uma coletânea de jurisprudência civil e criminal, bastante grosseira e, além do mais, pouco compreensível, posto que fora redigido mais de oito séculos antes. Uma indicação breve estipulava que a herança de um bem de raiz devia caber, numa divisão igualitária, aos filhos homens do proprietário defunto. E isso era tudo.

Não foi preciso mais nada a alguns doutores em direito secular para construir sobre isso a demonstração que queriam fazer. A coroa de França só poderia ir para os herdeiros varões, posto que ela implicava a possessão de terras. E a melhor prova de que o código sálio havia sido aplicado desde a origem podia ser encontrada no fato de que, desde o início, apenas os varões tinham sucedido ao trono. Assim, Jeanne de Navarra podia ser eliminada sem que a acusação de ilegitimidade, para a qual não era possível fornecer provas, fosse apresentada.

Os doutores eram realmente mestres em tais procedimentos. Ninguém pensou em apresentar alguma objeção, dizendo que a dinastia merovíngia não tinha saído dos sálios, mas sim dos sicambros e bructeros; e ninguém, pelo menos tão cedo, olharia de perto aquela famosa lei sália, que tinha sido inventada exclusivamente para servir de referência, e que faria fortuna na História depois de ter arruinado o reino e causado uma guerra de cem anos.

O adultério de Margarida de Borgonha, na verdade, custaria muito caro à França.

Mas, por enquanto, o poder central não descansava. Felipe já estava reorganizando a administração, chamando os grandes burgueses para participar de conselhos e criando a ordem dos "cavaleiros seguidores" em agradecimento àqueles que o tinham servido sem trégua desde os dias passados em Lyon.[21]

Ele comprou de Carlos de Valois a oficina de moedas do Maine, antes de apoderar-se também de dez outras oficinas espalhadas pela França. Desde então toda moeda que circulasse pelo reino seria cunhada unicamente pelo rei.

Lembrando-se das ideias de João XXII quando este ainda não passava de um cardeal — o cardeal Duèze —, Felipe preparou uma reforma do sistema das multas penais e dos direitos de chancelaria. Os notários depositariam todos os sábados no Tesouro as somas que tivessem entrado em caixa, e o registro dos atos seria submetido a tarifas decretadas pela Câmara das Contas.

O mesmo que fora decidido para as chancelarias foi aplicado às alfândegas, aos prebostados, às capitanias das cidades e às receitas das finanças. Os abusos e malversações, que tinham tido livre curso desde a morte do Rei de Ferro, foram reprimidos severamente. Em todas as camadas da sociedade, em toda a atividade nacional, nas cortes de justiça, nos portos, nas praças de comércio e feiras, sentiu-

-se e compreendeu-se que a França estava em mãos firmes... mãos de um jovem que tinha apenas 25 anos!

As fidelidades só são obtidas com benfeitorias. Felipe pagou seu sucesso com amplas liberalidades.

O velho senescal de Joinville tinha sido reconduzido a seu castelo de Wassy, onde queria morrer, segundo declarara. Ele sabia que estava realmente no fim. Seu filho, Anseau, que desde a época de Lyon não se havia separado de Felipe, disse um dia a este:

— Meu pai garantiu-me que estranhos acontecimentos se passaram em Vincennes no dia da morte do reizinho, e que caíram em seus ouvidos rumores muito inquietantes.

— Eu sei, eu sei — respondeu Felipe. — A mim também, alguns fatos, em alguns dias, pareceram bem surpreendentes. Quereis que vos diga o que penso, Anseau? Não quero falar mal de Bouville, pois não tenho provas. Mas eu me pergunto se esteve realmente à altura da tarefa que lhe foi confiada. Ele dava mostras de tanta agitação, e dava ouvidos a tantos propósitos vãos! Sua confusa prudência deu o que dizer à imaginação dos que o viram... De qualquer modo, agora é tarde demais...

Ele esperou um pouco, depois acrescentou:

— Anseau, ordenei que inscrevessem vosso nome no Tesouro, para receber uma doação de quatro mil libras, e isso será a prova de minha gratidão pela ajuda que sempre me destes. E no dia da sagração, caso meu primo, duque de Borgonha, como imagino, não se encontre presente para afivelar minhas esporas, sereis meu escolhido para essa tarefa. Vós sois um nobre de suficiente importância para fazê-lo.

O ouro sempre foi o melhor metal para fechar as bocas. Mas Felipe sabia que com certos homens era preciso trabalhá-lo ainda mais finamente para chegar a bom resultado.

Faltava acertar o caso de Robert d'Artois. Felipe felicitava-se por ter mantido na prisão seu perigoso primo durante o desenrolar dos últimos acontecimentos. Mas ele não podia conservá-lo indefinidamente em Châtelet. Um coroamento acompanha-se geralmente de atos de clemência e de outorgas de perdão. Sob a pressão de Carlos de Valois, que interveio em nome de Robert d'Artois, Felipe fingiu mostrar-se bom soberano.

— É realmente para vos agradar, meu tio... — disse ele. — Robert será posto em liberdade...

Ele deixou a frase em suspenso e pareceu calcular algo.

— ... mas apenas três dias depois de minha partida para Reims — acrescentou —, e não terá o direito de se distanciar de Paris mais de vinte léguas.

VII

Tantos sonhos desfeitos!

EM SUA ASCENSÃO REAL, FELIPE, o Comprido, não tinha somente passado por cima de dois cadáveres; deixava também sob seus passos dois outros destinos destruídos, duas mulheres esmagadas: uma delas rainha, e outra, uma fidalga desconhecida do interior.

No dia seguinte aos funerais do falso João I em Saint-Denis, a senhora Clemência de Hungria, cuja morte era esperada de todos, tinha voltado, ainda que com grande fraqueza, à consciência e à vida. Algum dos remédios que ela tomava tinha, enfim, manifestado alguma eficácia; a febre e a infecção retiravam-se daquele corpo, como que para ceder lugar a outros sofrimentos. As primeiras palavras que pronunciou a rainha foram para pedir notícias de seu filho, que ela mal tivera tempo de ver. Sua lembrança representava-lhe apenas um pequenino corpo nu, que era friccionado com água de rosas e depois colocado num berço...

Quando fizeram com que ela soubesse, com mil cuidados, que ele não poderia lhe ser mostrado tão cedo, ela murmurou:

— Ele morreu, não é? Eu sabia, eu senti sua morte durante a minha febre... Isso tinha de acontecer...

Ela não teve a reação fulminante que esperavam. Permaneceu prostrada, mas sem derramar lágrimas, com a expressão facial de ironia trágica que assumem certas pessoas no final de um incêndio, diante das cinzas fumegantes da casa em que moravam. Seus lábios abriram-se como se ela fosse rir e, durante alguns instantes, acreditaram que se tornara demente.

A infelicidade se encarniçara excessivamente contra ela. Havia regiões mortas naquela alma, e agora a sorte podia atingi-la com golpes ainda mais fortes, sem, entretanto, aumentar o sofrimento.

Bouville, diante dela, via-se condenado a uma missão mentirosa de consolador impotente. Cada palavra de amizade que dirigia à rainha torturava-o de tanto remorso.

"Seu filho está vivo e não posso dizer-lhe. Quando penso que poderia lhe dar esta alegria..."

Por vinte vezes a piedade e até mesmo a simples honestidade quase fizeram com que ele falasse. Mas a senhora de Bouville, sabendo que o marido tinha o temperamento fraco, não o deixava nunca sozinho com a rainha.

Pelo menos ele pôde se consolar pela metade, acusando Mahaut, que era a verdadeira culpada.

A rainha deu de ombros. Que importância tinha para ela saber de que mãos se servira o mal para atingi-la?

"Eu sempre fui respeitosa da religião, sempre fui boa; pelo menos creio ter sido", dizia a si mesma. "Eu me esforcei para viver de acordo com os mandamentos religiosos e para pôr no bom caminho aqueles que me eram caros. Jamais desejei mal algum a ninguém. E Deus quis me ferir mais do que a todas as suas criaturas... Ora, tudo que vejo é que os malvados sempre triunfam."

Ela não se revoltava, nem sequer blasfemava; constatava simplesmente uma espécie de erro monumental.

Seu pai e sua mãe tinham sido levados pela peste quando ela mal chegara aos 2 anos de idade. Enquanto todas as outras princesas da família, ou quase, tinham sido bem encaminhadas pelo casamento quando ainda estavam em idade nupcial, ela tivera que esperar um partido até a idade de 22 anos. E o partido que lhe fora oferecido, inesperado, tinha parecido o melhor do mundo. Para aquela união com a França, ela chegara maravilhada, entregue a um amor irreal e cheia de todas as intenções do bem. Antes mesmo de pôr os pés em seu novo país, por pouco não morrera no mar. No fim de algumas semanas, descobrira que havia desposado um assassino e que sucedera a uma rainha estrangulada. Aos dez meses de casamento, engravidara para logo em seguida ficar viúva. Imediatamente distanciada do poder, haviam-na sequestrado, na verdade, com o pretexto de defendê-la. Acabava de se debater durante oito dias contra a morte, para saber, mal saíra daquele inferno, que seu filho morrera envenenado, sem dúvida, como fora também seu marido.

"As pessoas de meu país acreditam na má sorte. Elas têm razão. Eu tenho má sorte", pensou. "Devo me proibir de empreender qualquer outra coisa e de confiar em quem quer que seja, mesmo em Deus."

Amor, caridade, esperança, ela esgotara todas as reservas de virtude que possuía, e a fé, ao mesmo tempo, abandonava-a.

Ela sofrera durante sua enfermidade torturas tais e tinha vivido uma impressão tão forte de agonia que o fato de se sentir viva, de respirar sem dificuldade, de alimentar-se, de olhar a sua volta e enxergar as paredes, os móveis, os rostos, parecia-lhe surpreendente e proporcionava-lhe as únicas emoções de que sua alma, quase inteiramente destruída, ainda era capaz.

À medida que progredia sua lenta convalescença e que recuperava sua legendária beleza, a rainha Clemência pôs-se a desenvolver gostos de uma mulher de idade e cheia de caprichos. Ter-se-ia dito que sob aquela aparência admirável, sob aqueles cabelos dourados, aquele rosto de retábulo, aquele nobre torso, aqueles membros bem-feitos, que recuperavam a cada dia sua capacidade de sedução, quarenta anos, de repente, haviam se passado. Num corpo suntuoso, uma velha viúva reclamava à vida suas últimas alegrias. Ela as reclamaria ainda durante onze anos.

Frugal até então por causa de sua religiosidade e também da indiferença, a rainha logo deu mostras de estranhas exigências, pedindo alimentos raros e dispendiosos. Mimada por Luís X com tantos presentes que desdenhara quando os havia recebido, ela agora se animava diante de seus cofres de joias, apaixonava-se contando as pedras preciosas, calculando o valor delas, apreciando seu tamanho ou qualidade. Decidia repentinamente que ia modificar as armações de suas joias e convocava seus ourives para intermináveis consultas. Ela passava também incontáveis horas com as costureiras, encomendava os mais caros tecidos do Oriente e uma quantidade excessiva de perfumes.

Para sair de seus aposentos, vestia-se com o traje das viúvas, mas, em seu quarto, seus familiares ficavam surpresos e incomodados ao vê-la enrolada perto da lareira sob véus de excessiva transparência.

Sua generosidade de outrora só havia sobrevivido sob a forma alterada de liberalidades absurdas. Os mercadores tinham percebido e sabiam que ela não discutiria preço algum. A avidez tomava conta de todo o pessoal de serviço. Oh! Com certeza a rainha Clemência estava muitíssimo bem servida. Nas cozinhas, os servos brigavam pelo direito de levar-lhe suas refeições, uma sobremesa sofisticada, um bule de leite perfumado com amêndoas ou uma taça de "água de ouro", bebida recentemente descoberta e que era preparada numa maceração de alecrim e cravos misturada com suco de romã; a cada um dos serviços que lhe eram prestados, a rainha retribuía com a mão repleta de moedas.

Ela logo sentiu vontade de ouvir cantos, e também desejou que contos, poemas e romances lhe fossem recitados por bocas agradáveis.

Seu olhar frio só queria de agora em diante voltar-se para rostos jovens. Um menestrel bem-feito e de voz calorosa, que a tinha distraído durante uma hora e cujos olhos estavam perturbados ao entrever o corpo da rainha sob os véus de Chipre, recebeu uma soma que lhe permitiria frequentar as tabernas durante todo um mês.

Bouville estava alarmado com tais profusões, mas não tinha podido impedir de se beneficiar também delas.

No dia 1º de janeiro, que era o dia dos cumprimentos e troca de presentes, ainda que o ano oficial começasse apenas com a Páscoa, a rainha Clemência deu a Bouville uma bolsa bordada contendo trezentas libras de ouro. O ex-camareiro exclamou:

— Não, senhora Clemência, eu não fiz nada para merecer isto!

Mas não se pode recusar um presente de rainha, mesmo quando se sabe que ela está à beira da ruína.[22]

Naquele mesmo 1º de janeiro, Bouville recebeu a visita do senhor Tolomei. O banqueiro encontrou o ex-camareiro surpreendentemente magro e sem cores. Bouville boiava em suas roupas; suas bochechas pendiam de ambos os lados do rosto; seu olhar estava inquieto e até sua atenção parecia flutuante.

"Este homem", pensou Tolomei, "está sendo roído por alguma enfermidade secreta, e eu não ficaria surpreso que ele fosse tomado logo, logo por um mal mortal. Preciso me apressar para acertar os problemas de Guccio."

Tolomei conhecia os usos. Na ocasião do Ano-Novo, ele trazia um corte de tecido para a senhora de Bouville.

— ...como agradecimento — disse ele — por todos os cuidados que dispensou àquela senhorita que deu um filho a meu sobrinho...

Bouville também quis recusar aquele presente.

— Não, senhor — insistiu Tolomei. — Aliás, eu gostaria de vos falar sobre esse problema. Meu sobrinho vai voltar de Avignon, onde nosso Santo Padre...

Tolomei fez o sinal da cruz.

— ...onde o Santo Padre o reteve até agora a seu serviço. Ele vem buscar sua jovem esposa com o bebê...

Bouville sentiu todo o seu sangue fluir para o coração.

— Um instante, senhor Tolomei, um instante — disse ele. — Há um mensageiro que me espera e ao qual devo confiar uma resposta urgente. Fazei-me o favor de esperar.

E desapareceu, com o corte de tecido sob o braço, a fim de ir pedir conselho a sua mulher.

— O marido está voltando — disse ele.

— Que marido? — perguntou a senhora de Bouville.

— O marido da ama de leite!

— Mas ela não é casada!

— É sim, pelo jeito! Tolomei está aqui. Toma, ele te trouxe isto.

— O que ele quer?

— Que a moça saia do convento.

— Quando?

— Eu ainda não sei. Logo.

— Então espera para saber e não promete coisa alguma.

Bouville reapareceu diante de seu visitante.

— Então, o que dizíeis, senhor Tolomei?

— Eu dizia que meu sobrinho Guccio está chegando, a fim de buscar sua mulher e seu filho lá no convento em que, por vossa bondade, eles encontraram refúgio. Agora eles não têm mais nada a temer. Guccio vem com uma recomendação do Santo Padre, e creio que vai se estabelecer em Avignon, pelo menos por algum tempo... Eu gostaria tanto que ele ficasse por perto... Sabíeis que ainda nem vi esse sobrinho que ganhei? Estive viajando, visitando meus escritórios, e só tive a notícia por uma carta muito alegre da mãe. Antes de ontem, logo depois de voltar para casa, eu quis ir vê-la; mas, no convento, bati contra uma porta que não se abriu.

— É que as regras da ordem de Santa Clara são muito severas. E, depois, demos ordens inflexíveis, seguindo as vossas instruções.

— Não aconteceu nada de ruim?

— Claro que não, senhor Tolomei. Eu teria mandado avisar — respondeu Bouville, que se sentia pressionado. — Quando é que chega o vosso sobrinho?

— Eu o espero para daqui a dois ou três dias.

Bouville olhou-o com um olhar espantado.

— Eu me desculpo, mais uma vez — disse ele —, mas lembrei-me de repente que a rainha tinha me mandado buscar um objeto que esqueci de lhe entregar. Volto já, volto já.

E desapareceu de novo.

"Acho que é da cabeça que ele anda doente", pensou Tolomei. "Que prazer se pode ter em conversar com um homem que foge o tempo todo! Tomara que ele não me esqueça aqui!"

Ele se sentou num baú e permaneceu por um bom momento acariciando a peliça que enfeitava as mangas de seu manto.

— Estou de volta — disse Bouville, abrindo um cortinado. — Vós estáveis me falando de vosso sobrinho? Vós sabeis que gosto muito dele. Ele foi um companheiro muito gentil em minhas viagens a Nápoles! Ah, Nápoles... — repetiu ele, enternecido. — Quando penso em tudo isso!... Pobre rainha Clemência...

Ele havia se deixado cair sentado no baú, ao lado de Tolomei, e enxugava as enormes lágrimas que lhe escorriam dos olhos por causa das lembranças.

"Ora essa! Agora ele começa a chorar bem na minha frente!", pensou o banqueiro. E em voz alta:

— Eu não vos disse nada de todas essas infelicidades! Sei o quanto elas vos afligem, e pensei muito em vós...

— Ah... Tolomei, se pudésseis saber! Foi pior do que podei imaginar. O demônio estava por trás de tanta desgraça...

Ouviu-se então uma tossezinha seca por trás do cortinado, e Bouville deteve-se imediatamente naquele perigoso início de confidência.

"Ora, estão escutando o que dizemos", pensou Tolomei, que se apressou em continuar:

— Enfim, em toda essa aflição há pelo menos um consolo: temos um bom rei.

— Claro, claro, temos um bom rei — respondeu Bouville, sem grande convicção.

— Eu temia — prosseguiu o banqueiro, esforçando-se para levar seu interlocutor para longe do cortinado suspeito —, eu temia que o novo rei passasse a nos maltratar, nós, os banqueiros italianos. Pois isso não ocorreu. Parece até que, em certas senescalias, confiou a receita dos impostos a gente de nossas companhias... Quanto a meu sobrinho, então, que trabalhou muito bem, verdade seja dita, eu gostaria que ele fosse recompensado por suas penas reencontrando sua amada e seu filho bem instalados em minha casa. Já mandei preparar o quarto dos dois pombinhos. Hoje em dia fala-se mal de nossos jovens. Diz-se que eles não são mais capazes de serem sinceros, nem de amor fiel. Ora, aqueles dois se amam loucamente, disso tenho certeza. Basta ler as cartas deles. Se o casamento deles não foi feito ao pé da letra, de acordo com todas as regras... pouco importa! Começaremos tudo de novo, e até penso em vos pedir, se isso não vos desagrada, que compareça à cerimônia como testemunha.

— Grande honra, ao contrário, grande honra, senhor Tolomei — respondeu Bouville olhando o cortinado, como se procurasse nele uma aranha. — Mas tem a família da moça.

— Que família?

— Ora, a família da ama de leite.

— Ama de leite? — repetiu Tolomei, que não entendia mais nada.

Pela segunda vez a tossezinha se fez ouvir por detrás do cortinado. Bouville mudou de expressão, embasbacou-se, gaguejou.

— É que, senhor Tolomei... Sim, eu queria dizer... eu queria vos dizer isto agora mesmo, mas, como fui interrompido diversas vezes, acabei esquecendo. Mas agora preciso vos dizer! A mulher de vosso sobrinho... posto que, como dizeis, eles são casados..., pedimos a ela... Bem, estávamos sem nenhuma ama de leite e, atendendo aos pedidos de minha mulher, ela consentiu em amamentar, por bem pouco tempo, infelizmente, o reizinho que se foi...

— Ah! Então ela veio até aqui! Vós a fizestes sair do convento?

— Sim, mas a levamos de volta. Eu estava sem jeito para vos contar isso... Mas podeis compreender que não tínhamos tempo. E tudo aconteceu tão depressa!

— Mas senhor, não há do que se envergonhar. Vós agistes muito bem. Ah! Maria! Então ela amamentou o pobre reizinho? É uma pena que não tenha podido lhe dar seu leite por mais tempo — disse Tolomei, que já lamentava todas as vantagens que poderia ter tirado de tal situação. — Então poderieis tirá-la de novo do convento com facilidade?

— Ah! Não! Para fazê-la sair de lá será preciso o consentimento da família. Vós revistes a família dela?

— Nunca mais. Seus irmãos, que tinham feito tanto barulho, pareceram muito à vontade livrando-se dela, e nunca mais apareceram.

— Onde é que eles moram?

— A casa deles é em Cressay.

— Cressay... Onde é isso?

— Perto de Neauphle, onde tenho um escritório.

— Cressay... Neauphle... muito bem.

— Na verdade, senhor, sois um homem bem estranho, ouso vos dizer! — exclamou Tolomei. — Eu vos confio uma jovem, contando tudo a seu respeito; vós ides buscá-la para que ela amamente o filho da rainha, ela vive aqui no palácio real durante oito ou dez dias...

— Cinco dias — precisou Bouville.

— Cinco dias — corrigiu Tolomei —, e vós não sabeis sequer de onde ela vem nem como se chama!

— Sim, eu sei, eu sei... — disse Bouville, enrubescendo. — É que às vezes a memória me foge!

Ele não podia, pela terceira vez, correr até sua mulher. Por que ela não vinha socorrê-lo, em vez de permanecer escondida atrás do cortinado, para repreendê-lo mais tarde caso ele cometesse alguma estupidez? Ela devia ter suas razões, com certeza.

"Esse Tolomei é homem temível", dissera ela a Bouville. "Um faro de banqueiro vale por trinta cães de caça. Caso ele te veja sozinho, tolo como tu és, vai desconfiar menos, e poderei agir melhor depois."

"Tolo como tu és... Ela está certa, eu me tornei um tolo", dizia a si mesmo. "Entretanto, outrora pude falar a três reis e tratar de seus assuntos. Negociei o casamento da senhora Clemência. Tive que me ocupar do conclave e enfrentar Duèze..." Foi esse pensamento que o salvou.

— Vosso sobrinho, como me dizíeis, vem munido de uma carta do Santo Padre? — perguntou ele. — Pois bem! Isso arranja tudo. Guccio pode ir buscar sua mulher mostrando esse documento. Assim estaremos todos protegidos, e ninguém poderá nos repreender ou iniciar algum processo. O Santo Padre! O que se pode querer além disso? Ele chega daqui a dois ou três dias, não é? Desejemos, então, que tudo corra bem. E obrigado pelo belo presente; minha boa esposa o apreciará muitíssimo, estou certo disso. Até a vista, senhor Tolomei, permaneço sempre às vossas ordens.

Ele se sentia mais esgotado do que se tivesse participado de uma batalha.

Tolomei, ao deixar Vincennes, pensava: "Ou ele mente por alguma razão que ignoro ou então voltou à infância. Enfim, esperemos a chegada de Guccio."

A senhora de Bouville não esperou nem um minuto. Mandou preparar sua liteira e correu ao subúrbio Saint-Marcel. Lá ela se trancou com Maria de Cressay. Depois de ter causado a morte de seu bebê, ela vinha agora exigir que Maria renunciasse a seu amor.

— Vós jurastes pelo Evangelho que guardaríeis segredo! — dizia a senhora de Bouville. — Mas seríeis capaz de mantê-lo diante desse homem? Teríeis a capacidade de encarar vosso esposo...

Agora aceitava atribuir a Guccio essa qualidade.

— ... deixando-o acreditar que ele é o pai de uma criança que é de outro? É pecado esconder algo tão grave de seu cônjuge! E quando pudermos enfim fazer com que a verdade triunfe? E quando vierem buscar o rei para que ele ocupe o trono? O que direis? Vós sois uma moça honesta demais, e de sangue muito nobre, para que chegueis a consentir tal vilania.

Todas aquelas perguntas Maria já havia feito a si mesma mais de cem vezes, em cada momento de sua solidão. Ela não pensava em mais nada; estava quase ficando louca. E sabia muito bem qual era a resposta! Ela sabia que desde que se encontrasse nos braços de Guccio, o fingimento e o silêncio seriam impossíveis, não porque "era pecado", como dizia a senhora de Bouville, mas sim porque o amor lhe proibia a atrocidade de tal mentira.

— Guccio vai me compreender. Guccio vai me absolver. Ele saberá que isso ocorreu sem que eu desejasse. Ele me ajudará a suportar esse fardo. Guccio não dirá nada, senhora, posso jurar por ele como por mim mesma!

— Só se pode jurar por si mesmo, minha filha. E um banqueiro italiano, ainda por cima! Vós pensais que ele vai se calar! Qual nada, ele encontrará os meios para tirar usura da situação.

— Senhora, estais insultando Guccio!

— Não, não estou, minha cara, eu conheço o mundo. Vós jurastes não dizer nada, nem sequer em confissão. É o rei de França que está sob a vossa responsabilidade. E vós sereis liberada de vosso juramento quando for chegado o momento.

— Eu vos rogo, senhora de Bouville, pegai de volta o rei e liberai-me.

— Não fui eu quem vos confiou o rei, mas sim a vontade de Deus. É uma tarefa sagrada que tendes em vossas mãos! Vós trairíeis Nosso Senhor Jesus Cristo caso ele vos fosse confiado durante o massacre dos inocentes? Esta criança tem de sobreviver. Meu esposo deve vos vigiar e poder vos falar a qualquer momento. Não podeis partir para Avignon tal como faríeis com vosso esposo.

— Guccio concordará em ficar no lugar que quiserdes; eu vos asseguro que ele jamais dirá coisa alguma!

— Ele não dirá coisa alguma porque nunca mais o vereis!

Aquela luta, entrecortada pela amamentação do reizinho, durou toda a tarde. As duas mulheres brigavam como dois animais no fundo de uma armadilha. Mas a pequenina senhora de Bouville tinha os dentes e as garras mais afiados.

— E o que fareis de mim, então? Ireis me trancar aqui para o resto da vida? — gemeu Maria.

"Bem que eu gostaria", pensava a senhora da Bouville. "Mas o outro vai chegar com a carta do papa..."

— E se vossa família consentisse em vos aceitar de volta? — propôs ela. — O senhor Hugo, creio, poderia convencer vossos irmãos.

Voltar para Cressay, para junto de parentes hostis, acompanhada de uma criança que seria considerada como fruto do pecado ao passo que, de todas as crianças da França, ela seria a mais digna de honrarias... Renunciar a tudo, calar-se, envelhecer, não tendo mais nada a fazer senão contemplar a monstruosa fatalidade, o desesperador desperdício de um amor que nada deveria ter alterado. Quantos sonhos desfeitos...

Maria reergueu-se. Reencontrou a força que a levara, contra as leis e contra sua família, a entregar-se ao homem que ela escolhera. Bruscamente ela recusou.

— Eu vou rever Guccio, vou pertencer a ele, vou viver com ele! — exclamou.

A senhora de Bouville deu alguns tapinhas lentos no braço de sua poltrona.

— Vós não revereis Guccio — respondeu ela — porque, caso ele se aproxime deste convento ou de qualquer outro lugar fechado em que poderíamos vos trancar, caso vós faleis com ele por um minuto sequer, esse será o último. Meu esposo, como sabeis, é um homem enérgico e temível quando se trata da proteção do rei. Se vós insistis em ver este homem, podereis contemplá-lo, mas com um punhal entre os ombros.

Maria esmoreceu.

— Para quem foi capaz de matar o filho, é bem possível matar também o pai — murmurou ela.

— Depende apenas de vós — disse a senhora de Bouville.

— Eu não poderia ter imaginado que a corte de França fizesse tão pouco caso da vida das pessoas. Esta é a bela corte que o reino respeita. Preciso vos dizer, senhora, que vos odeio.

— Vós sois injusta, Maria. Minha tarefa é pesada e tenho de vos defender contra vós mesmas. Vós escrevereis agora o que vou ditar.

Vencida, desamparada, com as têmporas em fogo e os olhos obscurecidos pelas lágrimas, Maria traçou penosamente as frases que ela jamais teria imaginado que escreveria. A carta devia ser entregue na casa de Tolomei, a fim de ser dada a seu sobrinho.

Maria declarou sentir uma enorme vergonha e um grande horror pelo pecado que cometera; ela queria consagrar-se à criança que era fruto de seu erro, não mais cair nas tentações da carne e desprezar tudo que a incitara a pecar. Proibia terminantemente Guccio de tentar revê-la, onde quer que ela se encontrasse.

Maria desejava, pelo menos, terminar dizendo: "Eu vos juro jamais ter em mim nenhum outro homem, nem confiar-me a ninguém mais." Mas a senhora de Bouville recusou.

— Ele não deve de modo algum supor que ainda o amais. Vamos, assinai e dai-me esta carta.

Maria nem sequer viu a mulherzinha ir embora.

"Ele vai me odiar, vai me desprezar e jamais saberá que fiz isso para salvá-lo!", pensou ela, ouvindo bater a porta do convento.

VIII

Partidas

A CHEGADA AO SOLAR DE CRESSAY, no dia seguinte de manhã, de um mensageiro usando a flor de lis bordada na manga esquerda e os brasões reais no colarinho produziu um forte efeito. Trataram--no com "Senhor" para cá, "Senhor" para lá, e os irmãos Cressay, fiando-se ao bilhete que os convocava a comparecer com urgência a Vincennes, pensaram que estavam sendo chamados para que lhes fosse atribuída alguma capitania ou, quem sabe, para que fossem nomeados senescais.

— Isso não me surpreende nem um pouco — disse dama Eliabel. — Enfim alguém se lembrou de nossos méritos e dos serviços que nossa família tem prestado ao reino há duzentos anos. Esse novo rei parece saber onde encontrar os homens de valor! Vamos, meus filhos. Preparai-vos da melhor forma e apressai-vos a partir. Decididamente há um pouco de justiça no Céu, e isso nos consolará das vergonhas que nos infligiu vossa irmã.

Ela não chegara a se recuperar muito bem de sua enfermidade do verão. Estava ficando mais pesada, perdera sua forte energia de outrora e quase que só dava mostras de sua autoridade atormentando sua serva. Abandonara aos filhos o comando da pequena propriedade, que nem por isso ia melhor.

Os dois irmãos puseram-se então a caminho, com a cabeça cheia de esperanças ambiciosas. O cavalo de Pierre fungava tanto ao chegar a Vincennes que se poderia bem pensar que aquela era sua última viagem.

— Tenho de tratar convosco de coisas graves, meus jovens fidalgos — Bouville disse aos dois, acolhendo-os.

E lhes ofereceu pastilhas de amêndoas e um pouco de vinho aromatizado com especiarias.

Os dois moços mantinham-se sentados na beirada da poltrona, como dois simplórios do interior, e mal ousavam aproximar os lábios das taças de prata.

— Ah! Eis a rainha! — disse Bouville. — Ela está aproveitando o sol para tomar um pouco de ar.

Os dois irmãos, com o coração disparado, estenderam o pescoço para ver através dos vitrôs esverdeados uma forma branca, coberta por um grande manto, que andava a passos lentos, escoltada por alguns servos. Depois eles se olharam, balançando a cabeça. Tinham visto a rainha!

— É de vossa jovem irmã que quero vos falar — continuou Bouville. — Estaríeis dispostos a recebê-la de volta? Tendes de saber, antes de mais nada, que ela amamentou o filho da rainha.

E ele lhes explicou o mais brevemente possível o indispensável.

— Ah! Tenho outra boa notícia! — continuou Bouville. — Aquele italiano que a engravidou... ela não quer mais vê-lo, nunca mais! Ela compreendeu seu erro e entendeu também que uma moça nobre não pode se rebaixar tornando-se esposa de um banqueiro italiano, por mais agradável que ele seja. Pois é verdade que esse moço é bem aprazível e cheio de vivacidade...

— Mas, enfim, não passa de um banqueiro italiano — cortou a senhora de Bouville, que, dessa vez, assistia à conversação —, um homem sem fé nem lei, como ele mostrou muito bem.

Bouville abaixou a cabeça, calando-se e deixando à sua mulher o comando das operações. Ele pensava:

"É isso, meu amigo Guccio, tenho de te trair também, logo tu, meu gentil companheiro de viagem. Será que terei de acabar meus dias renegando todos que me deram provas de amizade?"

Os dois irmãos estavam um pouco despeitados, sobretudo o mais velho. Esperavam por grandes honrarias, mas tudo aquilo se resumia à irmã deles. Será que todos os acontecimentos da vida deles viriam unicamente por meio dela? Chegavam quase a invejá-la. Ama de leite do rei! E até um personagem tão importante como o ex-camareiro interessava-se pela sorte dela! Quem poderia ter imaginado aquilo?

O cacarejo da senhora de Bouville quase não lhes dava tempo para pensar.

— O dever do cristão — dizia ela — é ajudar o pecador que se arrepende. Deveis vos conduzir como bons fidalgos. Quem sabe se não é a vontade divina que fez com que vossa irmã se encontrasse aqui no momento certo, logo depois de dar à luz. Infelizmente o reizinho morreu, mas ela não deixou de socorrê-lo!

A rainha Clemência, para testemunhar seu reconhecimento, havia inscrito o nome do filho da ama em sua lista pessoal de súditos agraciados com uma pensão anual. Além do mais, um dom de trezentas libras de ouro seria entregue a ela imediatamente. A soma estava com eles, contida numa enorme bolsa bordada.

Os dois irmãos Cressay tiveram dificuldade em ocultar a emoção. A fortuna lhes caía dos céus, os meios para aumentar a muralha do velho solar estragado, a certeza de uma mesa farta durante todo o ano, a perspectiva, enfim, de comprar armaduras e equipar alguns dos servos do domínio com armas, a fim de fazer melhor figura durante as convocações do exército! Assim falariam bem deles nos campos de batalha.

— Compreendei bem o que digo — observou a senhora de Bouville. — Tais dons são feitos à criança. Caso ela seja maltratada ou venha a ocorrer-lhe alguma infelicidade, as rendas serão evidentemente suprimidas. Pois ser irmão de leite do rei confere a essa criança uma distinção que deveis respeitar.

— Claro, claro, eu aprovo... Já que Maria se arrepende — disse o irmão barbudo, enfatizando muito suas palavras —, já que seu perdão nos é apresentado por personalidades tão dignas quanto vós, senhor, e vossa esposa, devemos abrir-lhe os braços. A proteção da rainha apaga seu pecado. E que ninguém mais, doravante, nobre ou plebeu, ouse rir diante de mim; eu corto sua goela.

— E nossa mãe? — perguntou o mais novo.

— Encarrego-me de convencê-la — respondeu Jean. — Sou o chefe da família desde a morte de nosso pai, não se pode esquecer isso.

— Então concordareis em jurar pelo Santo Evangelho — continuou a senhora de Bouville — que não dareis ouvidos nem repetireis a ninguém o que vossa irmã vier a dizer sobre o tempo que passou aqui, pois são coisas relativas à coroa, que devem permanecer secretas. Aliás, ela não viu nada, ela amamentou, e isso foi tudo! Mas vossa irmã é um tanto quanto extravagante e compraz-se em contar fábulas. Ela vos deu boas provas disso! Hugo... vai buscar o Evangelho!

Com o livro santo de um lado, a bolsa de ouro do outro e olhando a rainha que passeava pelo jardim, os irmãos Cressay juraram calar todas as coisas que dissessem respeito à morte do pequeno João I e ainda velar, alimentar e proteger a criança da irmã, bem como proibir a entrada em sua casa do homem que a seduzira.

— Ah! Juramos de coração! Que ele jamais reapareça, aquele lá! — exclamou o mais velho.

O mais jovem demonstrava menos convicção na ingratidão. Ele não podia se impedir de pensar: "Francamente, sem Guccio..."

Ela se ofereceu para acompanhar os dois irmãos imediatamente até o convento das irmãs da Ordem de Santa Clara.

— É muito trabalho, senhora — disse Jean de Cressay. — Iremos sozinhos.

— Não, não, preciso ir convosco. Sem as minhas ordens, a madre abadessa não permitirá que Maria saia.

O rosto do barbudo ensombreceu-se. Ele estava pensativo.

— O que tendes? — perguntou a senhora de Bouville. — Vede algum problema?

— É que... eu gostaria antes de comprar uma mula para que nossa irmã possa montar.

Quando Maria estava grávida, ele a fizera viajar na garupa, de Neauphle até Paris; mas, agora que ela se tornava rica, ele fazia questão que seu retorno se efetuasse com dignidade. E, depois, a mula que servia à dama Eliabel havia morrido no mês passado.

— Que não seja esse o problema — disse a senhora de Bouville. — Vamos dar-lhe uma mula. Hugo! Manda selar uma de nossas mulas.

Bouville acompanhou sua mulher e os dois irmãos Cressay até a ponte levadiça.

"Eu preferiria estar morto, para deixar enfim de mentir e de sentir medo", pensava o infeliz homem, abatido e trêmulo, olhando na direção da floresta desfolhada.

"Paris!... Enfim, Paris!", dizia a si mesmo Guccio Baglioni, passando pela porta de Saint Jacques.

Paris estava lúgubre e fria; o movimento da vida, como sempre depois das festas do Ano-Novo, parecia ter-se detido, e, naquele mês de janeiro, mais ainda do que de costume devido à partida da corte.

Mas o jovem viajante, que voltava depois de seis meses de ausência, não via a bruma por cima dos tetos nem os raros passantes enrijecidos de frio; para ele a cidade tinha um semblante de sol e esperança, pois ao repetir "Enfim, Paris!", como se tais palavras fossem a canção mais feliz do mundo, ele queria dizer: "Enfim, vou encontrar Maria!"

Guccio usava uma peliça forrada e uma capa de chuva de lã de camelo; em sua cintura, sentia pesar uma bolsa[23] cheia de boas libras marcadas com a cunha do papa; na cabeça ele trazia um belo chapéu de feltro vermelho dobrado na parte traseira, formando uma longa ponta acima da testa. Ele não poderia estar vestido de maneira mais propícia a agradar. Nem sequer era possível sentir uma alegria de viver maior do que a dele.

Guccio pulou da sela no pátio da rua dos Lombardos e, projetando para a frente sua perna sempre um pouco rígida desde o acidente de Marselha, correu para jogar-se nos braços de Tolomei.

— Meu caro tio! Meu caro tio! Vistes meu filho? Como ele é? E Maria, correu tudo bem? O que ela vos disse? Ela está me esperando?

Tolomei, sem dizer uma palavra sequer, estendeu-lhe a carta de Maria de Cressay. Guccio a leu duas, três vezes: "Sabei que sinto enorme aversão pelo pecado que cometi e que não quero nunca mais rever aquele que é a causa de minha vergonha. Quero me emendar dessa desonra..." Diante desse trecho, ele exclamou:

— Não é verdade, não é possível! Ela não pode ter escrito isto!

— Mas não é a letra dela? — perguntou Tolomei.

— Sim, é.

O banqueiro colocou a mão no ombro do sobrinho.

— Eu teria te prevenido a tempo, se tivesse podido — disse ele. — Mas só recebi esta carta anteontem, depois de ter ido ver Bouville...

Guccio, com o olhar ardente e fixo, os dentes serrados, não o escutava. Ele pediu o endereço do convento.

— Fica no subúrbio de Saint-Marcel? Então vou até lá — disse ele.

Então mandou que preparassem seu cavalo, que mal tinham acabado de soltar, atravessou novamente a cidade sem ver coisa alguma e foi bater à porta do convento das irmãs de Santa Clara. Lá responderam que a senhorita de Cressay tinha ido embora no dia anterior, levada por dois fidalgos, um dos quais usando barba. Por mais que ele exibisse o selo papal, por mais que gritasse, fizesse escândalo, não pôde obter nada além disso.

— A abadessa! Quero ver a madre abadessa! — gritou ele.

— Os homens não podem penetrar no claustro.

Acabaram lhe dizendo que, se ele não fosse embora, iriam chamar os sargentos de vigia.

Sem fôlego, empalidecido, com a expressão modificada, Guccio voltou para a rua dos Lombardos.

— Foram os irmãos, aqueles patifes, que a pegaram de volta! — anunciou ele a Tolomei. — Ah! Eu fiquei muito tempo longe! E pensar em todo o amor que ela me jurou e que não pôde esperar mais do que seis meses! As moças nobres, tal como escrevem nas histórias de amor, esperam seus apaixonados durante dez anos enquanto eles estão nas Cruzadas. Mas claro... um banqueiro... ninguém vai esperar por ele! Pois é isso, meu tio, e nada mais. Podeis reler sua carta, ela contém apenas insultos e desprezo! Podiam obrigá-la a não me ver nunca mais, mas daí a me esbofetear dessa maneira... Enfim, meu tio... Somos ricos, possuímos milhares de dezenas de florins; os mais importantes senhores feudais vêm nos implorar para que paguemos suas dívidas, o próprio papa me tomou como conselheiro e confidente durante o conclave, e esses insignificantes provinciais me cospem na cara do alto do ridículo castelo deles, que está caindo em pedaços. Basta que apareçam aqueles dois sarnentos para que a irmã deles me renegue. Como nos enganamos quando pensamos que uma moça pode ser diferente de seus parentes!

A infelicidade em Guccio transformava-se depressa em ira, e os ressentimentos do orgulho ajudavam-no a defender-se do desespero. Deixava de amar, mas continuava sofrendo.

— Eu não compreendo — dizia Tolomei, desolado. — Ela parecia tão apaixonada, tão feliz contigo... Jamais teria pensado que... Agora entendo por que Bouville parecia tão incomodado no outro dia. Ele sabia alguma coisa, com certeza. Mas as cartas que eu havia recebido dela... Não compreendo nada mais... Queres que eu vá ver Bouville?

— Não quero nada! Não quero mais nada! — gritou Guccio. — Eu já importunei demais os grandes desta terra por causa dessa galinha fingida. Pedi proteção para ela até ao papa! Apaixonada?... Ela te bajulou quando pensava que tinha sido abandonada pela família e que não tinha para onde ir. E nós somos casados! Porque a impaciência de se entregar a mim não lhe faltava, mas não sem a bênção de um padre. Tu me disseste que ela passou cinco dias junto à rainha Clemência, servindo de ama de leite! O fato de ter prestado esse serviço que qualquer camareira poderia muito bem fazer deve ter-lhe subido à cabeça! Eu também servi à rainha, e ajudei-a muito mais! Em meio à tempestade, fui eu que a salvei!

Ele misturava todas as ideias, divagava enfurecido e, andando pelo aposento de um lado para o outro arrastando a perna, já deveria ter percorrido quase meia légua.

— E se tu fosses pedir à rainha...

— Nem à rainha, nem a pessoa alguma! Que Maria volte para seu lugarejo lamacento e se enterre na lavagem até as canelas. Sem dúvida devem ter encontrado um marido para ela, um bom marido que se assemelhe a seus irmãos sujos, algum nobre peludo do cheiro forte e que lhe fará outros filhos... Se ela viesse agora se arrastar a meus pés eu não haveria mais de querê-la, estás ouvindo, meu tio? Eu não aceitaria!

— Ah! Acho que se ela entrasse aqui agora, tu falarias de outra maneira — disse calmamente Tolomei.

Guccio empalideceu e escondeu as pálpebras com as palmas das mãos. "Minha bela Maria... Eu já a revia no quarto de Neauphle; eu já a revia pertinho de mim; e já percebia os pontos dourados em seus olhos azul-escuros. Como é que uma traição dessa pôde se dissimular naqueles olhos?"

— Vou-me embora, meu tio.

— Para onde? Tu vais voltar para Avignon?

— Com que cara? Eu anunciei a todo mundo que voltaria com a minha esposa, e ornei-a de todas as virtudes. O Santo Padre seria o primeiro a me pedir notícias dela.

— Boccaccio me disse outro dia que os Peruzzi vão arrendar o escritório de cobrança de impostos na senescalia de Carcassonne...

— Ah, não! Nem Carcassonne, nem Avignon.

— Nem Paris, claro... — disse, com tristeza, Tolomei.

Cada homem, por mais egoísta que tenha sido, vive um momento no final da vida em que sente que não trabalha mais para si mesmo. O banqueiro, depois de ter esperado a presença de uma bela sobrinha e de uma família feliz em sua morada, via de repente apagarem-se suas próprias esperanças e esboçar-se diante dele a perspectiva de uma longa velhice solitária.

— Não, eu quero ir embora — disse Guccio. — Não quero mais saber desta França que se enriquece conosco e que nos despreza porque somos italianos. O que foi que eu ganhei neste país? Uma perna acidentada, quatro meses de hospital, seis semanas fechado numa igreja e... para acabar... isto! Eu deveria ter percebido que este país não vale nada. Lembra-te! No dia seguinte à minha chegada, eu quase derrubei na rua o rei Felipe, o Belo. Isso era um mau presságio! Sem falar de minhas travessias marítimas, em que por duas vezes quase morri, e de todo o tempo que passei sendo enganado por aqueles vilões de Neauphle, porque pensava que estava apaixonado.

— Mas tu ganhaste algumas belas lembranças — disse Tolomei.

— Bah! Lembranças! Não se tem precisão de lembranças na minha idade. Quero voltar para a minha cidade de Siena, onde não faltam belas jovens, as mais belas do mundo, como todos me dizem quando conto que venho de lá. Menos velhacas, em todo caso, do que as daqui! Meu pai havia me enviado para junto de ti para que eu aprendesse; acho que já aprendi o bastante.

Tolomei abriu seu olho esquerdo; seu olhar estava embaçado.

— Talvez tu tenhas razão — disse ele. — A infelicidade passará mais depressa quando estiveres longe. Mas não lamenta nada do que fizeste, Guccio. A aprendizagem que fizeste não foi ruim. Tu viveste, viajaste, conheceste as misérias do povo e descobriste as fraquezas dos grandes. Tu te aproximaste das quatro cortes que dominam a Europa: de Paris, Londres, Nápoles e Avignon. Não foram muitos que tiveram a ocasião de estar fechados num conclave! Tu trabalhaste bem pelos negócios. Pagarei a tua parte, que é bem consistente. Tu cometeste algumas tolices por amor. Tu deixas um bastardo pelo caminho, como qualquer homem que viajou muito... E tens apenas 20 anos. Quando é que desejas partir?

— Amanhã, tio Spinello, amanhã, se estiveres de acordo. Mas eu hei de voltar! — acrescentou Guccio, num tom enraivecido.

— Espero que sim, meu jovem! Espero que não deixes morrer teu velho tio sem revê-lo!

— Eu voltarei um dia e raptarei meu filho. Pois ele é meu, afinal, tanto quanto dos Cressay! Por que razão eu o deixaria para eles? Para que o criem numa estrebaria, como um cão sem raça? Eu o raptarei, tu me ouves bem? E esse será o castigo de Maria. Tu sabes o que se diz em nosso país: vingança de toscano...

Uma confusão vinda do térreo interrompeu-o. As fundações da casa, de vigas de madeira, tremiam como se doze carregadores tivessem entrado no pátio. As portas batiam.

O tio e o sobrinho dirigiram-se à escada, que já estava se enchendo com um barulho forte. Uma voz ecoou.

— Banqueiro! Onde estás, banqueiro? Preciso de dinheiro!

E o senhor Robert d'Artois apareceu no topo dos degraus.

— Olhai bem para mim, amigo banqueiro, estou saindo da prisão neste momento! — exclamou ele. — Quem acreditaria? Meu doce e gentil primo, o caolho... isto é... quero dizer... o rei, como dizem...

ele se lembrou enfim que eu estava apodrecendo no fundo da cela em que me jogara e me soltou! Tão amável!

— Sede bem-vindo, senhor — disse Tolomei, sem entusiasmo.

E debruçou sobre o parapeito da escada, duvidando ainda que tal barulheira pudesse resultar da passagem de um único homem.

Abaixando a cabeça para não se chocar contra a verga da porta, d'Artois penetrou no gabinete do banqueiro e foi diretamente na direção de um espelho.

— Ah, estou com o aspecto de um morto! — disse ele, friccionando as duas faces. — Tenho de confessar que por menos que isso seria possível morrer. Sete semanas, tu imaginas? Sete semanas vendo a luz do dia apenas por uma claraboia fechada com barras de ferro grossas como a perna de um asno! E duas vezes por dia um caldo que já dava cólicas antes mesmo que eu o engolisse. Para minha felicidade, meu fiel Lormet fazia chegar até mim os pratos que preparava; se não fosse isso agora eu não estaria mais vivo. E o lugar para dormir não era melhor do que a comida. Por consideração para com o meu sangue real, gratificaram-me com um colchão e uma cama. Eu tive que quebrar umas vigas para poder esticar as pernas! Paciência, tudo isso será posto na conta de meu caro primo.

Na verdade, Robert não havia emagrecido dez gramas sequer, e a reclusão tinha prejudicado muito pouco sua sólida natureza. Sua cor estava menos viva, mas seus olhos cinzentos, cor de sílex, brilhavam com mais malvadeza do que outrora.

— Bela liberdade, essa que me dão! "Vós estais livre, senhor — continuou o gigante, imitando o capitão da prisão do Châtelet—, mas... mas não podeis vos distanciar de Paris mais de vinte léguas; mas os sargentos do rei devem saber onde morais; mas a capitania do domínio de Évreux, caso vós vos dirigis a tais terras, deve ser avisada." Ou seja: "Tu ficas aqui, Robert, andando pelas ruas de Paris sob o olhar dos vigias, ou então tu vais mofar em teu domínio de Conches. Mas nem um passo sequer em direção ao condado de Artois, nem um passo em direção a Reims! E tu não aparecerás na cerimônia de sagração! Tu poderias decidir cantar algum salmo que não agradaria a todas as orelhas! E ele escolheu muito bem o dia para me soltar. Nem muito cedo, nem muito tarde. Toda a corte partiu de Paris. Não há ninguém no palácio real, ninguém na casa de Valois... Esse primo, então... abandonou-me. E eis-me aqui numa cidade morta, sem um tostão no bolso para comer hoje à noite e encontrar alguma jovem sobre a qual eu possa empregar meus ímpetos amorosos! Pois sete semanas... tu vês, banqueiro... Não, tu não podes compreender, esse tipo de coisa não deve mais te preocupar. É verdade, eu caí suficientemente na devassidão em Artois, para poder ficar calmo durante algum tempo; e lá por aqueles lados logo devem vir ao mundo umas criancinhas que jamais saberão que descendem de Felipe Augusto. Mas constatei uma coisa estranha, sobre a qual os doutores e filósofos, esses ratos, deveriam meditar. Por que é que o homem possui um membro que quanto mais trabalha, mais quer trabalhar?

E soltou uma gargalhada, depois fez estalar uma cadeira de carvalho ao sentar-se, quando de repente pareceu perceber a presença de Guccio.

— E vós, meu gentil jovem, como vão vossos amores? — perguntou ele, o que significava, em sua boca, nada mais do que um bom dia.

— Meus amores... nem falo, senhor! — respondeu Guccio, descontente com aquela violência mais barulhenta que interrompia a sua própria.

Tolomei, com uma careta, fez sinal ao conde d'Artois para dizer que o assunto não era conveniente.

— Ora pois! — exclamou d'Artois com sua costumeira delicadeza. — Uma bela vos deu um pontapé? Dai-me seu endereço e vou correndo até lá! Vamos, não ficai triste assim, todas as mulheres são umas vagabundas.

— Ah, senhor, todas... com certeza.

— Então, divertamo-nos ao menos com vagabundas francas! Banqueiro, preciso de dinheiro. Cem libras. E levo teu sobrinho para cear comigo, a fim de tirar de sua cabeça essas ideias sombrias. Cem libras! Sim, eu sei, eu sei, eu já vos devo muito, e dizeis que não vos pagarei nunca. Estais errado. Muito em breve vereis Robert d'Artois mais poderoso do que jamais fui. Esse Felipe pode enfiar sua coroa até o nariz, eu não vou tardar a tirá-la de sua cabeça. Pois vou te dizer uma coisa, que vale bem mais que cem libras e que te vai ser de grande valia para saberes a quem emprestas... Como é que se pune o regicídio? Enforcamento, degolação, esquartejamento? Vós assistireis muito em breve a um agradável espetáculo: minha gorda tia Mahaut, nua como uma rameira, esticada por quatro cavalos, com suas horríveis tripas rolando poeira afora. E seu genro imbecil vai lhe fazer companhia! Pena que não é possível infligir-lhes o suplício duas vezes. Pois eles mataram dois reis, esses imprestáveis. Eu não disse nada enquanto estava no Châtelet para que não viesse alguém, numa bela noite, me estripar como um porco. Mas pude me manter informado. Lormet... como sempre, meu Lormet! Que homem valente! Escutai-me.

Depois de sete semanas de mutismo forçado, aquele terrível tagarela recuperava o tempo perdido e só fazia pausas para respirar a fim de continuar falando mais.

— Escutai-me bem — prosseguiu ele. — Primeiro: o rei Luís confisca a Mahaut suas posses do condado de Artois, onde meus partidários estão perdendo a paciência com ela; logo depois Mahaut faz com que ele seja envenenado. Segundo: Mahaut, para se proteger, apoia Felipe para a regência contra Valois, que, quanto a ele, está inclinado a fazer valer meus direitos. Terceiro: Felipe faz com que seja aceito seu regulamento de sucessão ao trono, que exclui as mulheres da coroa de França, mas não da herança dos feudos, o que é absurdo! Quarto: depois de ter sido confirmado como regente, Felipe convoca a hoste para me expulsar de Artois, que estou prestes a recuperar inteiramente. Como não sou louco, venho me entregar sozinho. Mas a rainha Clemência vai dar à luz; eles precisam ter as mãos livres, e me jogam num cárcere. Quinto: a rainha põe no mundo um varão. Pecado! Fecham Vincennes, escondem o menino dos vassalos reais, fazem esparramar o boato de que a criança não é normal, põem-se de acordo com alguma parteira ou ama de leite que é amedrontada ou comprada, e um segundo rei é então assassinado. Depois disso, ele pode ser sagrado rei em Reims. Eis aí, meus amigos, como é que se obtém uma coroa. E tudo isso para não me devolver meu condado.

Diante da palavra "ama de leite", Tolomei e Guccio trocaram um breve olhar de preocupação.

— Essas são coisas que todo mundo pensa — concluiu d'Artois —, mas que ninguém ousa proclamar por falta de provas. Mas eu tenho a prova! E agora vou apresentar a todos uma certa dama que forneceu o veneno. E depois será preciso fazer dançar conforme a nossa música a tal de Beatriz d'Hirson, que serviu de alcoviteira do diabo nesse negócio todo. Já é bem tempo de dar um fim nisso tudo, senão morreremos todos.

— Cinquenta libras, senhor. Só posso vos arranjar cinquenta libras.

— Avarento!

— É tudo o que posso fazer.

— Pois seja. Tu ficarás me devendo outras cinquenta. Mahaut te pagará por isso, com juros.

— Guccio, vem me ajudar a contar cinquenta libras para o senhor conde.

E ele se retirou, com o sobrinho, para o aposento vizinho.

— Meu tio — murmurou Guccio —, pensais que o que ele contou é verdade?

— Não sei, meu filho, não sei. Mas creio que tu tens razão de ir embora. Não é bom estar muito enrolado com essa história que não cheira bem. As estranhas maneiras de Bouville, a repentina fuga de Maria... Sem dúvida, não é possível dar crédito a todas as agitações desse furioso. Mas já percebi muitas vezes que ele não passa muito longe da verdade quando se trata de malfeitorias. É mestre no assunto e as fareja de longe. Lembra-te do adultério das princesas? Foi ele quem fez com que fossem descobertas, e ele havia nos anunciado isso antes. Tua Maria... — disse o banqueiro, balançando a mão com um gesto de dúvida. — Talvez ela seja menos ingênua e franca do que parece. Certamente há um mistério nisso tudo.

— Depois de sua carta de traição, podemos acreditar em tudo — disse Guccio, cujo pensamento extraviava-se em mil direções diferentes.

— Não acredita em nada, não tenta compreender nada. Vai-te embora. Este é o melhor conselho que te dou.

Depois de o senhor d'Artois tomar posse das cinquenta libras, ele não parou de insistir que Guccio compartilhasse da festinha que ele tinha a intenção de fazer para comemorar sua libertação. Precisava de um companheiro e teria preferido até embebedar-se na companhia de seu cavalo do que permanecer sozinho.

Ele insistia tanto que Tolomei acabou murmurando ao sobrinho:

— Vai, senão vamos magoá-lo. Mas fecha a boca.

Guccio terminou, portanto, sua desesperadora jornada numa taberna cujo patrão pagava os oficiais de vigia para que eles lhe permitissem manter no local algumas prostitutas. Todas as palavras que eram repetidas naquele lugar acabavam chegando aos ouvidos dos sargentos.

O conde d'Artois apareceu lá em sua melhor forma, insaciável na bebedeira, com um apetite prodigioso, espalhafatoso, boca suja, derretendo-se em amabilidades para com seu jovem companheiro e levantando as saias das moças para mostrar a todos a verdadeira cara de sua tia Mahaut.

Guccio, contagiado pelo conde, não resistiu aos efeitos do vinho. Com os olhos brilhantes, os cabelos em desordem e os gestos estabanados, gritava:

— Eu também sei coisas... Ah! Se eu quisesse abrir a boca!

— Mas fala, então! Fala!

Mas restava a Guccio, no fundo de sua embriaguez, alguma prudência.

— O papa! Eu sei muita coisa sobre o papa.

E repentinamente ele se pôs a chorar como um rio no ombro de uma prostituta que, em seguida, esbofeteou, porque via nela a imagem de toda a traição feminina.

— Mas eu hei de voltar! Eu hei de voltar! Eu vou raptá-lo!

— Vais raptar quem? O papa?

— Não! O meu filho!

A noitada acabava na confusão, os olhares de todos estavam vacilantes, e as moças que trabalhavam para o patrão da taberna não usavam mais roupa alguma, quando Lormet se aproximou de Robert d'Artois para assoprar em seu ouvido:

— Lá fora há um homem que nos espia.

— Mata-o! — respondeu negligentemente o gigante.

— Está certo, senhor.

Foi assim que a senhora de Bouville perdeu um de seus criados, que ela pusera seguindo os passos do jovem italiano.

Jamais Guccio saberia que Maria, devido a seu sacrifício, provavelmente lhe havia poupado um triste fim, boiando com a barriga aberta sobre as águas do rio Sena.

Chafurdando numa cama suja, sobre os seios da moça que ele esbofeteara e que se mostrava bastante compreensiva para com as mágoas masculinas, Guccio continuava a insultar Maria e imaginava vingar-se dela amassando aquele corpo mercenário.

— Tu tens razão! Eu também não gosto das mulheres, são todas umas fingidas — dizia a prostituta de cujos traços Guccio jamais se lembraria.

No dia seguinte, com o chapéu enfiado até os olhos, com os membros esgotados, a alma e o corpo igualmente enojados, Guccio tomava o caminho da Itália. Levava consigo uma bela fortuna, sob forma de letras de câmbio assinadas por seu tio, e ela representava sua parte nos lucros sobre os negócios de que se ocupara durante dois anos.

No mesmo dia, o rei Felipe V, sua mulher, Jeanne, e a condessa Mahaut, como todo o séquito de seus servidores, chegavam a Reims.

As portas do solar de Cressay tinham se fechado depois da entrada da bela Maria, que ali viveria inconsolável, num perpétuo inverno.

O verdadeiro rei de França ia crescer lá, como um pequeno bastardo. Ele daria seus primeiros passos no pátio lamacento, entre os patos, rolaria pelo prado de lírios-amarelos, ao longo do rio Mauldre, no mesmo lugar em que Maria se recordaria, em todos os dias de sua existência, de seu breve e trágico amor. Ela manteria suas juras, todas as juras que fizera, tanto para Guccio quanto para o reino, e guardaria seu segredo até o leito de morte. Sua confissão, um dia, abalaria a Europa.

IX

A véspera da sagração

As PORTAS DA CIDADE DE Reims, encimadas pelos brasões reais, haviam sido recentemente pintadas. As ruas estavam enfeitadas com drapeados de cores vivas, com tapeçarias e cortes de seda, os mesmos que tinham servido, dezoito meses antes, para a sagração de Luís X. Perto do palácio arquiepiscopal, três grandes salas de madeira tinham acabado de ser levantadas às pressas: uma para abrigar a mesa do rei, outra para a mesa da rainha, e a terceira para os altos oficiais, a fim de que toda a corte participasse do festim.

Os burgueses de Reims, aos quais cabiam por obrigação as despesas da sagração, achavam os gastos pesados demais.

"Agora, se os ocupantes do trono começarem a morrer tão depressa assim, será uma festa só, durante o ano inteiro, e, para pagá-la teremos de vender até a roupa do corpo! Temos de pagar bem caro por Clovis ter sido batizado em nossa cidade e pela escolha dela por

Hugo Capeto como sede da coroação! Caso alguma outra cidade do reino queira nos comprar tais direitos, estamos prontos a vendê-los!"

Aos problemas de tesouraria juntava-se a dificuldade para reunir, em pleno inverno, a enorme quantidade de víveres necessários para tantas bocas. E os burgueses de Reims tinham de contar noventa e dois bois, duzentos e quarenta carneiros, quatrocentos e vinte e cinco bezerros, setenta e oito leitões, oitocentos coelhos e lebres, oitocentos frangos, mil e oitocentos gansos, mais duas mil galinhas e quarenta mil ovos, sem falar dos barris cheios de esturjões que tinham vindo de Malines, dos quatro mil camarões pescados em alto-mar, dos salmões, pescadas, tencas, dourados, percas, carpas, das três mil e quinhentas enguias destinadas à fabricação de quinhentas formas de patê. Também havia os dois mil queijos, e esperavam a chegada de trezentos tonéis de vinho, este, felizmente, produzido na própria região, e que deveria bastar para acalmar tantas goelas sedentas que participariam do banquete durante três dias ou mais.

Os camareiros, chegados com antecedência para comandar os festejos, faziam exigências bem singulares. Pois não tinham eles decidido que apresentariam, durante um único serviço, trezentas garças-reais assadas? Aqueles oficiais assemelhavam-se muito ao mestre deles, àquele rei apressado que encomendava sua sagração da noite para o dia, por assim dizer, como se se tratasse de uma missa de dois tostões em intenção de uma perna quebrada!

Fazia dias que os confeiteiros construíam seus castelos de doce cheios de creme de amêndoas tingidos com as cores da França.

E a mostarda! Ainda não tinham recebido a mostarda! Seria necessária uma enorme quantidade! E depois os convivas não iam comer na palma da mão. Haviam cometido um grande erro ao vender a um preço derrisório as cinquenta mil tigelas de madeira que tinham usado durante a sagração anterior; teria sido mais proveitoso lavá-las e guardá-las. Quanto às quatro mil canecas, haviam sido quebradas ou roubadas. As costureiras faziam às pressas as bainhas de centenas de metros de toalhas, e era possível dizer que a despesa total chegaria perto de dez mil libras.

Na verdade, os habitantes de Reims seriam ainda assim recompensados, pois a sagração atraíra inúmeros mercadores italianos e judeus que deveriam pagar taxas por suas vendas.

O coroamento, como todas as cerimônias reais, acontecia num ambiente de quermesse. Era um espetáculo ininterrupto que se oferecia ao povo naqueles anos e para o qual as pessoas vinham de longe. As mulheres queriam usar vestidos novos; os galanteadores estavam de mãos abertas e compravam muitas joias; a arte de bordar, de fazer belos drapeados e peliças era apreciada, e os produtos se vendiam sem dificuldade. A sorte sorria aos mais hábeis, e os comerciantes capazes de servir com maior rapidez a clientela podiam, numa semana, ganhar o bastante por cinco anos.

O novo rei estava hospedado no palácio arquiepiscopal, do qual não arredava pé a multidão, que queria ver aparecer os soberanos ou contemplar maravilhada a nova carruagem da rainha, enfeitada de cobre escarlate.

A rainha Jeanne, rodeada por suas damas de companhia, comandava, com uma agitação de mulher satisfeita, a abertura dos doze cofres, quatro baús, da mala de sapatos, do cofre contendo as especiarias. Seu guarda-roupa era, sem dúvida, o mais belo que jamais se vira na França. Um traje especial estava previsto para cada dia e quase para cada hora daquela viagem triunfal.

Sob uma capa de tecido de ouro forrada de arminho, a rainha fizera sua entrada solene na cidade enquanto ao longo das ruas eram oferecidos aos esposos reais variadas representações, mistérios e divertimentos. Na ceia da véspera da sagração, que ocorreria em breve, a rainha apareceria num vestido de veludo violeta enfeitado com peliças feitas com ventre de esquilo. Para a manhã do coroamento, ela reservara um vestido de tecido com fios de ouro da Turquia, um manto escarlate e um corpete rubro; para o jantar, um vestido bordado com os brasões de França; para a ceia, um vestido de tecido com fios de ouro e dois mantos de arminho.

No dia seguinte, usaria um vestido de veludo verde, e em seguida um outro, de *camocas* azulado, acompanhado por uma pelerine cinza-clara. Jamais ela voltaria a aparecer em público vestida com o mesmo traje, nem usando as mesmas joias.[24]

Todas aquelas maravilhas estavam estendidas num quarto cuja decoração tinha sido igualmente trazida de Paris: cortinados de seda branca bordados com mil trezentos e vinte e um papagaios de ouro, trazendo ao centro os grandes brasões dos condes de Borgonha, pelos quais passavam um leão feito com pedaços recortados de uma pele verdadeira do mesmo animal; um cortinado para cobrir o leito, uma colcha e almofadas ornamentadas de sete mil trevos de prata. No chão tinham sido colocados tapetes bordados com os brasões de França e do condado da Borgonha.

Diversas vezes Jeanne entrara no apartamento de Felipe a fim de fazê-lo admirar a beleza de um tecido, a perfeição de um trabalho.

— Vossa Majestade, meu bem-amado — exclamava ela —, como vós me fazeis feliz!

Por menos inclinada que fosse às demonstrações emotivas, ela não podia se impedir de ter os olhos lacrimejantes. Sua própria sorte a maravilhava, sobretudo quando ela se lembrava do tempo recente em que estivera na prisão, em Dourdan. Que prodigiosa reviravolta do destino, em menos de um ano e meio! Pensava em Margarida, a que morrera, pensava em sua irmã, Branca de Borgonha, que permanecia trancafiada em Château-Gaillard... "Pobre Branca, que tanto adorava os belos adornos!", pensava ela, experimentando um cinto de ouro com rubis e esmeraldas incrustadas.

Felipe estava preocupado, e os entusiasmos de sua mulher provocavam nele certas reticências; ele estava examinando as contas em companhia de seu tesoureiro-mor.

— Fico muito feliz, minha amiga, ao ver que tudo isto vos compraz. Vede bem, eu ajo de acordo com o exemplo de meu pai, que vós conhecestes, que era muito comedido em suas despesas pessoais, mas não recusava nada desde que se tratasse de majestade real. Mostrai muito bem todos esses trajes, pois são para o povo que vos presenteia com eles com sua labuta; e cuidai bem deles, pois vós não podereis ter outros iguais tão cedo. Depois da sagração, teremos de restringir os gastos.

— Felipe — perguntou Jeanne —, vós não fareis nada por minha irmã Branca no dia de hoje?

— Eu já fiz, eu já fiz. Ela já está sendo novamente tratada como princesa, com a condição de que não saia de trás das muralhas onde está encerrada. É preciso que haja uma diferença de tratamento entre ela, que pecou, e vós, Jeanne, que sempre permanecestes pura e que foi falsamente acusada.

Ele pronunciara aquelas últimas palavras dirigindo para sua mulher um olhar em que se lia mais a preocupação com a honra real do que com a certeza do amor.

— E, depois — acrescentou —, o marido dela não me dá muitas alegrias atualmente. É um irmão bem ruim, este que tenho!

Jeanne compreendeu que seria vão insistir e que nada ganharia tocando novamente naquele assunto. Ela se retirou, e Felipe continuou examinando as longas folhas repletas de cifras que lhe apresentava Geoffroy de Fleury.

As despesas não se limitavam apenas às vestimentas do rei e da rainha. Claro, Felipe recebera alguns presentes; assim, por exemplo, Mahaut oferecera os cortes de tecido para os vestidos das princesinhas e do jovem Luís Felipe.

Mas cabia ao rei vestir com trajes novos em folha seus cinquenta e quatro sargentos de armas e o chefe deles, Pierre de Galard, comandante dos balestreiros. Adam Héron, Robert de Gamaches, Guilherme de Seriz, os camareiros, haviam recebido cada qual mais de dez metros de tecido listrado de Douai para mandar fazer suas cotas. Henry de Meudon, Furant de la Fouaillie, Jeannot Malgeneste, os oficiais de caça do rei, haviam recebido um novo equipamento, tal como todos os arqueiros. E, posto que, depois da sagração, vinte outros jovens seriam condecorados cavaleiros, ainda havia mais vinte trajes completos a fornecer! Presentear com vestimentas constituía a gratificação de costume; o costume rezava também que o rei mandasse acrescentar ao cofre de relíquias de Saint-Denis uma flor de lis de ouro circundada de esmeraldas e rubis.

— Qual é o total? — perguntou Felipe.

— Oito mil, quinhentos e quarenta e oito libras, treze soldos e onze tostões, Majestade — respondeu o tesoureiro. — O que pensais sobre cobrar um imposto de festejos reais?

— Meus festejos serão mais reais caso eu não imponha novos impostos. Vamos proceder de outra maneira — disse o rei.

Foi nesse momento que anunciaram o conde de Valois. Felipe levantou as mãos, dizendo:

— Eis aí exatamente o que tínhamos esquecido em nossas contas. Vós vereis, Geoffroy, vós vereis! Este meu tio vai me custar, sozinho, mais do que dez sagrações! Ele vem, com certeza, me pedir dinheiro. Deixai-me a sós com ele.

Como estava esplêndido o conde de Valois! Bordado, agaloado, fazendo duas vezes seu tamanho de tantas peliças espessas que compunham um traje repleto de pedras preciosas! Se os habitantes de Reims não tivessem sabido que o novo soberano era magro e jovem, teriam, sem dúvida, pensado que o rei era ele.

— Meu caro sobrinho — começou ele —, venho ter convosco trazendo uma grande dificuldade... uma dificuldade para vós... Vosso cunhado da Inglaterra não comparecerá à cerimônia de sagração.

— Há muito tempo, meu tio, que os reis de além-mar não assistem às nossas sagrações — respondeu Felipe.

— Sim, mas eles mandavam como representante algum parente ou grande senhor feudal de suas cortes, a fim de ocupar o lugar de duque de Guiana. Ora, Eduardo não enviou ninguém. Isso confirma que ele não vos reconhece como rei. O conde de Flandres, que vós imagináveis acalmado por vosso tratado de setembro, também não está presente, tampouco o duque de Bretanha.

— Eu sei, meu tio, eu sei.

— Quanto ao duque de Borgonha, nem falemos. Tínhamos certeza de que ele não viria. Mas sua mãe, ao contrário, nossa tia Agnes, acabou de entrar na cidade agora mesmo, e não creio que seja exatamente para vos dar provas de seu apoio.

— Eu sei, meu tio, eu sei.

Aquela chegada imprevista da última filha de São Luís preocupava Felipe mais do que ele demonstrava. Ele pensara, inicialmente, que a duquesa Agnes tinha vindo para propor alguma negociação. No entanto, ela não parecia estar com pressa de se manifestar, e o próprio Felipe estava decidido a não dar o primeiro passo. "Se o povo, que me aclama quando apareço, soubesse de quanta hostilidade estou rodeado!...", pensava Felipe.

— De tal modo que, dos pares laicos que deveriam, amanhã, segurar vossa coroa durante a cerimônia, vós não podeis contar com nenhum.[25]

— Mas não, meu tio. Estais esquecendo a condessa d'Artois e... vós mesmos.

Valois fez um violento movimento com os ombros.

— A condessa d'Artois! — exclamou ele. — Uma mulher para segurar a coroa, quando sois vós mesmo, Felipe, vós mesmo que legitimastes vossos direitos pela exclusão das mulheres!

— Segurar a coroa não é de modo algum a mesma coisa que usá-la na cabeça — disse Felipe.

— Mahaut só pode ter vos ajudado muito em vossa ascensão ao reino para que a engrandeçais assim! Vós dareis ainda mais crédito a todas as mentiras que circulam. Esqueçamos o passado. Mas... enfim, Felipe, não é Robert que deveria aparecer como representante do condado de Artois?

Felipe fingiu não dar atenção às últimas palavras do tio.

— Seja como for, os pares eclesiásticos estão aqui — disse ele.

— Eles estão aqui... sim, eles estão aqui... — disse Valois, mexendo nervosamente em seus inúmeros anéis. — Dos seis pares, eles não passam de cinco. E o que pensais que vão fazer esses pares da Igreja quando virem que do lado do reino uma única mão — e que mão! — vai se erguer para vos coroar?

— Mas... meu tio... Então vós não tendes importância alguma?

Foi a vez de Valois fingir que ignorava a pergunta.

— Vosso próprio irmão vos torce o nariz.

— É que Carlos sem dúvida — respondeu Felipe calmamente — não tem ideia do quanto vós me apoiais, meu caro tio. Talvez pense que, opondo-se a mim, está vos servindo... Mas podeis ficar tranquilo: sua presença foi anunciada e, amanhã, ele comparecerá.

— Por que vós não lhe concedeis o pariato? Assim vosso pai agiu comigo, e vosso irmão Luís convosco. Assim eu me sentiria menos sozinho ao vos apoiar.

"Ou menos sozinho ao me trair", pensou Felipe, que continuou:

— Vós vindes para pregar pela causa de Robert, pela causa de Carlos ou, na verdade, tendes vontade de falar-me de vossos próprios problemas?

Valois esperou algum tempo, aprumou-se em sua poltrona, olhou o diamante que brilhava em seu indicador.

"Cinquenta... ou cem mil?", perguntava a si mesmo Felipe. "Com os outros, estou pouco me importando. Mas Valois, este sim, preciso dele, e ele sabe disso. Caso recuse e faça um escândalo, corro o risco de ter de adiar minha sagração."

— Meu sobrinho — disse enfim Valois —, vós vedes muito bem que não reclamei de nada e que até fiz enormes despesas encomendando trajes especiais para a ocasião, tudo isso para vos honrar. Mas constatando que os outros estão ausentes, creio que devo também me retirar. O que diriam caso me vissem sozinho junto convosco? Que vós me comprastes, sem dúvida.

— Eu deploraria isso, meu tio, e deploraria muitíssimo. Mas o que quereis que eu faça? Não posso vos obrigar a fazer algo que vos desagrada. Talvez seja chegado o tempo de renunciar a esse costume que reza que os pares ergam suas mãos acima da coroa...

— Meu sobrinho! Meu sobrinho! — exclamou Valois.

— ...e, caso seja necessário um consentimento para a eleição — emendou Felipe —, talvez seja preciso de agora em diante pedi-lo ao povo, meu tio, e não somente a meia dúzia de grandes senhores feudais... ao povo, que fornece homens para o exército e subsídios para o Tesouro. Esse será o papel dos Estados gerais que pretendo reunir.

Valois não pôde se conter e, pulando da poltrona, pôs-se a gritar:

— Vós estais blasfemando, Felipe, ou então estais enlouquecendo de vez! Onde é que já se viu um monarca eleito por seus súditos? Bela novidade, essa de vossos Estados gerais! Isso vem diretamente das ideias de Marigny, que nasceu no populacho e que foi tão nocivo a vosso pai. Eu vos digo que, caso as coisas se passem assim, dentro de cinquenta anos, e não mais, o povo não precisará mais da nobreza e escolherá como rei algum burguês, doutor do Parlamento ou até mesmo algum fabricante de linguiças enriquecido por meio do roubo. Não, meu sobrinho, não. Desta vez tomei uma decisão firme; não hei de segurar a coroa de um rei que só é rei porque decidiu isso sozinho, e que ainda por cima quer fazer com que tal coroa seja entregue às mãos do populacho!

Todo afogueado, ele deambulava a grandes passadas de um lado para o outro.

"Cinquenta mil... ou 100 mil?", continuava perguntando a si mesmo Felipe. "Qual é a cifra que comprará sua adesão?"

— Pois que assim seja, meu tio, caso não desejeis dar-me vosso apoio. Mas nesse caso preciso chamar imediatamente meu tesoureiro-mor.

— E por que razão?

— Para dizer-lhe que modifique a lista das doações que eu devo ratificar amanhã, como brinde pelos alegres festejos de minha sagração, e sobre a qual vós aparecíeis em primeiro lugar... como ganhador de cem mil libras.

O golpe o atingiu em cheio. Valois permaneceu boquiaberto, com os braços inertes.

Felipe compreendeu que vencera e, que por mais caro que lhe custasse tal vitória, ele devia se esforçar para não sorrir diante da expressão que lhe exibia seu tio. Este, aliás, não precisou de muito tempo para voltar atrás. Tinha sido detido durante uma explosão de ira; retomou-a. A ira consistia, para ele, num meio para tentar atrapalhar o raciocínio do interlocutor, quando o seu próprio se tornava fraco demais.

— Antes de mais nada, é preciso dizer que todo o problema vem de Eudes — lançou ele. — Eu o reprovo terrivelmente, e vou escrever-lhe para dizer isso! E que razão tinham o conde de Flandres e o duque de Bretanha para tomar o partido dele e recusar-se a comparecer à vossa convocação? Quando o rei convoca um nobre para segurar sua coroa, este tem de vir! Pois, vede meu caso, não estou aqui? Esses vassalos, na verdade, ultrapassam seus direitos. É assim, de fato, que a autoridade corre o risco de passar para os pequenos vassalos e para os burgueses. Quanto a Eduardo da Inglaterra, que fé se pode ter num homem que se comporta como mulher? Eu estarei de vosso lado, a fim de lhes dar uma lição. E o que vós decidis me dar, eu aceito, meu sobrinho, em nome da justiça. Pois é justo que aqueles que são fiéis ao rei sejam tratados de maneira diferente dos traidores. Vós governareis bem. Esse... esse dom que dá provas de vossa estima, quando é que vós o assinareis?

— Agora, meu tio, agora, caso desejeis... mas com a data de amanhã — respondeu Felipe V.

Pela terceira vez, e sempre por meio do dinheiro, ele pusera uma focinheira em Valois.

— Já era tempo que eu fosse coroado — disse Felipe a seu tesoureiro depois de Valois ter saído —, pois tive de discutir muito com ele, e penso que, se tivesse de discutir novamente, eu teria de vender o reino para comprá-lo.

E como Fleury se espantasse com a soma prometida, ele completou:

— Tranquilizai-vos, Geoffroy, tranquilizai-vos. Eu ainda não disse quando tal doação será efetuada. Ele vai recebê-la em pequenas parcelas... Mas poderá tomar emprestado dela... Basta desse assunto, por ora, vamos cear.

O cerimonial determinava que, depois da refeição da noite, o rei, rodeado por seus oficiais e pelo capítulo, fosse até a catedral a fim de se recolher e orar. A igreja já estava totalmente preparada, com as tapeçarias de parede penduradas, as centenas de círios no lugar e o grande estrado elevado no coro. As orações de Felipe foram curtas, mas ele passou um tempo considerável informando-se uma última vez sobre os ritos e gestos que teria de fazer. Foi verificar a fechadura das portas laterais, assegurou-se dos dispositivos de segurança e quis saber qual seria o lugar de cada um dos participantes.

— Os pares laicos, os membros da família real e os altos oficiais ficam sobre o estrado — explicaram-lhe. — O condestável permanece a vosso lado, Majestade. O chanceler fica ao lado da rainha. Este trono, diante do vosso, é o do arcebispo de Reims, e as poltronas dispostas em volta do altar principal destinam-se aos pares eclesiásticos.

Felipe percorria o estrado a passos lentos, arrumando, com a ponta do pé, um canto levantado de tapete.

"Como é estranho...", pensava ele. "Eu estava aqui, neste mesmo lugar, no ano passado, para a sagração de meu irmão... Quase não prestei atenção a todos esses detalhes."

Sentou-se por um momento, mas não no trono real; um temor supersticioso impedia-o de ocupá-lo imediatamente. "Amanhã... amanhã serei de fato rei." Pensava em seu pai, na linhagem dos ancestrais que o haviam precedido naquela igreja; pensava em seu irmão, suprimido por um crime do qual era inocente, mas cujo proveito, agora, era todo dele; pensava num outro crime, aquele cometido contra uma criança, que ele não tinha ordenado, mas do qual era um cúmplice mudo... Ele pensava na morte, em sua própria morte, e nos milhões de homens, seus súditos, nos milhões de pais, filhos, irmãos que ele governaria até morrer.

"Seriam eles realmente semelhantes a mim? Teriam eles se tornado criminosos caso tivessem tido a ocasião, inocentes somente na aparência e prontos a utilizar o mal para satisfazer suas ambições? Entretanto, quando eu estava em Lyon, encontrava-me animado unicamente pelo desejo de justiça. Será que é mesmo isso? A natureza humana é assim tão detestável, ou então é a realeza que nos transforma a esse ponto? Seria esse o tributo a pagar para reinar, descobrir-se a tal ponto impuro e maculado? Por que Deus nos fez mortais, posto que é a morte que nos torna detestáveis, devido ao medo que temos dela e ao uso que dela fazemos?... Talvez tentem me matar na noite de hoje."

Olhava enormes sombras movendo-se nas paredes, entre os pilares, e não sentia nenhum arrependimento, apenas uma falta de felicidade.

"Sem dúvida é isso que chamamos de oração. E é por isso que nos aconselham essa parada na igreja na noite que antecede a sagração."

Ele se julgava lucidamente, tal como era: um homem mau, com os dons de um grande rei.

Não estava com sono, e teria permanecido lá de bom grado, meditando sobre si mesmo, sobre o destino humano, sobre a origem de nossos atos, fazendo a si mesmo as grandes perguntas do mundo, aquelas para as quais jamais é possível obter resposta.

— Quanto tempo dura a cerimônia? — perguntou.

— Duas horas inteiras, Vossa Majestade.

— Vamos! Temos de nos forçar a dormir. Devemos estar muito dispostos amanhã.

Mas chegando de volta ao palácio arquiepiscopal, ele foi até o quarto da rainha e sentou-se na beira da cama de sua mulher. Ele a informou sobre coisas sem interesse evidente; falava dos lugares na catedral, importava-se com os trajes de suas filhas...

Jeanne estava semiadormecida. Lutava para permanecer atenta, e discernia em seu marido uma tensão nervosa, uma espécie de angústia crescente, contra a qual ele buscava proteção.

— Meu amigo — perguntou ela —, quereis dormir ao meu lado?

Ele pareceu hesitar.

— Não posso; o camareiro não foi informado — respondeu ele.

— Vós sois rei, Felipe — disse Jeanne sorrindo. — Vós podeis dar a vosso camareiro as ordens que quiserdes.

Ele levou algum tempo para se decidir. Aquele homem jovem que sabia, pelas armas ou pelo dinheiro, aniquilar seus mais poderosos vassalos experimentava um incômodo ao informar seus servidores de que ele ia compartilhar a cama de sua mulher devido a um desejo imprevisto.

Finalmente chamou uma de suas camareiras, que dormiam no aposento contíguo, e enviou-a para avisar a Adam Héron que ele não devia esperá-lo nem dormir naquela noite na passagem do aposento real.

Depois, entre as tapeçarias bordadas com motivos de pássaros, sob o cortinado bordado de prata do leito da rainha, ele se despiu e deslizou entre os lençóis. E aquela grande angústia da qual não podiam protegê-lo nem todas as tropas reunidas do condestável acalmou-se pelo contato com aquele corpo feminino, aquelas pernas firmes e longas, aquele ventre suave e aquele peito quente.

— Minha amiga — murmurou com os lábios próximos aos cabelos de Jeanne —, minha amiga, dizei-me... vós me enganastes outrora? Dizei-me sem temor, pois, mesmo que tenhais me enganado, sabei que vos perdoarei.

Jeanne abraçou aquele corpo magro e forte, em que a ossatura era perceptível sob os dedos, e disse:

— Jamais, Felipe, eu juro. Senti a tentação de fazê-lo e vos confesso, mas nunca cheguei a ceder.

— Obrigada, minha amiga — sussurrou Felipe. — Então nada falta à minha realeza.

Não faltava nada mais à sua realeza porque, na verdade, ele era semelhante a todos os homens de seu reino; ele precisava de uma mulher que fosse inteiramente dele.

X

Os sinos de Reims

ALGUMAS HORAS MAIS TARDE, ESTENDIDO numa cama usada para as viagens, decorada com os brasões de França, Felipe, usando uma longa túnica de veludo vermelho e com as mãos cruzadas na altura do peito, esperava os bispos que deveriam conduzi-lo até a catedral.

O primeiro camareiro, Adam Héron, ele também suntuosamente vestido, mantinha-se de pé junto à cama. A pálida manhã de janeiro esparramava pelo aposento uma luminosidade leitosa.

Bateram à porta.

— Com quem quereis falar?

— Com o rei.

— Quem é?

— Seu irmão.

Felipe e Adam Héron se entreolharam, surpresos e descontentes.

— Bom... que ele entre — disse Felipe, erguendo-se um pouco.

— Vós tendes muito pouco tempo, Majestade — observou o camareiro.

O rei assegurou-lhe que a entrevista não duraria muito.

O belo Carlos de La Marche usava trajes de viagem. Acabava de chegar a Reims e só havia se detido, por alguns instantes, no lugar em que estava hospedado Carlos de Valois. Seu rosto e seu jeito de andar o traíam, deixando entrever um sentimento de ira.

Por mais irritado que estivesse, a visão de seu irmão, vestido daquela cor e estendido naquela pose hierática, causou impacto sobre ele, fazendo com que permanecesse por um tempo parado, com os olhos arregalados.

"Como ele gostaria de estar em meu lugar!", pensou Felipe, dizendo, ao mesmo tempo:

— Eis-vos enfim aqui, meu irmão. Eu vos agradeço por cumprirdes vosso dever e, assim, desmentirdes as más línguas que pretendiam que vós não viríeis à minha sagração. Ide depressa vos vestir agora, pois não podeis vos apresentar assim na igreja. Vós logo estareis atrasado.

— Meu irmão — respondeu La Marche —, antes tenho de vos falar de coisas importantes.

— De coisas importantes... ou de coisas que vos interessam? O importante, agora, é não fazer esperar o clero. Num instante os bispos virão me buscar.

— Pois bem! Eles esperarão! — exclamou Carlos. — Cada qual tem a sua vez de ir ter convosco e de tirar algum proveito disso. Parece que eu sou o único do qual não quereis nem ouvir falar. Desta vez vós me escutareis!

— Então falemos, Carlos — disse Felipe, sentando-se na cama. — Mas teremos de ser breves!

La Marche fez um gesto que queria dizer: "Veremos, veremos." Depois ele se sentou, esforçando-se para manter-se ereto e com o queixo empinado.

"Pobre Carlos!", pensou Felipe. "Ele quer imitar as maneiras de nosso tio Valois, mas não tem a envergadura necessária."

— Felipe — continuou La Marche —, por diversas vezes vos pedi que me atribuísse o pariato e aumentasse meu apanágio e minhas rendas. Eu vos pedi isso, sim ou não?

— Que família ávida... — murmurou Felipe.

— E vós sempre ignorastes meus pedidos. Agora vou dizer pela última vez: vim até a cidade de Reims, mas não assistirei à vossa cerimônia de sagração, a menos que participe dela como par do reino. Caso contrário, vou-me embora.

Felipe olhou-o por um momento sem nada dizer e, sob aquele olhar, Carlos sentiu-se diminuir, derreter, perder toda a segurança e importância.

Diante do pai deles, o rei Felipe, o Belo, o jovem príncipe outrora experimentava a mesma sensação de insignificância.

— Um instante, meu irmão — disse Felipe, que se levantou e foi falar com Adam Héron, que se havia distanciado e estava num canto do aposento.

— Adam — perguntou ele, em voz baixa —, os vassalos que foram buscar o santo frasco* na abadia de Saint-Remy já estão de volta?

— Sim, Majestade, eles já se encontram na catedral, em companhia dos clérigos da abadia.

— Muito bem. Então faça com as portas da cidade como em Lyon.

E com as mãos fez três gestos quase imperceptíveis que significavam: os rastrilhos, as barras, as chaves.

— Em pleno dia de sagração, Majestade? — murmurou Héron, espantado.

— Precisamente, em pleno dia de sagração. E providencie para que isso se faça rapidamente.

* O "santo frasco" era um pequeno recipiente contendo o óleo bento que servia para a cerimônia de unção dos reis de França. (N.T.)

O camareiro saiu e Felipe voltou até a cama.

— Então, meu irmão, o que estáveis me pedindo?

— O pariato, Felipe.

— Ah! Sim o pariato. Pois bem, meu irmão, vou concedê-lo, vou concedê-lo de bom grado, mas não imediatamente, porque vós clamastes demais por vossos desejos. Se eu cedesse assim, diriam que estou agindo por obrigação, e não por minha própria vontade, e todos se sentiriam autorizados a se comportar da mesma maneira comigo. Sabei, portanto, que não haverá mais apanágios criados ou aumentados antes que seja promulgado o decreto que declarará inalienável toda e qualquer parte do domínio real.[26]

— Mas por que isso? Vós não precisais mais do pariato de Poitiers! Por que não o dar a mim? Deveis reconhecer que a minha parte é insuficiente!

— Insuficiente? — gritou Felipe, que começava a sentir-se irado. — Vós nascestes filho de rei, vós sois irmão de rei; acreditais mesmo que vossa parte seja insuficiente para um homem que tem uma inteligência tão curta e tão poucos méritos, como vós?

— Meus méritos? — disse Carlos.

— Sim, vossos méritos, que são bem pequenos. Pois é preciso, enfim, vos dizer diretamente, Carlos: vós sois um imbecil. Sempre fostes e não melhorais nem um pouco com a idade. Quando éreis ainda criança, todos vos achavam tão tolo e tão pouco desenvolvido de espírito, que nossa própria mãe... santa mulher!, vos desprezava e vos chamava de "pateta". Lembrai-vos, Carlos? Vós éreis um pateta e continuais sendo. Nosso pai vos convocou inúmeras vezes ao Conselho. O que aprendestes com isso? Vós comparecíeis para ficar bocejando enquanto eram debatidos os negócios do reino, e lembro-me de que jamais se ouviu de vossa boca alguma palavra que não provocasse o desprezo de nosso pai ou do senhor Enguerrand. Podeis compreender que eu não faça questão alguma de vos tornar mais poderoso, posto que não posso contar com a vossa ajuda e posto que há seis meses vós fazeis todo o possível contra mim. Teríeis podido obter muito mais por outros caminhos. Vós pensais que sois forte e pensais que as pessoas hão de se dobrar diante de vós? Ninguém esqueceu o lamentável papel que fizestes em Maubuisson, quando começastes a berrar: “Branca! Branca!” e a chorar por vosso ultraje diante da corte inteira.

— Felipe! Cabe a vós dizer-me tudo isso? — indagou La Marche, levantando-se, a expressão decomposta. — Justamente vós, cuja mulher...

— Nem uma palavra contra Jeanne, nem uma palavra sequer contra a rainha! — cortou Felipe, a mão levantada. — Sei que para me prejudicar, ou para vos sentir menos sozinho em vosso infortúnio, vós continuais a esparramar vossas mentiras.

— Vós inocentastes Jeanne porque queríeis conservar a Borgonha, porque colocastes como sempre vossos interesses na frente de vossa honra. Mas minha esposa infiel continua sendo útil também para mim!

— O que quereis dizer?

— Quero dizer o que estou dizendo! — replicou Carlos de La Marche. — E declaro que, caso pretendeis que eu esteja presente agora mesmo na sagração, exijo poder sentar-me numa poltrona de par do reino. Caso contrário, vou-me embora!

Adam Héron entrou no aposento e avisou o rei, com uma inclinação de cabeça, que suas ordens tinham sido transmitidas. Felipe agradeceu-lhe com o mesmo gesto.

— Podeis partir, meu irmão — disse ele. — Tenho necessidade de uma única pessoa: o arcebispo de Reims. Vós, por acaso, sois arcebispo? Não... Então podeis partir, caso seja isso que quereis fazer.

— Mas por quê — questionou Carlos —, por que nosso tio Valois sempre consegue tudo o que quer? E por que nunca eu?

Pela porta entreaberta, ouviam-se os cantos da procissão que se aproximava.

"Quando penso que, caso eu venha a morrer, este tolo será o regente!", dizia Felipe a si mesmo. Ele pousou a mão no ombro do irmão.

— Quando tiverdes prejudicado o reino por tantos anos quanto nosso tio, então podereis exigir ser pago pelo mesmo preço. Mas, graças a Deus, vós sois menos competente na tolice.

Com os olhos ele mostrou-lhe a porta, e o conde de La Marche saiu lívido, torturado por uma raiva impotente, indo chocar-se contra o grande cortejo de clérigos que chegava.

Felipe voltou para a cama e assumiu novamente a posição em que se encontrava antes, com as mãos cruzadas, as pálpebras fechadas.

Algumas batidas na porta foram ouvidas; dessa vez, eram os bispos com seus báculos pastorais.

— Com quem quereis falar? — perguntou Adam Héron.

— Queremos falar com o rei — respondeu uma voz grave.

— Quem são vocês?

— Os bispos.

Os cortinados foram abertos e os bispos de Langres e de Beauvais entraram, com a mitra na cabeça e os relicários no pescoço. Eles se aproximaram da cama, ajudaram o rei a levantar-se, apresentaram-lhe a água benta e, enquanto Felipe se ajoelhava numa almofada revestida de seda, disseram suas orações.

Depois Adam Héron colocou sobre os ombros de Felipe um manto de veludo escarlate semelhante a sua túnica. E, de repente, irrompeu uma querela sobre precedência. Normalmente o duque-arcebispo de Laon devia ocupar o lugar à direita do rei. Ora, a sede de Laon, na época, encontrava-se sem titular. O bispo de Langres, Guilherme de Durfort, devia supostamente substituir aquela personalidade ausente. Mas Felipe escolheu o bispo de Beauvais para ocupar o lugar a sua direita. Tinha duas razões para isso: por um lado, o bispo de Langres acolhera com muita facilidade em sua diocese alguns ex-Templários, dando-lhes um lugar como clérigos; por outro lado, o bispo de Beauvais era o terceiro dos irmãos Marigny, um prelado muito hábil e sempre disposto a servir o poder, com a condição de poder retirar disso algum proveito e honra. Pois ele não havia provado isso menos de dois anos antes, ao participar do tribunal encarregado de condenar à morte seu irmão mais velho, Enguerrand de Marigny? Felipe não tinha estima por ele, mas sabia que era preciso estar em bons termos com o bispo.

— Eu sou bispo-duque; cabe a mim o lugar à direita — dizia Guilherme de Durfort.

— A sede de Beauvais é mais antiga do que a de Langres — respondia Marigny.

Os espíritos começavam a inflamar-se.

— Senhores, o rei decide — disse Felipe.

E Durfort teve de se colocar à esquerda.

"Um descontente a mais", pensou Felipe.

Desceram assim, em meio às cruzes, aos círios e à fumaça dos incensos, até a rua em que toda a corte, com a rainha à frente, já havia formado um cortejo. De lá, todos ganharam a catedral.

Imensos clamores elevavam-se à passagem do rei. Felipe estava muito pálido e forçava seus olhos míopes. A terra de Reims parecia-lhe de repente estranhamente dura sob seus pés. Tinha a impressão de caminhar sobre uma placa de mármore.

No portal da catedral, ele se deteve para fazer novas orações; depois, em meio à algazarra dos órgãos, Felipe avançou na nave, rumo ao altar, rumo ao grande estrado, rumo ao trono, onde, enfim, sentou-se. Seu primeiro gesto foi designar à rainha o lugar em que ela deveria sentar-se: a poltrona preparada à direita da sua.

A igreja estava repleta. Felipe via apenas um mar de coroas, de ombros bordados, de joias, de casulas faiscantes sob a luz dos círios. Um firmamento humano estendia-se a seus pés.

Dirigiu o olhar para paragens mais próximas e girou a cabeça à direita e à esquerda, para distinguir as presenças sobre o estrado. Carlos de Valois estava lá, e Mahaut d'Artois, monumental, coberta de brocados e veludos; ela lhe sorriu. Luís de Évreux mantinha-se um pouco mais a distância. Mas Felipe não via Carlos de La Marche, tampouco Felipe de Valois, também parecia estar a sua procura.

O arcebispo de Reims, Robert de Courtenay, com um aspecto carregado devido aos ornamentos sacerdotais, levantou-se de seu trono, que ficava diante do trono real. Felipe imitou-o e veio prosternar-se diante do altar.

Por todo o tempo que durou o *Te Deum,* Felipe perguntou a si mesmo: "Será que as portas foram mesmo bem fechadas? Minhas ordens terão sido seguidas ao pé da letra? Meu irmão não há de ficar fechado no fundo de um quarto enquanto eu sou coroado. E por que Felipe de Valois também está ausente? O que eles estão preparando? Eu devia ter deixado Galard do lado de fora, para que ele pudesse comandar mais facilmente os balestreiros."

Ora, enquanto o rei tinha todas essas preocupações, seu irmão mais jovem chafurdava num pântano.

Ao sair, furioso, dos aposentos reais, Carlos de La Marche havia se precipitado para os da família Valois. Não encontrara lá seu tio, que já tinha saído para a catedral, mas apenas Felipe de Valois acabava de se preparar. A ele Carlos contou, quase fora de si, o que chamava de "perfídia" de seu irmão.

Estreitamente ligados por seus gostos e natureza, os dois primos se entendiam muito bem e gostavam de manifestar apoio um ao outro.

— Pois, se é assim, eu também não vou assistir à sagração — declarou Felipe de Valois, com a satisfação de afirmar certa independência em relação ao rei, à corte e a seu próprio pai.

E nisso eles reuniram suas escoltas e dirigiram-se orgulhosamente para uma das portas da cidade. O orgulho desmedido dos dois teve de se inclinar diante dos sargentos armados.

— Ninguém entra nem sai. Ordens do rei.

— Nem os príncipes de França?

— Nem os príncipes. Ordens do rei.

— Então é assim! Ele quer nos obrigar! — exclamou Felipe de Valois, que agora assumia a briga como sua. — Pois bem, sairemos assim mesmo!

— Mas como, posto que as portas estão fechadas?

— Vamos fingir que estamos voltando para a cidade e, depois, deixai-me agir.

O que veio depois parecia mais uma brincadeira de garotos. Os escudeiros do jovem conde de Valois tinham sido enviados às pressas para buscar algumas escadas, que logo foram colocadas de pé junto às muralhas, no fundo de um beco sem saída, num lugar em que parecia não haver vigias. E eis os dois primos, com as nádegas ao vento, escalando a muralha, sem imaginar que do outro lado encontravam-se os pantanais do rio Vesle. Com a ajuda de cordas, desceram do outro lado. Carlos de Valois logo se enterrou no meio da água lamacenta e gelada. Teria se afogado se seu primo, que era muito alto e forte, não o tivesse pego a tempo. Depois eles se lançaram como dois cegos ao pantanal. Não queriam saber de renunciar à empreitada. Avançar ou recuar dava no mesmo. Eles arriscaram a própria vida e ficariam presos naquele lamaçal ainda por três horas. Os poucos escudeiros que os haviam seguido chafurdavam junto com eles e não hesitavam mais em amaldiçoá-los em voz alta.

— Caso consigamos sair daqui — gritava La Marche, para dar coragem a seu primo —, sei muito bem onde vou parar: na fortaleza de Château-Gaillard!

Felipe de Valois, pingando de suor apesar do frio, mostrou seu rosto espantado por cima dos caniços podres.

— Mas tu ainda gostas de Branca? — perguntou ele.

— Não gosto nem um pouco, mas há certas coisas que só ela pode me dizer. Ela é a única, a última a poder nos dizer se a filha de Luís é ilegítima e se meu irmão Felipe foi chifrado, assim como eu! Com seu testemunho, poderei, por minha vez, desonrar meu irmão e fazer com que a coroa seja dada à filha de Luís.

O som dos sinos de Reims, repicando sem parar, chegava até eles.

— Quando penso que é para ele que soam todos esses sinos! — dizia Carlos, com a metade do corpo enterrada na lama e a mão estendida na direção da cidade.

Na catedral, os camareiros tinham acabado de despir o rei. Felipe, o Comprido, de pé diante do altar, tinha agora sobre o corpo apenas duas camisas de baixo superpostas, uma de algodão fino, outra de seda branca, ambas amplamente abertas no peito e nas axilas. O rei, antes de ser empossado das insígnias da majestade, apresentava-se diante da assembleia de seus súditos como um homem quase nu, trêmulo de frio.

Todos os atributos da sagração estavam colocados sobre o altar, aos cuidados do abade de Saint-Denis, que os trouxera até Reims. Adam Héron pegou das mãos do abade os sapatos e as compridas ceroulas de seda bordadas com motivos de flores de lis, e ajudou o rei a vesti-las, bem como a calçar os sapatos, também feitos de tecido bordado. Depois Anseau de Joinville, na ausência do duque de Borgonha, afivelou as esporas de ouro em torno dos pés do rei e retirou-as imediatamente. O arcebispo abençoou a grande espada, que, segundo se pretendia, era a de Carlos Magno, e, erguendo-a pela bainha, pendurou-a num dos flancos do rei, recitando:

— *Accipe hunc gladium cum Dei benedictione...*

— Senhor condestável, aproximai-vos – disse o rei.

Gaucher de Châtillon avançou, e Felipe, retirando a espada da bainha, entregou-a a ele.

Jamais condestável algum, em toda a história da França, havia merecido mais do que aquele a honra de segurar para seu soberano a insígnia do poderio militar. Aquele gesto entre eles era mais do que o cumprimento de um rito; eles trocaram um olhar demorado. O símbolo confundia-se com a realidade.

Com a ponta de uma agulha de ouro, o arcebispo colheu, no santo frasco que lhe estendia o abade de Saint-Remy, uma parcela daquele óleo, que, segundo diziam, era enviado do céu, e misturou-a com o dedo ao crisma preparado numa pátena. Depois o arcebispo ungiu Felipe, tocando-o no alto da cabeça, no peito, entre os ombros e nas axilas. Adam Héron afivelou os colchetes e ganchos que fechavam as túnicas. A camisa do rei seria queimada mais tarde, porque havia sido tocada pela santa unção.

O rei foi então vestido novamente com os trajes que se encontravam sobre o altar: primeiro a cota de cetim vermelho bordada de fios de prata, depois a túnica de cetim azul bordada de pérolas e semeada com motivos de flores de lis e, por cima, a túnica dalmática do mesmo tecido; por cima de tudo isso, o *soq*, grande manto real, quadrado, preso ao ombro direito por uma fíbula de ouro. Felipe sentia progressivamente pesarem seus ombros. O arcebispo completou a unção das mãos, enfiou no dedo de Felipe o anel real, colocou o pesado cetro de ouro em sua mão direita, e a mão de justiça* na mão esquerda. Depois de uma genuflexão diante da sacristia, o prelado enfim a coroa ergueu, enquanto o camareiro-mor começava a chamar pelo nome os pares presentes.

— Magnífico e poderoso senhor conde de...

Naquele instante preciso, uma voz alta e imperiosa ouviu-se do fundo da nave:

— Parai, arcebispo! Não podeis coroar este usurpador. É a filha de São Luís que fala.

Uma forte agitação percorreu o público. Todas as cabeças voltaram-se para o ponto de onde haviam gritado. Sobre o estrado e entre os clérigos que oficiavam a cerimônia houve uma troca de olhares ansiosos. As fileiras da multidão se abriram.

Rodeada por alguns senhores feudais, uma mulher alta, ainda bela de traços, com o queixo firme, os olhos claros e encolerizados,

* Pequeno cetro terminado por uma mão esculpida em ouro ou marfim, que representava o poder real de justiça. (N.T.)

um estreito diadema e o véu das viúvas colocados sobre um tufo de cabelos quase brancos, andava na direção do coro.

À sua passagem, sussurravam:

— É a duquesa Agnes, é ela!

Todos esticavam o pescoço para vê-la. Surpreendiam-se pelo fato de ela ter conservado tão boa aparência e um caminhar tão firme, apesar da idade. Por ser filha de São Luís, a imagem que faziam dela pertencia a eras longínquas; imaginavam-na como um ancestral, uma sombra quase sem vida esquecida num castelo da Borgonha. Repentinamente ela aparecia tal como era, uma mulher de 50 anos ainda cheia de vida e autoridade.

— Parai, arcebispo — repetiu ela quando estava apenas a alguns passos do altar. — Vós todos... escutai... Lede, Mello! — acrescentou ela, virando-se para seu conselheiro, que a acompanhava.

Guilherme de Mello desenrolou um pergaminho e leu:

— "Nós, nobilíssima dama Agnes de França, duquesa de Borgonha, filha de Nossa Majestade, o santo rei Luís, em nosso nome e no de nosso filho, o nobilíssimo e poderoso duque Eudes, dirigimo-nos a vós, nobres e vassalos, aqui presentes ou ausentes do reino, a fim de impedir o reconhecimento do conde de Poitiers como rei, posto que ele não é herdeiro legítimo da coroa. Também queremos protestar para que a sagração seja adiada até que tenham sido reconhecidos os direitos da senhora Jeanne de França e de Navarra, filha e herdeira do falecido rei e de nossa filha."

A angústia aumentava sobre o estrado e começava-se a ouvir o murmúrio no fundo da igreja. A multidão se comprimia.

O arcebispo parecia constrangido com a coroa nas mãos, sem saber se devia colocá-la de volta sobre o altar ou prosseguir com a cerimônia.

Felipe permaneceu imóvel, com a cabeça nua, impotente, sentindo pesar o corpo com mais de vinte quilos de ouro e brocados, e com as mãos atravancadas pelos dois cetros que acabara de receber. Jamais havia se sentido tão desmunido, tão ameaçado, tão só. Ele tinha a sensação de estar sendo estrangulado por uma mão invisível. Sua calma era assustadora. Fazer um único gesto, abrir a boca naquele instante, encetar uma controvérsia equivaleria a provocar o tumulto e, sem dúvida, o fracasso. Felipe permaneceu imóvel sob o peso de seus ornamentos, como se a batalha se passasse fora de seu alcance.

Ele ouvia os pares eclesiásticos cochichando:

— O que devemos fazer?

O prelado de Langres, que não havia esquecido a vergonha que lhe fora infligida um pouco antes, achava que a cerimônia devia ser suspensa.

— Retiremo-nos a fim de discutir o problema — propunha outro prelado.

— Não podemos, o rei já foi ungido com os óleos do Senhor; ele já é rei. Coroai-o — replicava o bispo de Beauvais.

A condessa Mahaut debruçava-se na direção de sua filha Jeanne e murmurava:

— Vagabunda! Ela merece ir para os quintos dos infernos!

Com suas pálpebras de tartaruga, o condestável fez um sinal a Adam Héron para que continuasse a chamada dos pares.

— Magnífico e poderoso senhor conde de Valois, par do reino — pronunciou o camareiro.

Todas as atenções então voltaram-se para o tio do rei. Caso ele respondesse à chamada, Felipe ganharia, pois era a caução dos pares laicos e do próprio poder real que Valois daria assim. Caso recusasse, Felipe teria perdido.

Valois não mostrava muita pressa, e o arcebispo visivelmente aguardava sua decisão.

Felipe então esboçou um ligeiro movimento; virou a cabeça na direção de seu tio; o olhar que ele lhe dirigiu valia cem mil libras. A Borgonha jamais pagaria a mesma soma.

O ex-imperador de Constantinopla levantou-se, com o rosto crispado, e veio colocar-se detrás do sobrinho.

"Como eu fiz bem em oferecer-lhe uma soma tão alta!", pensou Felipe.

— Nobre e poderosa dama Mahaut, condessa d'Artois, par do reino — chamou Adam Héron.

O arcebispo ergueu o pesado círculo de ouro encimado por uma cruz na parte frontal, pronunciando enfim:

— *Coronet te Deus.*

Um dos pares laicos devia imediatamente tomar a coroa para mantê-la acima da cabeça do soberano, e os outros pares deviam colocar nela apenas um dedo simbólico. Valois já ia avançando as mãos, mas Felipe, fazendo um movimento com o cetro, deteve-o.

— Segurai a coroa — disse ele a Mahaut.

— Obrigada, meu filho — murmurou a giganta.

Ela recebia, por meio daquela designação espetacular, o agradecimento por seu duplo regicídio. Ela assumia o lugar de primeiro par do reino, e sua posse do condado de Artois era dessa forma confirmada com toda a evidência.

— A Borgonha não se rende! — exclamou a duquesa Agnes.

E, reunindo seu séquito, ela andou na direção da saída enquanto, lentamente, Mahaut e Valois reconduziam Felipe a seu trono.

Depois de ele ter se sentado, com os pés repousando sobre a almofada de seda, o arcebispo depôs sua mitra e veio beijar o rei na boca, dizendo:

— *Vivat rex in aeternum.*

Os outros pares eclesiásticos e leigos imitaram seu gesto, repetindo:

— *Vivat rex in aeternum.*

Felipe sentia-se exausto. Acabava de vencer sua última batalha, depois de sete meses de lutas incessantes para chegar àquele poder supremo que ninguém, doravante, poderia disputar com ele.

Os sinos soaram espalhafatosamente por seu triunfo; do lado de fora, o povo urrava, desejando-lhe glória e longa vida; todos os seus adversários estavam dominados. Ele tinha um filho para assegurar sua descendência, uma esposa feliz para compartilhar suas dificuldades e alegrias. O reino de França lhe pertencia.

"Como estou exausto, como estou exausto!", pensava Felipe.

Na verdade, nada parecia faltar àquele rei de 25 anos, que havia conseguido se impor por meio de uma vontade tenaz, que aceitara os benefícios do crime e que possuía todas as características de um grande monarca.

O tempo dos castigos estava prestes a começar.

Notas Históricas
&
Repertório Biográfico

Notas históricas

1 – Foi por volta de seus 75 anos que o senescal de Joinville começou a redigir sua *História de São Luís,* a pedido da rainha Jeanne de Navarra, mulher de Felipe, o Belo, que queria um livro contendo as "santas palavras e bons atos" do rei cruzado.

A redação ocupou Joinville por cerca de dez anos. Tendo a rainha morrido antes do término, foi a seu filho, Luís de Navarra, futuro Luís X, o Cabeçudo, que o autor dedicou — "Ao bom senhor Luís, filho do rei da França" — e apresentou a obra, tal como testemunha uma miniatura da época.

2 – Eleito papa nas estranhas circunstâncias que veremos descritas no decorrer deste volume — e que romanceamos, mas de modo algum inventamos —, Jacques Duèze (João XXII) defenderia, em diversos sermões e artigos escritos durante seu pontificado, sua tese sobre a visão beatífica.

3 – Os principais tecidos de seda utilizados para as vestimentas eram: o *samit,* semelhante ao nosso cetim, o *sandal* e o *camocas,* bastante

parecidos com os tafetás, e os tecidos com fios de ouro e prata, pesados brocados com trama de seda.

Entre os tecidos de lã, eram muito empregados os *marbrés*, tecidos com tramas de diversas cores, os *rayés* ("listrados"), o *camelin*, isto é, o tecido feito com pelo de camelo ou suas imitações, e sobretudo os *escarlates*. Estes últimos eram os tecidos mais luxuosos e mais estimados, com os quais eram feitos os trajes para as ocasiões solenes. Os melhores eram fabricados em Flandres e na Inglaterra. A matéria colorante era fornecida pelo quermes, pequeno inseto encontrado na região do Languedoc e que era vendido seco. Havia diversas nuances de escarlate: vermelho, róseo, violeta, vermelho-sangue.

4 – A maioria dos autores afirma que os cardeais reunidos para o conclave de 1314-1316 eram vinte e três. Nós constatamos a presença de vinte e quatro.

O partido dos "romanos" contava seis italianos: Jacques Colonna, Pierre Colonna, Napoleão Orsini, Francesco Caetani, Jacques Stefaneschi-Caetani, Nicolau Alberti (ou Albertini) de Prato; um angevino de Nápoles, Guilherme de Longis, e enfim, um espanhol, Lucas de Flisco (chamado algumas vezes de Fieschi), consanguíneo do rei de Aragão. Esses cardeais haviam sido nomeados anteriormente ao pontificado de Clemente V e à instalação do papado em Avignon; o chapéu de cardeal lhes havia sido conferido entre 1278 e 1303, durante os reinos de Nicolau III, Nicolau IV, Celestino V, Bonifácio VIII e Benedito XI.

Todos os outros cardeais tinham sido nomeados por Clemente V. O partido chamado de "provençal" compreendia: Guilherme de Mandagout, os dois irmãos Bérenger Frédol, Jacques Duèze, e os normandos Nicolau de Fréauville e Michel du Bec.

Enfim os gascões, que eram dez: Arnaud de Pélagrue, Arnaud de Fougères, Arnaud Nouvel, Arnaud d'Auch, Raymond-Guilherme de Farges, Bernard de Garves, Guilherme-Pierre Godin, Raymond de Goth, Vital du Four e Guilherme Teste.

5 – Até a metade do século XII, a cidade de Lyon estava em poder dos condes de Forez e de Roannez, sob a soberania puramente nominal do imperador da Alemanha.

A partir de 1173, tendo o imperador reconhecido os direitos de soberania do arcebispo de Lyon, primado das Gálias, o domínio conhecido como Lyonnais foi separado do domínio de Forez, e o poder eclesiástico passou a governar a cidade, com direito de justiça, de cunhar moeda e de convocar tropas.

Esse regime desagradou à poderosa comuna de Lyon, unicamente composta de burgueses e mercadores que durante mais de um século lutaram para se emancipar. Depois de diversas revoltas malsucedidas, apelaram para o rei Felipe, o Belo, que, em 1292, tomou Lyon sob a sua proteção.

Vinte anos mais tarde, no dia 10 de abril de 1312, um tratado concluído entre a comuna, o arcebispado e o rei reuniu definitivamente Lyon ao reino de França.

Apesar das reivindicações de Jean de Marigny, arcebispo de Sens, que controlava a diocese de Paris, o arcebispo de Lyon conseguiu manter a primacial das Gálias, única de suas prerrogativas que foi conservada.

No fim da Idade Média, Lyon contava 24 taberneiros, 32 barbeiros, 48 tecelões, 56 costureiros, 44 mercadores de peixes, 36 açougueiros, comerciantes de especiarias e de frios, 57 sapateiros, 36 padeiros, 25 albergueiros, 15 ourives ou artesãos do ouro, 20 mercadores de tecidos e 87 notários.

A cidade era administrada pela autoridade "comuna", constituída de burgueses comerciantes que nomeavam, no dia 21 de dezembro, doze cônsules, sempre escolhidos entre os tabeliães de famílias ricas; esse corpo consular chamava-se de corpo "sindical".

Uma das mais antigas famílias consulares era a dos Varay, comerciantes de tecidos e cambistas. Trinta e um de seus membros ostentaram o título de cônsul; alguns foram muitas vezes reeleitos, e um deles chegou a ser cônsul dez vezes. Entre os cinquenta cidadãos de Lyon escolhidos como chefes, em 1285, a fim de lutar contra o arcebispo e obter a anexação à França, contavam-se oito membros da família Varay.

6 – A Igreja romana jamais vendeu a absolvição, tal como tantas vezes pretenderam seus adversários. Mas ela fez com que os culpados pagassem — o que é muito diferente — um preço pelas bulas que lhes eram expedidas, a fim de atestar que eles haviam recebido a absolvição por suas faltas.

Tais bulas eram necessárias quando o delito ou crime, por ter sido público, tornava necessário fornecer provas de absolvição para que se pudesse novamente receber os sacramentos.

O mesmo princípio era aplicado em direito civil, para as cartas de perdão e a remissão concedidas pelo rei, cuja inscrição nos registros dava lugar ao recebimento de uma taxa. O costume vinha da época dos francos, antes mesmo de sua conversão ao cristianismo.

Jacques Duèze (João XXII), por meio de seu livro de taxas e pela instituição da Santa Penitenciária, viria codificar e generalizar esse uso para a Igreja, cujas finanças ele pôde assim restaurar.

Os membros do clero não eram os únicos obrigados a tais multas; para os laicos também estavam previstas certas taxas. As tarifas eram calculadas na moeda chamada gros (cada *gros* valia aproximadamente seis libras).

Assim, o parricídio, o fratricídio ou o assassinato de um parente entre laicos era taxado entre cinco e sete *gros*, do mesmo modo que o incesto, o estupro de uma virgem ou o roubo de objetos sagrados. O marido que batia em sua mulher ou que a fazia abortar era obrigado a pagar seis *gros* (*sete*, caso tivesse arrancado os cabelos da esposa). A multa mais alta, de vinte e sete *gros*, era aplicada à falsificação das cartas apostólicas, isto é, à falsificação da assinatura do papa.

As taxas subiram com o tempo, paralelamente à desvalorização da moeda.

Mas nunca foi instalada a compra da absolvição: tratava-se de um direito de registro para o fornecimento de provas autênticas.

Os incontáveis panfletos consagrados a essa questão e que circularam a partir da Reforma, a fim de fazer cair em descrédito a Igreja romana, apoiaram-se todos nessa confusão voluntária.

7 – Os *Irmãos Pregadores,* ou *Dominicanos,* eram igualmente chamados de *Jacobinos,* por causa da igreja de Saint-Jacques, que lhes fora atribuída em Paris, e em torno da qual instalaram sua comunidade.

O convento de Lyon, em que foi realizado o conclave de 1316, tinha sido edificado em 1236, no terreno situado atrás da casa dos Templários. O conjunto do monastério estendia-se da atual praça dos Jacobinos até a praça Bellecour.

8 – Geralmente se esquece o caráter primitivamente eletivo da monarquia dos Capeto, que antecedeu seu caráter hereditário ou, pelo menos, coexistiu com ele.

Quando da morte acidental do último carolíngio, Luís V, o Não Faz Nada, que desapareceu aos 20 anos, após um reinado de alguns meses, Hugo Capeto, duque de França e filho de Hugo, o Grande, foi designado por eleição.

Hugo Capeto associou imediatamente ao trono seu filho Robert II, fazendo com que fosse eleito como seu sucessor, e sagrado no mesmo ano de sua própria sagração. Dessa forma as coisas ocorreram durante os reinados seguintes. Tão logo o filho primogênito do rei era designado como herdeiro presumido, os pares tinham de ratificar tal escolha, e o novo eleito era sagrado ainda durante a vida de seu pai.

Felipe Augusto foi o primeiro a renunciar a essa tradição de eleição prévia. Ele demonstrava pouco entusiasmo pelas aptidões de seu filho, e, sem dúvida, não desejava associá-lo ao governo. Luís VIII recebeu a coroa de França após a morte de Felipe Augusto, no dia 14 de julho de 1223, exatamente como se estivesse recebendo a herança de um feudo. Foi naquele dia 14 de julho que a monarquia francesa tornou-se verdadeiramente hereditária.

9 – As genealogias muitas vezes dão o nome de Luís ao filho de Felipe V, nascido em julho de 1316. Ora, nas contas de Geoffroy de Fleury, tesoureiro de Felipe, o Comprido, que começou a redação de seus registros naquele ano, tendo sido investido de suas funções no dia 12 de julho, a criança é designada pelo nome de Felipe.

Outros genealogistas mencionam dois filhos, um dos quais teria nascido em 1315, e que teria sido, portanto, concebido durante o período em que Jeanne de Borgonha esteve presa em Dourdan. Isso parece pouco digno de crédito quando se sabe de todos os esforços que Mahaut precisou fazer para reconciliar a filha e o genro. A criança que foi o fruto dessa reconciliação recebeu provavelmente, como era de costume, pelo menos dois dos nomes comumente usados na família.

10 – A tomada do poder por Branca de Castela não deixou, aliás, de se fazer com dificuldades. Ainda que designada como tutora e regente por um ato assinado por Luís VIII, seu esposo, Branca teve de lutar contra uma hostilidade violenta dos grandes vassalos. Assim escreveu Hugues de la Ferté:

> "A *terra de França torna-se bastarda,*
> *Entendam, senhores vassalos,*
> *Quando a uma mulher ela é arrendada.*"*

Mas Branca de Castela não tinha o mesmo temperamento de Clemência de Hungria. Além do mais, já era rainha havia dez anos e dera à luz doze filhos. Ela triunfou sobre os grandes senhores feudais graças ao apoio do conde Thibaud de Champagne, do qual se dizia que era amante.

---

* "*Bien est France abâtardie/ Seigneurs barons entendez,/ Quand àfemme on l'a baillie.*" (N.T.)

11 – Constata-se uma surpreendente semelhança entre a loucura de Robert de Clermont e a de Carlos VI, seu sobrinho em terceiro grau, na quinta geração do lado dos homens e na quarta do lado das mulheres.

Nos dois casos, a demência começa por um choque causado durante uma luta, com traumatismo craniano no caso de Clermont, sem traumatismo no caso de Carlos, mas que desencadeia uma mania furiosa em ambos: mesmos períodos de crises frenéticas seguidos por um longo tempo de remissão, em que o paciente retoma um comportamento aparentemente normal; mesmo gosto obsessivo pelos torneios, que ninguém conseguia impedi-los de organizar e aos quais compareciam, ainda que às vezes em estado de delírio. Clermont, por mais demente e perigoso que fosse, tinha autorização para caçar em todo o domínio real. Chegou até a se apresentar à hoste de Felipe, o Belo, durante uma das campanhas contra Flandres, assim como Carlos VI, louco desde os 20 anos, participou do cerco a Bourges e aos combates contra o duque de Berry.

12 – Gritos regulamentares que marcavam o início do torneio.

13 – Os brinquedos e as brincadeiras das crianças quase não variaram da Idade Média até hoje. Já existiam as bolas e balões feitos de couro e tecido, os arcos, piões, bonecas, cavalos de madeira e discos. As crianças já conheciam o jogo da cabra-cega, de apostar corrida, o jogo das palhinhas, o esconde-esconde e o eixo-badeixo (carniça), bem como já brincavam com marionetes. Os meninos das famílias ricas possuíam também miniaturas de armas e outros objetos de guerra: elmos de ferro leve, cotas de malha, espadas sem corte, antepassados das modernas panóplias de general ou caubói.

14 – A última filha de Agnes de Borgonha, Jeanne, casada com Felipe de Valois, futuro Felipe VI, era manca, tal como seu primo Luís I de Bourbon, filho de Robert de Clermont.

A claudicância existia igualmente no ramo colateral da família Anjou, posto que o rei Carlos II, avô de Clemência de Hungria, tinha o apelido de *Manco*. Uma tradição, retomada, aliás, por Mistral em *Ilhas de ouro,* diz que, quando o conde de Bouville, embaixador do rei de França, veio pedir Clemência em casamento para seu mestre, ele exigiu que ela se despisse diante dele a fim de se certificar de que tinha as pernas retas.

15 – No original, *broigne:* tratava-se de um tipo de roupa de baixo, peça feita de algodão ou veludo, sobre a qual eram costurados elos de ferro, e que havia substituído a cota de malha propriamente dita. Por cima dessa peça do vestuário, e para reforçá-la, começavam a aparecer os elementos designados de "achatados" *(plates)* — daí o nome de *armure de plates* ("armadura feita de placas de escamas de aço"), armadura forjada de acordo com a forma do corpo e com articulações inspiradas na forma da cauda do camarão.

16 – Mahaut inventariou minuciosamente os roubos e estragos cometidos em seu castelo de Hesdin, e o registro deles compunha um documento de nada menos de cento e vinte e nove artigos. Ela moveu processo contra o Parlamento de Paris a fim de ser indenizada, o que lhe foi concedido por um decreto de 9 de maio de 1321.

17 – Na época utilizava-se a palavra "caolho" para designar os míopes. Felipe V recebeu as alcunhas de o Comprido, o Grande e o Caolho.

18 – Era costume, então, nas famílias reais ou principescas dar às crianças diversos padrinhos e madrinhas, às vezes até oito. Assim, Carlos de Valois e Gaucher de Châtillon encontravam-se entre os padrinhos de Carlos de La Marche, terceiro filho de Felipe, o Belo. Mahaut era madrinha desse príncipe, como também de inúmeras outras crianças da família. Sua designação para carregar até a pia batismal o filho póstumo de Luís X não tinha, portanto, nada que pudesse surpreender: não escolhê-la para isso, ao contrário, teria parecido um mau sinal.

19 – O batismo, naquela época, era sempre feito no dia seguinte ao nascimento.

A ablução por imersão total em água fria foi praticada até o início do século XIV. Um sínodo realizado em Ravenne, em 1313, decidiu, pela primeira vez, que o batismo poderia também ser praticado por aspersão, caso houvesse falta de água benta, ou caso se temesse que a imersão completa comprometesse a saúde da criança. Mas na verdade foi somente no século XV que a prática da imersão completa desapareceu de uma vez por todas.

20 – Quando um recém-nascido apresentava sinais de enfermidade, não era a ele que se davam remédios, mas sim à sua ama de leite.

21 – No original, *chevaliers poursuivants,* foram uma criação de Felipe V no início de seu reinado, e eram nomeados pelo rei para acompanhá-lo e aconselhá-lo; deviam estar perto do rei em todos os seus deslocamentos, mas não todos os cavaleiros ao mesmo tempo.

Encontravam-se entre eles parentes próximos do rei, como o conde Carlos de Valois, os condes de Évreux, de La Marche, de Clermont, grandes vassalos como os condes de Forez, de Bolonha, de Saboia, de Saint-Pol, de Sully, de Harcourt e de Comminges; altos oficiais da coroa, tais como o condestável, os marechais, o comandante dos balestreiros, bem como outros personagens, membros do Conselho secreto ou do "Conselho que governa", legistas, administradores do Tesouro, burgueses enobrecidos e amigos pessoais do rei. Contavam-se entre eles os nomes de Miles de Noyers, Giraud Guette, Guy Florent, Guilherme Flotte, Guilherme Courteheuse, Martin des Essarts, Anseau de Joinville.

Esse corpo de nobres foi uma prefiguração dos *gentilshommes de la Chambre* (fidalgos da Câmara) instituídos por Henrique III e que subsistiram até o reinado de Carlos X.

22 – A repentina prodigalidade da rainha Clemência depois de seu trágico parto, e que parece assinalar uma alteração mental, devia acentuar-se. O papa João XXII, que sempre protegera Clemência, posto que ela era uma princesa da família Anjou, foi forçado a escrever-lhe incitando-a, a partir do mês de maio seguinte ao nascimento de seu

filho, a viver na discrição, na castidade, na humildade, a ser sóbria à mesa, modesta em suas palavras tanto quanto em sua maneira de se trajar, e a não se mostrar acompanhada apenas por pessoas jovens. Ao mesmo tempo, interveio junto a Felipe V para a fixação das arras de Clemência, o que não deixou de apresentar certas dificuldades.

O papa diversas vezes escreveu ainda a Clemência para exortá-la a reduzir suas despesas excessivas e para rogar-lhe que pagasse de uma vez por todas suas dívidas, especialmente as que tinha com os Bardi de Florença. Finalmente, em 1318, ela teve de se retirar por alguns anos para o convento de Santa Maria de Nazaré, perto de Aix-en-Provence. Mas, antes de entrar nele, foi obrigada a penhorar todas as suas joias, a fim de satisfazer as exigências de seus credores.

23 – No original, *bourses à cul-de-vilain:* eram bolsas em formato redondo, com uma abertura estreita como um gargalo. Elas eram muito ornamentadas e alguns senhores feudais carregavam nelas não somente sua moeda, mas também seu sinete.

24 – No original, *robe,* palavra que designava, na época, um traje completo, composto de diversas peças vestuárias chamadas *garnements* (guarnições), todas feitas do mesmo tecido. O traje chamado *robe de parade* compreendia: duas cotas curtas, uma aberta e outra fechada, uma espécie de capa, uma garnacha, um capuz e um manto de cima.

25 – Após a eleição de Hugo Capeto, os seis mais importantes senhores feudais do reino, três duques e três condes, designados para entregar a coroa ao eleito durante sua sagração, tinham sido: o duque de Borgonha, o duque da Normandia, o duque de Guyenne, o conde de Champagne, o conde de Flandres e o conde de Toulouse. Eles eram considerados pares do rei, isto é, seus iguais. Encontravam-se ao lado deles seis pares eclesiásticos, entre os quais três duques-arcebispos e três condes-bispos.

26 – Cinco séculos mais tarde, em seu discurso de 21 de março de 1817 na Câmara dos Pares, a respeito de uma lei sobre as finanças, Cha-

teaubriand foi encontrar seus argumentos neste decreto de Felipe, o Comprido, promulgado em 1318, pelo qual o domínio da coroa havia sido declarado inalienável.

Repertório Biográfico

ARTOIS (Mahaut, condessa de Borgonha, depois d') (?-27 de novembro de 1329).

Filha de Robert II d'Artois. Desposou (1291) o conde palatino de Borgonha, Othon IV (falecido em 1303). Condessa-par d'Artois por decreto real (1309). Mãe de Jeanne de Borgonha, esposa de Felipe de Poitiers, futuro Felipe V, e de Branca de Borgonha, esposa de Carlos de França, futuro Carlos IV.

ARTOIS (Robert III d') (1287-1342).

Filho de Felipe d'Artois e neto de Robert II d'Artois. Conde de Beaumont-le-Roger e senhor feudal de Conches (1309). Desposou (1318) Jeanne de Valois, filha de Carlos de Valois e de Catarina de Courtenay. Par do reino devido a seu condado de Beaumont-le-Roger (1328). Banido do reino (1332), refugiou-se na corte de Eduardo III da Inglaterra. Ferido mortalmente na batalha de Vannes. Enterrado em Saint-Paul de Londres.

AUCH (Arnaud d') (?-1320).

Bispo de Poitiers (1306). Nomeado cardeal-bispo de Albano por Clemente V no dia 24 de dezembro de 1312. Morreu em Avignon.

AUNAY (Felipe d') (?-1314).

Filho de Gautier d'Aunay, senhor feudal de Moucy-le-Neuf, de Mesnil e de Grand-Moulin. Escudeiro do conde de Valois. Inculpado de adultério (caso da torre do palacete de Nesle) com Margarida de Borgonha, esposa de Luís de Navarra, futuro Luís X, o Cabeçudo. Foi executado em Pontoise, ao mesmo tempo que seu irmão Gautier, amante de Branca de Borgonha.

BAGLIONI (Guccio) (cerca de 1295-1340).
Banqueiro originário da cidade italiana de Siena, aparentado à família dos Tolomei. Mantinha, em 1315, um escritório bancário em Neauphle-le--Vieux. Desposou secretamente Maria de Cressay. Teve um filho, Giannino (1316), trocado no berço por João I, o Póstumo. Faleceu na Campânia.

BEATRIZ DE HUNGRIA (cerca de 1294-?).
Filha de Carlos-Martelo d'Anjou. Irmã de Caroberto, rei da Hungria, e de Clemência, rainha de França. Esposa do delfim do Viennois, Jean II de La Tour du Pin.

BEAUMONT (Jean de), conhecido como "Le Déramé", senhor feudal de Clichy e de Courcelles-la-Garenne (?-1318).
Sucedeu em 1315 a Miles de Noyers no cargo de marechal de França.

BEC-CRESPIN (Michel du) (?-1318).
Coletor de impostos em Saint-Quentin en Vermandois. Nomeado cardeal por Clemente V no dia 24 de dezembro de 1312.

BOCCACCIO DA CHELLINO, ou BOCCACE.
Banqueiro florentino, viajante da companhia dos Bardi. Teve uma amante francesa e um filho adulterino (1313), que foi o ilustre poeta Boccaccio, autor do *Decamerão*.

BONIFÁCIO VIII (Benedito Caetani), papa (cerca de 1215-11 de outubro de 1303).
Inicialmente cônego em Todi, advogado consistorial e notário apostólico. Cardeal em 1281. Foi eleito papa no dia 24 de dezembro de 1294, depois da abdicação de Celestino V. Vítima do "atentado" de Anagni, morreu em Roma um mês depois.

BORGONHA (Agnes de França, duquesa de) (cerca de 1268-1325).
Derradeira filha dos onze descendentes de São Luís. Casou-se em 1273 com Robert II de Borgonha. Mãe de Hugo V e de Eudes IV, duques de Borgonha; de Margarida, esposa de Luís X, o Cabeçudo, rei de Navarra e depois de França, e de Jeanne, apelidada a Manca, esposa de Felipe VI de Valois.

BORGONHA (Branca de) (cerca de 1296-1326).
Filha caçula de Othon IV, conde palatino de Borgonha, e de Mahaut d'Artois. Casou-se em 1307 com Carlos de França, terceiro filho de Felipe, o Belo. Inculpada de adultério (1314) ao mesmo tempo que Margarida de Borgonha, foi presa em Château-Gaillard, depois no castelo de Gournay, perto de Coutances. Após a anulação de seu casamento (1322), tomou o hábito religioso na abadia de Maubuisson.

BORGONHA (Eudes IV, duque de) (cerca de 1294-1350).
Filho de Robert II, duque de Borgonha, e de Agnes de França, filha de São Luís. Sucedeu, em maio de 1315, a seu irmão Hugo V. Irmão de Margarida, esposa de Luís X, o Cabeçudo; de Jeanne, esposa de Felipe de Valois, futuro Felipe VI; de Maria, esposa do conde de Bar; e de Branca, esposa do conde Eduardo de Saboia. Casou-se no dia 18 de junho de 1318 com Jeanne, primogênita de Felipe V (falecida em 1347).

BOURBON (Luís, senhor de, depois duque de) (cerca de 1275-1342).
Filho primogênito de Robert, conde de Clermont (1256-1318), e de Beatriz de Borgonha, filha de Jean, senhor feudal de Bourbon. Neto de São Luís. Camareiro-mor de França a partir de 1312. Duque e par do reino a partir de 1327.

BOUVILLE (Hugues III, conde de) (?-1331).
Filho de Hugues II de Bouville e de Maria de Chambly. Camareiro de Felipe, o Belo. Desposou (1293) Margarida des Barres, com quem teve um filho, Carlos, que foi camareiro de Carlos V e governador de Dauphiné.

CAETANI (Francesco) (?-março de 1317).
Sobrinho de Bonifácio VIII e por ele nomeado cardeal em 1295. Implicado numa tentativa de feitiço contra o rei de França (1316). Faleceu em Avignon.

CARLOS DE FRANÇA, conde de La Marche, depois Carlos IV, rei de França (1294-1° de fevereiro de 1328).
Terceiro filho de Felipe, o Belo, e de Jeanne de Champagne. Conde do domínio de La Marche, por apanágio (1315). Sucedeu, com o nome de Carlos IV, a seu irmão Felipe (1322). Casou-se sucessivamente com Branca de Borgonha (1307), Maria de Luxemburgo (1322) e Jeanne d'Evreux (1325). Faleceu em Vincennes, sem deixar herdeiro do sexo masculino, e foi o último rei descendente direto da dinastia dos Capeto.

CHÂTILLON (Gaucher de), conde de Porcien (cerca de 1250-1329).
Condestável da região de Champagne (1284), em seguida de França, após Courtrai (1302). Filho de Gaucher IV e de Isabeau de Villehardouin, apelidada de Lizines. Assegurou a vitória de Mons-en-Pévèle. Coroou Luís X, o Cabeçudo, rei de Navarra em Pampelune (1307). Sucessivamente executor testamentário de Luís X, Felipe V e Carlos IV. Participou da batalha de Cassei (1328) e morreu no ano seguinte, tendo ocupado o cargo de condestável de França sob a autoridade de cinco diferentes reis. Desposou Isabelle de Dreux, depois Mélisinde de Vergy, e finalmente Isabeau de Rumigny.

Clemência de Hungria, rainha de França (cerca de 1293-12 de outubro de 1328).
Filha de Carlos-Martel de Anjou, rei titular da Hungria, e de Clemência de Habsbourgo. Sobrinha de Carlos de Valois devido à sua primeira esposa, Margarida de Anjou-Sicília. Irmã de Carlos-Robert, ou Charobert, rei da Hungria, e de Beatriz, esposa do delfim Jean II. Desposou Luís X, o Cabeçudo, rei de França e de Navarra, no dia 13 de agosto de 1315, e foi coroada com ele, em Reims. Viúva em junho de 1316, deu à luz em novembro um filho, João I. Morreu no Templo.

Clemente V (Bertrand de Got ou Goth), papa (?-20 de abril de 1314).
Nasceu em Villandraut (Gironda). Filho do cavaleiro Arnaud-Garsias de Got. Arcebispo de Bordeaux (1300). Eleito papa (1305) para suceder a Benedito XI. Coroado em Lyon. Foi o primeiro dos papas de Avignon.

Clermont (Robert, conde de) (1256-1318).
Último filho de São Luís e de Margarida de Provença. Casou-se, por volta de 1279, com Beatriz, filha única e herdeira de Jean, senhor feudal de Bourbon. Foi reconhecido senhor feudal de Bourbon em 1283.

Colonna (Jacques) (?-14 de agosto de 1318).
Membro da célebre família romana dos Colonna. Nomeado cardeal em 1278 por Nicolau III. Principal conselheiro da corte romana sob Nicolau IV. Excomungado por Bonifácio VIII em 1297 e reabilitado em sua dignidade de cardeal em 1306.

Colonna, Pierre (?-1326).
Sobrinho do precedente. Nomeado cardeal por Nicolau IV em 16 de maio de 1288. Excomungado por Bonifácio VIII em 1297 e reabilitado em sua dignidade de cardeal em 1306. Faleceu em Avignon.

Corbeil (Jean de), chamado de Grez (?-1318).
Senhor feudal de Grez en Brie e de Jalemain. Marechal de França a partir de 1308.

Courtenay (Robert de) (?-1324).
Arcebispo de Reims de 1299 até sua morte.

Cressay (dama Eliabel de).
Castelã de Cressay, domínio perto de Neauphle-le-Vieux, no prebostado de Montfort-l'Amaury. Viúva do senhor feudal Jean de Cressay. Mãe de Jean, Pierre e Maria de Cressay.

Cressay (Jean de) e Cressay (Pierre).
Filhos da precedente. Foram ambos armados cavaleiros por Felipe VI de Valois durante a batalha de Crécy (1346).

CRESSAY (Maria de) (cerca de 1298-1345).
Filha de dama Eliabel e do senhor de Cressay, cavaleiro. Casada secretamente com Guccio Baglioni e mãe (1316) de uma criança que foi trocada no berço por João I, o Póstumo, que ela amamentava. Foi enterrada no convento dos Agostinianos, perto de Cressay.

DUÈZE (Jacques), ver João XXII, papa.

DURFORT-DURAS (Guilherme de) (?-1330).
Bispo de Langres (1306), depois de Ruão (1319), até sua morte.

EDUARDO II PLANTAGENETA, rei da Inglaterra (1284-21 de setembro de 1327).
Nasceu em Carnavon. Filho de Eduardo I e de Eleonora de Castela. Primeiro príncipe de Gales. Duque de Aquitânia e conde de Ponthieu (1303). Entrou para a ordem de cavalaria em Westminster (1306). Rei a partir de 1307. Desposou em Boulogne-sur-Mer, no dia 22 de janeiro de 1308, Izabel de França, filha de Felipe, o Belo. Coroado em Westminster no dia 25 de fevereiro de 1308. Destronado (1326) por uma revolta de vassalos comandada por sua mulher, ele foi preso e morreu assassinado no castelo de Berkeley.

ÉVRARD.
Antigo Templário. Copista de Bar-sur-Aube. Implicado, em 1316, num caso de bruxaria; cúmplice do cardeal Caetani numa tentativa de enfeitiçamento do rei de França.

ÉVREUX (Felipe de).
Filho do conde de Évreux. Desposou (1318) Jeanne de França, filha de Luís X, o Cabeçudo, e de Margarida de Borgonha, herdeira da Navarra, que morreu em 1349. Pai de Carlos, o Malvado, rei de Navarra, e de Branca, segunda esposa de Felipe VI de Valois, rei de França.

ÉVREUX (Luís de França, conde de) (1276-maio de 1319).
Filho de Felipe III, o Intrépido, e de Maria de Brabant. Meio-irmão de Felipe, o Belo, e de Carlos de Valois. Conde de Evreux (1298). Desposou Margarida d'Artois, irmã de Robert III, com quem teve os filhos: Jeanne, terceira esposa de Carlos IV, o Belo, e Felipe, esposo de Jeanne, rainha de Navarra.

FELIPE IV, apelidado o Belo, rei de França (1268-29 de novembro de 1314).
Nasceu em Fontainebleau. Filho de Felipe III, o Intrépido, e de Izabel de Aragão. Desposou (1284) Jeanne de Champagne, rainha de Navarra. Pai dos reis Luís X, Felipe V e Carlos IV, e de Izabel de França, rainha da Inglaterra. Reconhecido rei em Perpignan (1285) e coroado em Reims (6 de fevereiro de 1286). Falecido em Fontainebleau e enterrado em Saint-Denis.

FELIPE, conde de Poitiers, depois Felipe V, apelidado o Comprido, rei de França (1291-3 de janeiro de 1322).

Filho de Felipe IV, o Belo, e de Jeanne de Champagne. Irmão dos reis Luís X, Carlos IV e de Izabel da Inglaterra. Conde palatino de Borgonha, senhor feudal de Salins, graças a seu casamento (1307) com Jeanne de Borgonha. Conde por apanágio de Poitiers (1311). Par de França (1315). Regente após a morte de Luís X e depois rei, após a morte do filho póstumo deste (novembro 1316). Falecido em Longchamp, sem deixar herdeiro do sexo masculino. Enterrado em Saint Denis.

FELIPE, conde de Valois, depois Felipe VI, rei de França (1293-22 de agosto de 1350).

Filho primogênito de Carlos de Valois e de sua primeira esposa, Margarida de Anjou-Sicília. Sobrinho de Felipe, o Belo, e primo de Luís X, Felipe V e Carlos IV. Tornou-se regente do reino após a morte de Carlos IV, o Belo, depois rei, quando do nascimento da filha póstuma deste (abril de 1328). Coroado em Reims no dia 29 de maio de 1328. Sua ascensão ao trono, contestada pela Inglaterra, foi a origem da segunda Guerra dos Cem Anos. Desposou, em primeiras núpcias (1313), Jeanne de Borgonha, apelidada a Manca, irmã de Margarida, e que morreu em 1348; em segundas núpcias (1349), Branca de Navarra, neta de Luís X e de Margarida.

FÉRIENNES (Izabel de) (?-1317).

Feiticeira. Testemunhou contra Mahaut durante o processo intentado contra esta depois da morte de Luís X. Foi queimada viva, bem como seu filho, depois de Mahaut ter sido inocentada, no dia 9 de outubro de 1317.

FIENNES (Jean, barão de Ringry, senhor feudal de Ruminghen, castelão de Bourbourg, barão de).

Eleito chefe da nobreza rebelde de Artois e um dos últimos a submeter-se (1320). Casou-se com Izabel, sexta filha de Guy de Dampierre, conde de Flandres, com quem teve um filho, Robert, condestável de França em 1356.

FLANDRE (Robert, chamado "de Béthune", conde de Nevers e de) (?-1322).

Filho de Guy de Dampierre, conde de Flandres (que morreu em 1305) e de Izabel de Luxemburgo. Desposou Yolanda de Borgonha, condessa de Nevers. Pai de Luís de Nevers.

FLEURY (Geoffroy de).

Tendo entrado em função no dia 12 de julho de 1316, ele foi o primeiro oficial de palácio a ostentar o título de tesoureiro do rei. Enobrecido por Felipe V em 1320.

FLISCO (Luca de) (?-1336).
Parente consanguíneo do rei Jacques II de Aragão. Nomeado cardeal por Bonifácio VIII no dia 2 de março de 1300.

FOREZ (Jean I de Albon, conde de) (?-antes de 1333).
Embaixador de Felipe, o Belo, e de Luís X junto à corte papal. Guardião do conclave de Lyon de 1316. Casado (1296) com Alix de Viennois, filha de Humberto de La Tour du Pin.

FOUGÈRES (Arnaud de) (?-1317).
Arcebispo de Aries (1308). Nomeado cardeal por Clemente V no dia 19 de dezembro de 1310.

FRÉAUVILLE (Nicolau de) (?-1323).
Dominicano. Confessor de Felipe, o Belo. Nomeado cardeal por Clemente V no dia 15 de dezembro de 1305.

FRÉDOL (Bérenger), apelidado o Mais Velho, ou o Antigo (cerca de 1250-junho de 1323).
Bispo de Béziers (1294). Nomeado cardeal por Clemente V no dia 15 de dezembro de 1305.

FRÉDOL (Bérenger), apelidado de o Jovem (?-1323).
Sobrinho do precedente. Bispo de Béziers (1309). Nomeado cardeal por Clemente V no dia 24 de dezembro de 1312.

GALARD (Pierre de).
Grão-mestre do corpo dos balestreiros da França a partir de 1310. Governador de Flandres (1319).

GUIGUES, herdeiro da região do Viennois, futuro delfim Guigues VIII (1310-1333).
Filho de Jean II de La Tour du Pin, delfim da região do Viennois, e de Beatriz de Hungria. Sobrinho da rainha Clemência. Em junho de 1316, ficou noivo de Izabel de França, terceira filha de Felipe V, com quem se casou em maio de 1323. Morreu sem deixar herdeiros, e foi sucedido por seu irmão.

HÉRON (Adam).
Escudeiro, depois camareiro de Felipe, conde de Poitiers, futuro Felipe V.

HIRSON (ou Hireçon) (Beatriz de).
Dama de companhia da condessa Mahaut d'Artois, sobrinha de seu chanceler Thierry d'Hirson.

IZABEL DE FRANÇA, rainha da Inglaterra (1292-23 de agosto de 1358).
Filha de Felipe, o Belo, e de Jeanne de Champagne. Irmã dos reis Luís X, Felipe V e Carlos IV. Desposou Eduardo II da Inglaterra (1308). As-

sumiu o comando (1325), juntamente com Roger Mortimer, da revolta dos barões ingleses que levou à deposição de seu marido. Apelidada de "loba de França", governou de 1326 a 1328 em nome de seu filho Eduardo III. Exilada da corte (1330). Faleceu no castelo de Hertford.

IZABEL DE FRANÇA (cerca de 1311-depois de 1345).
Filha mais jovem de Felipe V e de Jeanne de Borgonha. Ficou noiva, em junho de 1316, de Guigues, herdeiro do delfim da região do Viennois, futuro Guigues VIII; casou-se e com o mesmo no dia 17 de maio de 1323.

JEAN DE LA TOUR DU PIN, delfim da região do Viennois (cerca de 1280-1319).
Filho de Humberto I de La Tour du Pin, delfim do Viennois, ao qual sucedeu em 1307. Desposou Beatriz de Hungria, com quem teve os filhos Guigues e Humberto, últimos delfins do Viennois.

JEANNE DE BORGONHA, condessa de Poitiers, depois rainha de França (cerca de 1293-21 de janeiro de 1330).
Filha primogênita de Othon IV, conde palatino de Borgonha, e de Mahaut d'Artois. Irmã de Branca, esposa de Carlos de França, futuro Carlos IV. Casou-se em 1307 com Felipe de Poitiers, segundo filho de Felipe, o Belo. Inculpada de cumplicidade nos casos de adultério de sua irmã e de sua cunhada (1314), foi presa em Dourdan, depois liberada em 1315. Mãe de três filhas: Jeanne, Margarida e Izabel, que desposaram, respectivamente, o duque de Borgonha, o conde de Flandres e o delfim de Viennois.

JEANNE DE FRANÇA, duquesa de Borgonha (1308-1347).
Filha primogênita de Felipe V e de Jeanne de Borgonha. Ficou noiva, em julho de 1316, de Eudes IV, duque de Borgonha, com quem se casou em junho de 1318.

JEANNE DE FRANÇA, rainha de Navarra (cerca de 1311-8 de outubro de 1349).
Filha de Luís de Navarra, futuro Luís X, o Cabeçudo, e de Margarida de Borgonha. Supostamente bastarda. Distanciada da sucessão ao trono de França, ela herdou Navarra. Casou-se com Felipe, conde de Évreux. Mãe de Carlos, o Malvado, rei de Navarra, e de Branca, segunda esposa de Felipe VI de Valois, rei de França.

JOÃO XXII (Jacques Duèze), papa (1244-dezembro de 1334).
Filho de um burguês de Cahors. Estudou em Cahors e em Montpellier. Arcipreste de Santo André de Cahors. Cônego de Saint-Front de Périgueux e de Albi. Arcipreste de Sarlat. Em 1289, partiu para Nápoles, onde tornou-se rapidamente familiar do rei Carlos II de Anjou, que fez dele seu secretário dos conselhos secretos, depois seu chanceler. Bispo de

Fréjus (1300), depois de Avignon (1310). Secretário do concílio de Vienne (1311). Cardeal bispo de Porto (1312). Eleito papa em 1316, assumiu o nome de João XXII. Coroado em Lyon em 1316. Morreu em Avignon.

JOINVILLE (Anseau ou Ansel de).
Filho primogênito de Jean de Joinville. Senescal hereditário de Champagne. Membro do Grande Conselho de Felipe V, e marechal de França.

JOINVILLE (Jean, senhor de) (1224-24 de dezembro de 1317).
Senescal hereditário de Champagne. Acompanhou Luís IX na sétima Cruzada e compartilhou seu cativeiro. Redigiu, aos 80 anos, sua *História de São Luís,* devido à qual é considerado um grande cronista.

LA MADELEINE (Guilherme de).
Preboste de Paris de 31 de março de 1316 até o final de agosto do mesmo ano.

LONGIS (Guilherme de), conhecido com "de Pérgamo" (?-abril de 1319).
Chanceler do rei Carlos II da Sicília. Nomeado cardeal por Celestino V no dia 18 de setembro de 1294. Morreu em Avignon.

LUÍS, apelidado o Cabeçudo, rei de Navarra, depois Luís X, rei de França (outubro de 1289-5 de junho de 1316).
Filho de Felipe IV, o Belo, e de Jeanne de Champagne. Irmão dos reis Felipe V e Carlos IV, e de Izabel, rainha da Inglaterra. Rei de Navarra (1307). Rei da França (1314). Desposou (1305) Margarida de Borgonha, com quem teve uma filha, Jeanne, nascida por volta de 1311. Depois do escândalo da torre de Nesle e da morte de Margarida, casou-se novamente (agosto de 1315) com Clemência de Hungria. Coroado em Reims (agosto de 1315). Falecido em Vincennes. Seu filho, João I, o Póstumo, nasceu cinco meses depois da morte do pai (novembro de 1316).

MANDAGOUT (Guilherme de) (?-setembro de 1321).
Bispo de Embrun (1295), depois de Aix (1311). Nomeado cardeal-bispo de Palestrina por Clemente V no dia 24 de dezembro de 1312.

MARGARIDA DE BORGONHA, rainha de Navarra (cerca de 1293-1315).
Filha de Robert II, duque de Borgonha, e de Agnes de França. Casou-se (1315) com Luís, rei de Navarra, filho primogênito de Felipe, o Belo, futuro Luís X, com o qual teve uma filha, Jeanne. Inculpada de adultério (processo da torre de Nesle, 1314), foi presa em Château-Gaillard, onde morreu assassinada.

MARIGNY (Enguerrand le Portier de) (cerca de 1265-abril de 1315).
Nasceu em Lyons-la-Forêt. Casou-se em primeiras núpcias com Jeanne de Saint-Martin, e em segundas núpcias com Alips de Mons. Inicialmente escudeiro do conde de Bouville, depois empregado pela casa da rainha Jeanne, esposa de Felipe, o Belo, e sucessivamente guarda do castelo de

Issoudun (1298), camareiro (1304), armado cavaleiro e conde de Longueville, intendente das finanças e das construções, capitão do Louvre, coadjutor do governo e reitor do reino durante a última parte do reinado de Felipe, o Belo. Após a morte deste último, ele foi acusado de desvios, condenado e enforcado em Montfaucon. Foi reabilitado em 1317 por Felipe V e enterrado na igreja de Chartreux, depois transferido à igreja colegial de Ecouis, por ele fundada.

MARIGNY (Jean) (?-1350).
Caçula dos três irmãos Marigny. Cônego de Notre-Dame, depois bispo de Beauvais (1312). Chanceler (1329). Lugar-tenente do rei na Gasconha (1342). Arcebispo de Ruão (1347).

MELLO (Guilherme de) (?-cerca de 1328).
Senhor feudal de Epoisses e de Givry. Conselheiro do duque de Borgonha.

NOUVEL (Arnaud) (?-agosto de 1317).
Abade da abadia cisterciana de Fontfroide (Aude). Nomeado cardeal por Clemente V em 1310. Legado do papa na Inglaterra.

NOYERS (Miles IV de), senhor feudal de Vandoeuvre (?-1350).
Marechal da França (1303-1315). Negociou a paz em Flandres com Luís de Nevers, em nome de Luís X. Sucessivamente conselheiro de Felipe V, Carlos IV e Felipe VI, desempenhou um papel de importância extraordinária durante esses três reinados. Copeiro-mor de França (1336).

ORSINI (Napoleão) chamado "Des Ursins" (?-março de 1342).
Nomeado cardeal por Nicolau IV no dia 16 de maio de 1288.

PELAGRUE (Arnaud de) (? - agosto de 1331).
Arquidiácono de Chartres. Nomeado cardeal por Clemente V no dia 15 de dezembro de 1305.

PRATO (Nicolau Alberti de) (?-abril de 1321).
Bispo de Spolète, depois de Ostie (1303). Nomeado cardeal por Benedito XI no dia 18 de dezembro de 1303. Morreu em Avignon.

PRESLES (Raul I de) ou de Prayères (?-1331).
Senhor feudal de Lisy-sur-Ourcq. Advogado. Secretário de Felipe, o Belo. Preso após a morte deste, mas agraciado depois do final do reino de Luís X. Guardião do conclave da cidade de Lyon em 1316. Enobrecido por Felipe V, cavaleiro acompanhante desse rei e membro de seu Conselho. Fundou o colégio de Presles.

SABOIA (Amadeu V, apelidado o Grande, conde de) (1249-outubro de 1323).
Segundo filho de Tomás II de Saboia, conde de Maurienne (falecido em 1259) e de sua segunda esposa, Beatriz de Fiesque. Sucedeu, em 1283,

a seu tio Felipe. Desposou, em primeiras núpcias, Sibylle de Baugé (falecida em 1294), e casou-se novamente em 1304, com Maria de Brabant. Em 1307, seu filho Eduardo desposou Branca de Borgonha, irmã de Margarida e de Eudes IV.

SABOIA (Pierre de) (?-1332).
Arcebispo de Lyon (1308). Entrou em conflito com Felipe, o Belo, e foi preso por este em 1310. Deu seu consentimento para a reunião da região do Lyonnais à coroa de França em 1312, e recuperou sua sede episcopal.

SAINT-POL (Guy de Châtillon, conde de) (?-abril de 1317).
Filho de Guy V e de Mahaut de Brabant. Desposou Maria da Bretanha (1292), filha do duque Jean II e de Beatriz da Inglaterra. Copeiro-mor (1296). Executor testamentário de Luís X e membro do Conselho de regência. Pai de Mahaut, terceira esposa de Carlos de Valois.

STEFANESCHI (Jacques Caetani de) (?-junho de 1341).
Nomeado cardeal por Bonifácio VIII no dia 17 de dezembro de 1295.

SULLY (Henri de) (?-cerca de 1336).
Filho de Henri III, senhor feudal de Sully (falecido em 1285) e de Margarida de Beaumetz. Esposo de Jeanne de Vendôme. Copeiro-mor de França a partir de 1317.

TOLOMEI (Spinello).
Chefe, na França, da companhia da família Tolomei, da cidade de Siena, fundada no século XII por Tolomeo Tolomei e rapidamente enriquecida pelo comércio internacional e pelo controle das minas de prata da Toscana. Existe até hoje em Siena um palacete Tolomei.

TRYE (Mathieu de).
Senhor feudal de Fontenay e de Plainville-en-Vexin. Padeiro-mor (1298), depois camareiro de Luís, o Cabeçudo.

VALOIS (Carlos de) (12 de março de 1270-dezembro de 1325).
Filho de Felipe III, o Intrépido, e de sua primeira esposa, Izabel de Aragão. Irmão de Felipe IV, o Belo. Armado cavaleiro aos 14 anos. Tomou posse do reino de Aragão por legado do papa, no mesmo ano, mas jamais pôde ocupar esse trono, acabando por renunciar ao título em 1295. Conde, por apanágio, de Valois e de Alençon (1285). Conde, por apanágio, de Anjou, de Maine e de Perche (março 1290), graças a seu primeiro casamento com Margarida d'Anjou-Sicília; imperador titular de Constantinopla graças a seu segundo casamento (janeiro de 1301) com Catarina de Courtenay; foi nomeado conde de Romagne pelo papa Bonifácio VIII (?). Desposou em terceiras núpcias Mahaut de Châtillon-Saint-Pol. De seus três casamentos, teve muitos filhos; o primogênito

foi Felipe VI, primeiro rei da linhagem dos Valois. Fez campanha na Itália a serviço do papa em 1301, comandou duas expedições à Aquitânia (1297 e 1324) e foi candidato ao império da Alemanha. Faleceu em Nogent-sur-le-Roi e foi enterrado na igreja dos Jacobinos, em Paris.

Este livro foi composto na tipografia Sabon LT Std,
em corpo 11/16, e impresso em
papel off-white no Sistema Cameron da
Divisão Gráfica da Distribuidora Record.